Re Vieira

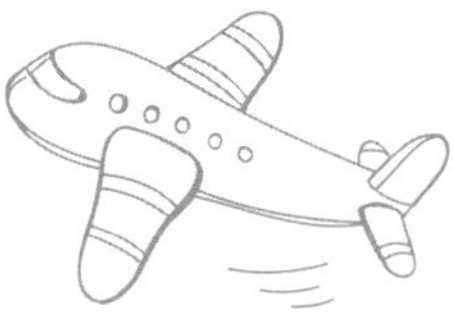

Depois daquelas férias

TALENTOS DA LITERATURA BRASILEIRA

SÃO PAULO, 2018

Depois daquelas férias
Copyright © 2018 by Regiane Vieira
Copyright © 2018 by Novo Século Editora Ltda.

COORDENAÇÃO EDITORIAL: Rebeca Lacerda
PREPARAÇÃO: Cínthia Zagatto
REVISÃO: Marina Ruivo
CAPA: Douglas Oliveira • Brenda Sório
DIAGRAMAÇÃO: Manoela Dourado

EDITORIAL
Jacob Paes • João Paulo Putini • Nair Ferraz
Rebeca Lacerda • Renata de Mello do Vale • Vitor Donofrio

AQUISIÇÕES
Cleber Vasconcelos

Texto de acordo com as normas do Novo Acordo Ortográfico da Língua Portuguesa (1990), em vigor desde 1º de janeiro de 2009.

Dados Internacionais de Catalogação na Publicação (CIP)

Vieira, Re
   Depois daquelas férias / Re Vieira. -- Barueri, SP : Novo Século Editora, 2018. (Coleção Talentos da literatura brasileira)

   1. Ficção brasileira I. Título

18-0807   CDD-869-3

Índice para catálogo sistemático:
1. Ficção brasileira   869.3

NOVO SÉCULO EDITORA LTDA.
Alameda Araguaia, 2190 – Bloco A – 11º andar – Conjunto 1111
CEP 06455-000 – Alphaville Industrial, Barueri – SP – Brasil
Tel.: (11) 3699-7107 | Fax: (11) 3699-7323
www.novoseculo.com.br | atendimento@novoseculo.com.br

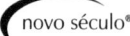

Dedicatória

Dedico toda honra e toda glória a Deus, aquele que me ampara nos momentos mais sombrios, nunca me deixa ser confundida ou enganada e é o principal provedor do meu dom.

Dedico todo o meu amor ao meu pai, Aparecido Vieira. Desde pequena você preferiu me dar livros a brinquedos, e me ensinou a acreditar no poder dos meus sonhos. De tanto que sonhei, hoje realizo um deles. Me tornei escritora.

Dedico toda a minha força para a construção dos personagens à minha mãe, Evanilde da Silva Vieira. Por sempre apoiar minhas loucuras, mesmo que não tenham sido os sonhos que teve para mim, mas sendo, a cada trabalho novo meu, sempre a primeira a compartilhar orgulhosamente entre amigos, família e vizinhos. Ela repetiu infinitas vezes: minha filha é uma escritora. E de tanto falar, pois bem, escrevi meu primeiro romance.

Dedico toda a minha gratidão à minha segunda mãe, Miriam Yuri Sasada. Por ter me apoiado como apoiou e ter sido de extrema importância para a realização deste sonho. Eu sei o que fez por mim, você sabe o que fez por mim, Deus sabe por nós duas. Que, em todos os dias que tiver fôlego de vida, Ele possa te abençoar da mesma maneira que sou abençoada por tê-la em minha vida.

Dedico toda a minha sanidade às minhas duas amigas, Deyse Yuri e Denise Kol. Sem vocês, sem o apoio, a cumplicidade e tudo o que vivemos, este sonho nunca teria saído da gaveta.

Dedico este livro a todos os nomes que serão citados entre um capítulo e outro, a todos que acreditaram em meu sonho e que não mediram esforços para me ajudar a torná-lo real.

Dedico a história de Allissa a todos os meus leitores, e como desde o princípio eu digo: eu não existo sem vocês!

Prefácio

Sonho. Pode ser aquele pão doce delicioso que vende na esquina de casa. Pode ser o lugar para onde vamos quando adormecemos e que esquecemos, muitas vezes, antes da metade do dia seguinte. Pode ser aquilo que nos acompanha e nos dá força para acordar, fazer um lanche na padaria da esquina e continuar. Pode ser inalcançável para muitos de nós. Pode ter tanta força e ser tão grande, que mete medo na gente. Como um bicho-papão. Como uma solidão que nos toma e toma conta da gente antes de deitar para sonhar de novo.

O sonho é o que conduz Allissa. A menina que adora super-heróis resolveu retirar as máscaras que lhe diziam ter tudo, para enxergar a realidade que a tira do chão. Em uma atitude ousada, que a tornou heroína da sua própria vida. Aos 18 anos. Quando ainda muitos de nós caminham assustados. Em um momento em que somos convencidos a viver no piloto automático. E quando começam a jogar concreto em cima dos nossos sonhos, deixando a felicidade pesada sobre os nossos ombros.

Mas Allissa despertou e fez barulho. Bagunçou a mesa, virou o lado do disco e, sem querer, fez todo mundo à sua volta despertar também. Uma viagem que vai além dela mesma. E aos 18 anos, quando geralmente todos nós procuramos alguém para navegar, Allissa não se importou em fazer a viagem. Colocando o barco à deriva de propósito, porque achou que o seu mar estava calmo demais.

A história de Allissa é sobre mim, sobre você, sobre os meus pais. Sobre os meus amigos. Sobre todos nós que sonhamos e, um dia, duvidamos do sonho do outro. Sobre a coragem que a gente não teve. Sobre a coragem que ainda podemos ter.

Allissa faz um barulho no seu despertar e nos desperta para que a gente saiba que nunca é tarde para sonhar além do sonho doce da padaria. Que são os sonhos que nos movem. E que a gente move um monte de gente com a gente quando decide lutar pela nossa felicidade.

Edgard Abbehusen
@fotocitando

Algumas vontades são mais do nosso subconsciente do que nossas mesmo, são tipo um sonho bom.  Sonhamos e, quando acordamos, desejamos voltar a sonhar, mas, como não é possível, então nos jogamos na realidade e movemos tudo que está ao nosso alcance para tornar aquele desejo implícito em uma forma real.

CAPÍTULO 1

27/10/2019 • NA FORTALEZA DA SOLIDÃO

Uma madrugada nunca mais será apenas uma madrugada

"Dar um tempo.

Não conheço algo mais irritante do que dar um tempo, para quem pede e para quem recebe. O casal lembra um amontoado de papéis colados. Papéis presos. Tentar desdobrar uma carta molhada é difícil. Ela rasga nos vincos. Tentar sair de um passado sem se arranhar é tão difícil quanto. Vai rasgar de qualquer jeito, porque envolve expectativa e uma boa dose de suspense. Os pratos vão quebrar, haverá choro, dor de cotovelo, ciúme, inveja, ódio. É natural explodir. Não é possível arrumar a gravata ou pintar o rosto quando se briga. Não se fica bonito, o rosto incha com ou sem lágrimas. Dar um tempo é se reprimir, supor que se sai e se entra em uma vida com indiferença, sem levar ou deixar algo.

Dar um tempo é uma invenção fácil para não sofrer. Mas dar um tempo faz sofrer, pois não se diz a verdade. Dar um tempo é igual a praguejar 'desapareça da minha frente'. É despejar, escorraçar, dispensar. Não há delicadeza. Aspira ao cinismo. É um jeito educado de faltar com a educação. Dar um tempo não deveria existir, porque não se deu a eternidade antes. Quando se dá um tempo, é que não há mais tempo para dar, já se gastou o tempo com a possibilidade de um novo romance. Só se dá o tempo para avisar que o tempo acabou. E amor não é consulta, não é terapia para se controlar o tempo. Quem conta beijos e olha o relógio insistentemente não está vivo para dar tempo. Deveria dar distância, tempo não. Tempo se consome, se acaba, não é mercadoria, não é corpo. Tempo se esgota, como um pássaro lambe as asas e bebe o ar que sobrou de seu voo. Qualquer um odeia eufemismo, compaixão, piedade tola. Odeia ser enganado com sinônimos e atenuantes. Odeia ser abafado, sonegado, traído por um termo. Que seja a mais dura palavra, nunca dar um tempo. Dar um tempo é uma ilusão que não será promovida a esperança. Dar um tempo é tirar o tempo. Dar um tempo é fingido. Melhor a clareza do que os modos. Dar um tempo é covardia para quem não tem coragem de se despedir. Dar um tempo é um tchau que não teve a convicção de um adeus. Dar um tempo não significa nada e é justamente o nada que dói. Resumir a relação a um ato mecânico dói. Todos dão um tempo e ninguém pretende ser igual a todos nessa hora. Espera-se algo que escape do lugar-comum. Uma frase honesta, autêntica, sublime, ainda que triste. Não se pode dar um tempo, não existe mais coincidência de tempos entre os dois. Dar um tempo é roubar o tempo que foi. Convencionou-se como forma de sair da relação limpo e de banho lavado, sem sinais de violência. Ora, não há maior violência do que dar o tempo. É mandar matar e acreditar que não se sujou as mãos. É compatível em maldade com 'quero continuar sendo teu amigo'. O que se adia não será cumprido depois."

O AMOR ESQUECE DE COMEÇAR

Fabrício Carpinejar
@fabriciocarpinejar

— Allissa, por Deus, você ainda está acordada?
— Estou lendo, Bah.
— Isso são horas de estar lendo?
— E desde quando precisa de horas para ler? Eu leio a qualquer hora, você sabe disso.
— Sim, eu sei, mas sei também que amanhã bem cedinho você tem um almoço com a Cecília. E até onde me recordo, ela odeia atrasos, então trate logo de ir dormir.
— Está bem, Bah, está bem. Boa noite.
— Boa noite, Allissa.

E apagando as luzes do meu quarto, Bárbara, a nossa governanta russa, de olhos azuis e cabelos grisalhos, me dá o meu primeiro cartão amarelo. Eu queria estar neste momento em uma praia paradisíaca, com um coquetel à distância de um dedo e o amor da minha vida a tiracolo, mas não. São exatamente duas horas da manhã e me encontro em uma profunda bagunça emocional, psicológica e existencial.

Eu estava lendo Fabrício Carpinejar para tentar colocar um pouco de ordem em minhas dúvidas. Ele fala do amor de uma forma tão simples e tranquila, que dá vontade de acreditar que, de fato, ele existe. Hoje estou completando 18 anos, e tem muitas coisas que eu gostaria de ter feito diferente. Ainda me sinto perdida em algumas escolhas, e relacionamento é uma delas.

Se estou onde eu desejaria estar a esta altura do campeonato? Se você não reparou na parte onde eu digo que estou acordada de madrugada, tentando colocar paz no caos que é a minha existência, então te convido a voltar algumas casas atrás e ter a plena certeza de que, bem, eu não estou exatamente onde eu gostaria de estar. São tantos sentimentos bagunçados aqui dentro, que decidi tentar arrumar o quebra-cabeças que tem sido até agora e, quem sabe, chegar a pelo menos uma decisão acertada, já que foi uma "caralhada" de outras erradas.

Mas sabe? Ao mesmo tempo, sou grata por cada escolha ruim. Foram elas que moldaram quem eu deveria me tornar, ou quem eu estou tentando me tornar. Adoro falar de mim como se eu fosse outra pessoa narrando a minha própria vida, aquela na qual eu já sou bem-sucedida profissionalmente e não estou presa no último ano do colegial, sendo torturada pelos meus pais pela escolha da faculdade perfeita, ou sentindo que meu namorado está querendo dar um passo a mais na nossa relação. Céus! Como é que eu consigo ser tão ferrada?

Mas voltando à minha realidade nada fantasiosa, eu gosto de olhar para a minha versão ruim. Assim eu travo batalhas comigo mesma e luto pelo melhor. Hoje ainda não estou bem onde eu gostaria, mas já saí da linha de largada e, a cada novo sonho, me sinto mais e mais impulsionada para cruzar a linha de chegada. Neste momento, eu deveria estar dormindo, mas, como estou de férias da escola e também do estágio com Dorote (estas com toda a certeza não são por minha vontade, porque eu amo aquele lugar), eu decidi que iria rever "Friends". E aí que acabei aqui, mais uma vez, lendo meus autores preferidos, para depois escrever no velho e bom diário todos os meus sentimentos, aqueles que venho remoendo para poder ir adiando decisões no processo.

E também estou tentando escolher mentalmente a minha roupa para o meu aniversário. São muitas coisas ao mesmo tempo, e o meu ascendente em libra não me permite focar. S.O.S., @universo, alguma ajuda aí? Mais tarde, com toda a certeza, eu vou estar com olheiras e Cecília vai querer me matar na hora de fazer minha maquiagem. Droga, eu acho que deveria tentar fazer um discurso legal para quando terminassem de cantar os meus parabéns.

Tomara que eles não inventem de cantar o "Com quem será?". Gustavo e eu já passamos da fase "infantil" da nossa relação. Afinal, são quase quatro anos ao lado dele. Neste momento, tudo que me vem à mente é que estou com saudades do meu pai. Mais um aniversário e ele não conseguiu sair do Brasil. Minha mãe, como sempre, deixou as honras nas mãos da velha e boa Bah enquanto se afunda em trabalho no escritório de Londres.

E eu estou aqui, deitada, com um turbilhão de pensamentos, encarando o teto do meu quarto. E acabo de me lembrar do que a Vitória disse sobre Izabel no último dia de aula:

— Ela está se casando sem amor!

Amor. Será que eu realmente acredito no amor? Eu sei, parece contraditório já que namoro o Gustavo. E, bom, eu gosto dele, gosto de nós juntos, gosto de me imaginar em vários cenários ao lado dele, adoro quando ele franze a testa tentando me explicar coisas que só ele dá conta. Mas pensar na possibilidade de nós, como "casal" em um futuro próximo, isso, sim, me assusta. Será que se eu digitar "amor" no Google, eu realmente vou entender seu significado? Bom, não custa tentar.

Google | Amor

Dicionário

Amor
substantivo masculino
1. forte afeição por outra pessoa, nascida de laços de consanguinidade ou de relações sociais.
2. atração baseada no desejo sexual.

Que significado mais raso! Ainda acho que falta coisa aí.

Google | Relacionamento

Dicionário

Relacionamento

"O mundo já deu muitas voltas, e nós sempre paramos no mesmo lugar. Chegam pessoas, tentam ficar, mas parece que qualquer relação vivida com outro alguém é errada. Eu sei que, uma hora, a vida vai encontrar um jeito de fazer a gente se encontrar. Enquanto isso, vou sentindo de longe e sabendo que a estrada que eu estou esperando encontrar, você também está. Nunca levei jeito com isso de o coração ficar calmo quando penso que logo a gente vai se ver. E logo eu, que sempre duvidei do acaso, passei a acreditar no destino depois que conheci você."
Stephanie Luz
@oquesintoempalavras

Meu Deus, essas buscas no Google estão me confundindo demais. Eu sei que eu amo meu namorado, mas será que é tão intenso quanto a Stephanie retrata? Ela fala do amor de uma forma tão boa de sentir, que realmente eu queria ter certeza de que suas palavras poderiam ser a melhor definição para mim e para o Gustavo.

Ah! Quer saber? Vou deixar esse papo de amor para lá, e que todos os cupidos possam ajudar a pobre da Izabel em seu casamento. Certamente eu não sou a pessoa correta para dar opinião, já que me encontro aqui, definitivamente com nada certo sobre as minhas próprias escolhas. E de todas as certezas, a única que possuo é a das minhas dúvidas. É como se eu sempre estivesse atrasada. Sim, atrasada para a minha própria e bagunçada vida.

O que eu deveria fazer mesmo? O discurso, Allissa, o discurso. Hoje realmente estou sem foco. Com certeza, toda essa minha confusão só pode ser por causa de fome. Eu nunca fui de assaltar a geladeira no meio da madrugada, mas hoje até que cabe uma exceção. Acho que vou acordar a Cecília, sei lá, para jogarmos conversa fora, e quem sabe ela não me ajuda com o meu discurso? Mas, pensando bem, a minha melhor amiga tem uma vida adulta e responsável. Oposta da minha, é claro. E, apesar de estarmos de férias do colégio, ela ainda está trabalhando, então eu vou deixá-la dormir.

É, acho que sou só eu mesma nessa insônia, com fome e uma baita crise existencial. Então deixo um pouco de lado o conforto do meu quarto e desço para a cozinha. Porém, como eu estou de férias e é apenas o meu primeiro dia em casa, a Bah não tinha feito compras, já que eu passava meu tempo entre o colégio, a clínica, o estágio, ou com o Gustavo, e nos finais de semana me mudava para a casa de Cecília. Com minha mãe em Londres, definitivamente o meu quarto é a fortaleza da solidão, onde eu só venho para dormir. Checo a despensa, a geladeira, e não tem nada com gosto de fome. Ótimo, é meu aniversário, eu estou com fome e entediada. Em uma fração de segundos, olho para fora e a lua está incrivelmente linda. Abro a porta e, quando dou por mim, eu estou parada na calçada de casa, sentindo aquele vento maravilhoso da madrugada. Então decido caminhar.

Perto daqui tem uma praça incrível com *food truck* vinte e quatro horas. Lá eu poderia matar minha fome. E ao som do meu iPad tocando *Something Just Like This*, com o vento em meu rosto e a sensação de liberdade que tanto eu amo, me sinto verdadeiramente bem. Sigo caminhando por algum tempo que não faço ideia de quanto e observo a paisagem, as pessoas que não temem a madrugada, assim como eu. Há quanto tempo eu não caminhava sozinha? Aliás, acho que a última vez que fiz isso foi quando visitei meu pai ano passado no Brasil. E assim que vou chegando perto da praça, sou atraída por um som mais alto do que o que já vinha escutando. É um garoto com um sax. Ele toca com tanta paixão, que faz minha pele arrepiar. Fico parada, observando de longe por alguns minutos.

Ele, moço branquinho, com seu cabelo preto volumoso, com jeans rasgados, uma jaqueta cinza, um chapéu engraçado e uma bota de cano alto, obviamente estava ali por amor. À sua volta até que tem uma plateia considerável para a hora que é, mas não tem nada que represente que ele pede alguma retribuição em dinheiro para aquela apresentação tão linda. E acreditem, eu a procurei porque realmente o som era digno de ser cobrado.

Espero que ele acabe a música e vejo que, ao finalizar, ele vai guardando o instrumento, então me vejo cercada de um desejo insano de me aproximar. Ele então sorri antes mesmo que eu possa lhe entregar o dinheiro.

— Obrigado pela gentileza, mas não estamos trabalhando com pagamentos por aqui, senhorita.

— Quer dizer que toca apenas por diversão?

— Exatamente por isso. Você nunca fez nada sem querer algo em troca?

— Bom, digamos que eu faça uma coisa ou outra.

— Tenho certeza que sim.

— Ei, você fez um show incrível aqui. Com certeza encantaria demais uma plateia maior do que a de pessoas que caminham na madrugada porque não se sentem confortáveis em sua própria pele.

— Você é uma dessas pessoas? Essas pessoas que não se sentem confortáveis na própria pele?

Eu não respondo, mas ambos rimos, e de repente começa uma chuva mansa e gelada. Antes mesmo que eu possa dizer qualquer outra coisa, ele se despede um pouco apressado.

— Foi um prazer, senhorita do pijama engraçado, mas eu acho melhor que você procure um abrigo rápido, porque está na cara que vem água forte por aí.

Terminando de dizer essas palavras, ele atravessa a rua correndo, onde já dá sinal para um taxista parar.

Senhorita do pijama engraçado? O que é que tem demais com a minha roupa? É da princesa Leia. Será que ele nunca assistiu a *Star Wars*? Eu, hein, que garoto estranho. Permaneço ali na praça por mais alguns segundos, me sentindo bem. Primeiro o céu lindo, depois a caminhada pela madrugada, o vento em meu rosto, a música daquele estranho, e agora a chuva. Definitivamente, fazia muito tempo que eu não me sentia desta forma, sem o peso das decisões sobre a universidade, sem o compromisso com o Gustavo, ou sem ter que escolher entre passar as férias em Londres ou passá-las com meu pai no Brasil, mesmo tendo a terceira opção, que seria escolher Cecília e deixar meus pais adultos e mandões com suas vidas.

Eu nunca soube lidar com escolhas, era como se me pedissem para escolher viver com meu braço direito ou com o meu braço esquerdo. Por que é que não podia ficar com os dois? E o mais engraçado é que eu sempre fazia a escolha errada. Mas aqui, esta noite, a cada gota de chuva que cai sobre meu rosto eu tenho certeza de que é uma escolha boa, porque eu estou me sentindo leve, me sentindo viva, e eu amo essa sensação, então aproveito o cenário e me jogo. Volto para casa saltitando, cantando e rindo para estranhos, que devem pensar que eu estou louca, bêbada ou sob influência de substâncias químicas, ou quem sabe uma mistura dos três? Mas só eu sei o quanto este momento faz com que eu me sinta eu mesma e, principalmente, livre. Meu Deus, como eu amo a liberdade!

Chego em casa ensopada, e por causa da chuva eu até me esqueci do motivo que me levou até aquela praça. Então posso notar que, na realidade, o vazio que eu estava sentindo não era exatamente fome, mas, sim, a necessidade de me sentir conectada a uma vida que fosse de fato minha, e não uma em que todas as decisões já estavam tomadas e eu tinha apenas que seguir um roteiro, ou ser uma personagem. Como eu já disse, eu estou em um dilema e dando voltas para não ter que enfrentá-lo. De repente, uma voz branda me tira de meus devaneios:

— Por Deus do céu, por que é que você está ensopada, Allissa? Vai pegar um resfriado.

É a Bah, outra vez. Ela trabalha na família há décadas. Não é só a nossa governanta, mas também é meio que minha segunda mãe. Faz a melhor torta de chocolate do universo e tem sempre um bom conselho para me dar.

— Eu tomei banho de chuva.

— Eu imaginei que fosse isso, mas por quê? Você deveria estar dormindo.

— Eu estava com fome, desci aqui na cozinha, mas não tinha nada, fucei na despensa e também não encontrei o que eu queria, então resolvi ir até a praça buscar um cachorro-quente, mas aí começou a chuva e eu acabei voltando pra casa.

— Allissa, você poderia ter me acordado. Se a sua mãe sonhasse que você está andando de madrugada, sozinha e sem o Luiz, isso não poderia acabar bem.

— Desculpa, Bah, mas é meu aniversário, e tudo o que eu queria era poder tomar uma única decisão, uma que não tivesse o dedo da madrasta da Branca de Neve nela. Era só um cachorro-quente. Não queria incomodar ninguém.

— Você é muito dura com a dona Patrícia.

— A dona Patrícia não é ocupada o suficiente, porque se fosse ela não torraria tanto o meu saco, e eu não seria tão dura com ela.

— Guarde as suas ironias para outra ocasião, mocinha. Você sabe o quanto a sua mãe te ama.

— Não estou falando que ela não ama, apenas estou dizendo que a vida é minha e eu deveria ter ao menos o direito de decidir sobre ela, não é mesmo?

— Essa discussão não vai nos levar a nada. Você continua sendo filha dela, continua molhada e vai acabar ficando gripada graças à sua inconsequência. Vá direto para o chuveiro enquanto eu te preparo um leite quente.

Bah é a pessoa mais doce do mundo, mas a sua autoridade impõe respeito, e eu nunca ousei discutir com ela. Por mais que me chateie a defesa dela para com a minha mãe, prefiro encerrar por ali e me jogar no chuveiro.

— Allissa!

— Já estou indo para o meu quarto, Bah.

Antes mesmo que eu possa me virar para subir as escadas, ela me envolve em um abraço quente e terno e me deseja um feliz aniversário repleto de carinho.

— Parece que foi ontem que você chegou nessa casa.

— Sem sentimentalismos, por favor.

Finalizo minhas palavras com um sorriso largo e então retribuo aquele abraço que tantas vezes me aconchegou.

Quando for surpreender alguém, tenha plena certeza de que suas ações irão lhe causar uma enxurrada de emoções boas. Muitas vezes, o outro corresponde unicamente por educação.

CAPÍTULO 2
27/10/2019 • NA FORTALEZA DA SOLIDÃO

A surpresa de aniversário

— Bom dia, senhorita Allissa. A Bah pediu para que eu viesse te acordar.

— Nana, diz pra Bah que eu não pretendo sair da cama antes do meio-dia.

— Senhorita Allissa, já passa do meio-dia.

— Oi? Como assim? Meu Deus! Eu estou atrasada demais, Cecília vai me matar. Por que ninguém me chamou antes?

— Eu tentei, senhorita, mas a senhorita me mandou embora três vezes.

— Droga, droga, droga.

Pulo da cama ligeiramente, quase atropelando a nossa secretária pelo caminho, e me jogo no chuveiro, escovando os dentes com uma mão e vendo minhas notificações do celular com a outra. Eu estou muito ferrada, mais ferrada que a Cinderela quando o relógio badala meia-noite. Eu tinha que ligar para Cecília.

— Ceci, me desculpa, eu perdi a hora.

— Allissa, eu já estava preocupada. Primeiro a notícia do jornal, depois te liguei mil vezes e nada de você atender, aí, quando fui falar com a Bah, ela disse que você ainda estava dormindo. Justo você, que é pontual. Está tudo bem?

— Espera, Cecília, me perdi. Que notícia no jornal?
— Allissa, você bebeu?
— Você sabe que eu não bebo. Por que é que está me perguntando isso?
— Que barulho é esse?
— Eu tô no chuveiro.
— Toma seu banho e vê se acorda depois. Vou transferir nossa reserva para o restaurante daqui do hotel. Te dou uma hora pra chegar aqui. Vê se não se atrasa e olhe as suas mensagens, te mandei o link do jornal.

Minha cabeça está dando muitas voltas. Parecia que eu tinha dormido quarenta dias seguidos. Que notícia é essa que a Cecília estava repetindo?

Saio do banho e, ao checar minhas mensagens, eu tenho catorze ligações perdidas da minha mãe, duas do meu pai, três do Gustavo e trinta e duas da Cecília. Realmente ela não exagerou quando disse que tinha me ligado um monte. Eu tenho noventa e oito conversas abertas, fora os grupos. Gente, será que o apocalipse Zumbi começou e ninguém me avisou? Ou tentaram, né? Mas eu estava dormindo.

Então abro o link da matéria do jornal, que começa com: "Filha da criminalista Patrícia Covaldo é vista sozinha na madrugada chuvosa do dia 27, em uma praça hostil".

Oi? Como assim? Primeiramente eu tenho um nome, segundamente eu tenho uma vida e posso usá-la para andar por onde eu bem entender, e terceiramente a praça é incrível. Não tem nada de hostil lá. E definitivamente alguém conseguiu me irritar, e seu nome era: Luan Birckoff. Quem esse reporterzinho acha que é? E ele não tem nada melhor para fazer além de ficar cuidando da vida alheia?

Meu Deus, minha mãe deve estar louca de brava. Isso explica as chamadas perdidas. Acho melhor conversar com ela só depois do almoço e, por falar nele, estou atrasada de novo. Me arrumo apressadamente e, enquanto estou descendo as escadas, já escuto a voz da Bah.

— Allissa, achei que teria que chamar o corpo de bombeiros para te acordar.

— Bah, você viu o jornal?

— Sua mãe já está lidando com isso.

O "lidando com isso" chega a me dar calafrios. Minha mãe não conquistou o título de uma das maiores criminalistas do país sendo uma pessoa pacífica.

— O quão brava ela está, Bah?

— Ela disse que, assim que eu botasse meus olhos em você, era para pedir pra você ligar para ela imediatamente.

— Droga.

— E, Allissa…

— Oi.

— O "imediatamente" foi soletrado.

— Então, pra facilitar o meu dia e o dela, vamos fingir que você não me viu. Estou indo almoçar com a Cecília.

Dou um beijo na Bah e saio antes que ela possa tentar me impedir. Ao abrir a porta, dou de cara com o Luiz.

— Bom dia, senhorita, e feliz aniversário.

— Meu dia será incrivelmente bom se você me disser que posso sair sem você como minha sombra. Que tal isso de presente de aniversário?

— Sinto muito, senhorita, mas se eu fizer isso sua mãe vai me despedir. Aliás, por você ter saído ontem de madrugada sem supervisão, eu recebi uma advertência, e hoje a Bah vai entrevistar alguns novos candidatos ao posto da noite.

— Como é que é? Quem ela acha que é?

— Sua mãe, eu acredito.

— Ela é minha mãe, mas não tem o direito de agir como se as pessoas fossem sua propriedade e andassem por aí com GPS. Apesar de que no meu caso tem o chip localizador, mas, enfim, vou ligar pra ela agora mesmo e dizer que não aceito nenhum outro segurança que não seja você.

Luiz, como sempre muito tranquilo, com seu uniforme azul-marinho impecável, seus cabelos grisalhos tão brilhosos quanto o verde de seus olhos, estes sempre tristes, abre a porta para que eu entre no carro. Eu nunca entendi de fato por que é que ele sempre carregava aquele olhar. Trabalhar para a minha mãe não é tão ruim assim. Ele tem um salário nobre, mora com a gente e folga todo domingo. Como de costume, em toda folga vai até a cidade de seus pais visitar a parentela.

De dentro do carro, eu tento ligar para a minha mãe, mas quem atende é sua secretária, Claire. Sempre que eu falo com a Claire, já me vem na mente uma voz tão delicada quanto à suavidade de sua pele branca, o sorriso escancarado e aqueles olhos castanho-claros sempre curiosos, combinando com os cachos dourados de seu cabelo. Eu nunca entendi como é que uma pessoa tão delicada e jovem suporta o humor da minha mãe.

— Bom dia, senhorita Allissa, e feliz...

— Corta esse bom humor matinal, Claire. Me passa para a Patrícia.

— Senhorita, a sua mãe se encontra em uma reunião e pediu que eu não a incomodasse de forma alguma.

— Ok, deixa que eu resolvo isso. Obrigada, Claire.

BOM DIA, MÃE. TENTEI TE LIGAR, MAS PELO VISTO ESTÁ TUDO BEM. NADA COMO A VELHA E BOA ROTINA, NÃO É MESMO? CONSTATEI QUE AS SUAS CATORZE LIGAÇÕES PERDIDAS ERAM APENAS SAUDADE E QUE VOCÊ GOZA DE PLENA SAÚDE. CONFIRMEI ISSO com a Claire. Como não consegui um horário em sua agenda, deixo aqui a minha gratidão pelo meu presente de aniversário. Com toda certeza vou usar muito o saldo a mais no meu cartão de crédito, inclusive irei gastá-lo agora mesmo. Estou indo fazer minha primeira tatuagem. Pensei em algo simples, mas acordei com uma coragem absurda, então vou fazer logo uma mandala. Vai ser no braço direito, acompanhada de umas flores, o significado é incrível. Depois envio um memorando para a sua secretária para que ela lhe apresente. Que seu dia seja tão espetacular quanto o meu. Beijos da sua filha amada, Allissa.

Sim, eu estou chateada. É meu aniversário e, já que ela não vai passar junto comigo, o mínimo que poderia fazer é me deixar aproveitá-lo como eu bem entender. Eu adoro o Luiz, entendo que ele é meu segurança e que, devido ao trabalho dela, eu tenho que ter um segurança. Mas agora dois? Luiz está com a família há anos, mas aceitar um estranho? Se ela quer mesmo me manter segura, por que diabos não vem para casa? Com certeza o escritório de Londres não iria sentir a falta dela. Eu, sim, sinto. Especialmente no dia de hoje, mas ela liga para isso? Se liga, não está demonstrando o suficiente, e eu estou muito irritada para ler as entrelinhas. Eu não vou fazer a tatuagem, mas espero que a ideia a deixe tão brava quanto eu também estou. Não leva mais que cinco minutos da minha mensagem, e ela me liga.

— Bom dia, senhora Patrícia, aqui é a secretária da Allissa. Gostaria de deixar algum recado?

— Não se faça de engraçadinha e me confirme que você não está fazendo a estupidez de cumprir a ameaça que você me mandou por mensagem.

— Jesus Cristo, mãe! São os ossos do ofício que te deixam tão neurótica assim? Não foi uma ameaça, foi apenas uma forma de chamar a sua atenção, uma brincadeira que pelo jeito não surtiu efeito.

— Não estou achando nada engraçado, Allissa. Tive que interromper uma das reuniões mais importantes da semana para poder atender aos seus caprichos.

— Você sempre tem uma reunião muito importante, você sempre tem um compromisso urgente, você sempre está ocupada demais, mãe. Eu só queria de fato cinco minutos de atenção, até porque foi você quem me ligou catorze vezes.

— E você não se pergunta por que é que eu te liguei?

— Eu acredito que seja pelo fato de hoje ser meu aniversário e você querer dizer o quanto eu sou sua filha preferida?

— Você é minha única filha e, não, eu liguei para perguntar por que é que você estava naquela praça de madrugada e sem o Luiz?

— Que bom que você tocou no nome do Luiz, porque eu não estou gostando nada disso de termos mais um guarda-costas. Sou só eu, e não precisamos de mais um.

— Não ouse mudar de assunto, mocinha. Ainda não me disse o que estava fazendo naquela praça. E, sim, é só você, mas me dá o trabalho de um batalhão. E já que você não se habitua às regras, então vai ser do meu jeito.

— Você fala como se eu fosse um dos seus robôs, como se eu tivesse que cumprir horários, tarefas, como se eu tivesse que sempre te surpreender em algo.

— Sem dramas, Allissa.

— Não é drama, mas já passou pela sua cabeça que eu sou só uma menina? Que só quero uma mãe? De preferência em casa? Poxa, eu tô morrendo de saudades suas.

– Eu nunca fui ausente, Allissa, mas este ano tem sido um ano conturbado. Você sabe disso.

– Eu sei, mas é meu aniversário, e eu queria você aqui comigo.

– Eu estou tendo muito trabalho, e o escritório está pegando um cliente novo que pode de vez alavancar a minha carreira. Eu só te peço um pouco mais de paciência.

– Eu vou ter paciência. Mas então me deixa só com o Luiz.

– Não, isso não. Por mim você estaria aqui comigo e, já que não está, eu preciso que você fique com mais um segurança, pelo menos.

– Eu não posso simplesmente largar tudo aqui, você sabe disso, mãe.

– Do mesmo jeito que você está em ano de vestibular, tem o maldito estágio de moda no Ateliê da Dorote e mais as horas que passa na Clínica da Consolação, cuidando daquelas crianças, eu também tenho os meus compromissos.

– Então fica assim? Você está ocupada demais pra cuidar de mim e bota um estranho na minha cola?

– Você sabe o quanto meu trabalho é perigoso, e eu estou longe. Eu confio plenamente nos cuidados da Bárbara e do Luiz, mas você está cada dia mais inconsequente e, já que não gosta de regras, vou ter que contratar mais gente pra ficar de olho em você. Gostando ou não, terá outro segurança, sim.

– Gostando ou não? Você fala como se de fato eu tivesse alguma escolha.

– Se você fosse um pouco mais convalescente, não precisaríamos ter essa conversa.

– Mãe, eu estou tentando argumentar aqui.

– Argumentos infundados pra mim. Continuam me mostrando o quanto você é irresponsável.

— Eu só saí para comer.

— Se tivesse levado o Luiz com você, eram outros quinhentos, mas ainda por cima era de madrugada, então me desculpa se preciso ter que mostrar à força que quem manda aqui sou eu.

— Se a sua preocupação é mostrar quem é que manda, fique tranquila. Sua autoridade nunca entrou em questionamento por aqui.

— Allissa, você precisa crescer, precisa me ajudar, ou então essa conversa tomará um rumo ao qual eu sinceramente não espero que cheguemos. Você tem muito mais a perder se continuar batendo de frente comigo.

— Batendo de frente? Eu só não queria acordar a Bah ou o Luiz. Eles já tinham passado o dia trabalhando, eles também precisam de descanso.

— Eles são pagos pra isso, para acordar a hora que você quiser e precisar deles. E por precisarem de descanso é que iremos ter mais um segurança.

— Quando foi que você se tornou essa máquina fria, mãe? Com certeza esse foi um dos motivos por que meu pai não te suportou.

— Cale a boca, Allissa!

— Isso, cale a boca, Allissa. Mudemos de assunto, Allissa. Eu tenho trabalho demais, Allissa. Eu estou indo para mais uma reunião, Allissa. Me ligue mais tarde, Allissa. Você diz que me ama, que cuida de mim, mas você realmente acredita nisso, Patrícia?

— Você sabe que eu odeio que me chame assim.

— Esse é seu nome, não é?

— Eu sou sua mãe, mereço seu respeito.

— Você se impõe como autoridade suprema. Como quer que eu te veja como mãe? "Eles são pagos pra isso." A Bah e o Luiz estão com a gente antes mesmo do meu nascimento. Como você ousa tratá-los como se fossem mais um dos seus serviçais?

– Eles sabem o que significam para mim.

– Aliás, a Bah foi a única que se preocupou com o porquê de eu estar, de fato, naquela praça, e não foi para me dar uma bronca, mas porque ela realmente se importa com meu bem-estar, e não apenas se eu ia sair numa coluna de fofoca em uma merda de jornal de quinta. Ela se importa comigo, não com o nome que eu carrego.

– Bem lembrado. Já que você tocou no assunto, vamos falar do jornal, aquele que eu tive que pagar muito caro para que tirasse a reportagem do ar. Você desdenha tanto o seu sobrenome. Já parou para pensar o que seria de você sem ele?

– Você não faz ideia do quanto eu sonho com o dia em que não precisarei mais usá-lo, Patrícia. Não tem um único dia em que eu não imagine como teria sido minha vida sem ele.

– Você não sabe o que está dizendo, garota tola.

– E você sabe? Aliás, você sabe de alguma coisa da minha vida? Porque nos seus e-mails você nem sequer se lembra de perguntar como é que foi o meu dia, ou o que eu comi, ou se Gustavo e eu estamos realmente bem. Você não é capaz nem de dizer que me ama, mãe. Só se lembra de dizer quando está brava e quer fazer as pazes, ou quando vem com cobranças. Do contrário, vive repetindo que me meti em uma merda de estágio, ou que estou sempre na clínica, e mal se importa que eles sejam os únicos lugares que me mantêm com a sanidade no lugar, já que eu estou longe do meu pai e você só veste o papel de mãe quando é para me lembrar do quanto eu dou trabalho, ou que meus caprichos são pagos por você e que eu devo seguir a merda de cartilha que você tem planejada pra mim.

– Você está sendo mimada, como sempre, e não sabe o que é que está dizendo. Tudo que eu faço é para te proteger, é para te ensinar como ser uma mulher de fibra, para te preparar para o mundo lá fora. As coisas não são fáceis, Allissa.

— Você sabe que dia é hoje, Patrícia? Obrigada pelos parabéns, obrigada por ter tirado um tempo da sua vida pra vir comemorar comigo. Quer contratar mais um segurança para que ele possa fazer o seu papel? Que assim seja, não me importo. Tudo o que me mantiver cada vez mais longe de você é o melhor, pra nós duas. Volta lá pra sua reunião, obrigada por ter ligado.

Desligo o telefone sem nem pensar em mais nada. Nem no dia do meu aniversário conseguíamos nos dar bem. Me jogo no banco traseiro do carro e só sei ficar ali, estagnada, chorando e me sentindo completamente inútil. De longe, sinto a pena do Luiz ao me espiar pelo retrovisor. Eu queria que ele não tivesse presenciado essa cena tão patética da minha existência, mas não era a primeira briga com a Patrícia e com certeza não seria a última.

Minha mãe é uma pessoa que eu já não reconheço mais. Tento resgatar imagens de criança, aquele olhar dela de ternura, aquelas expressões ao me ninar. Ela sempre teve um amor singular, e em cada toque eu me sentia protegida. Sua pele era sempre jovem, mesmo que já tão sofrida dos anos de luta. Ela era sempre uma mulher elegante, com voz temperada, corte de cabelo na nuca, com aquela cor de céu sem lua, tão escuro quanto os seus olhos. Eu a amava tanto, que brigar com ela só me dá mais e mais saudade da infância, de quando ela lia para mim antes que eu pudesse dormir.

Lembro quando meu pai decidiu que sairia de casa, o quanto ela lutou para que eu ficasse com ela. Ela parecia se importar tanto. Onde foi que isso mudou? Quando mudou? A culpa era realmente minha? Será que, algum dia, eu e ela falaríamos a mesma língua? Todos os meus pensamentos só me fazem chorar mais e mais, mas até para chorar eu estou sem tempo. Acabamos de parar no hotel dos pais de Cecília, e Luiz já está em pé à porta, esperando que eu desça.

– Menina Allissa, eu sinto muito.

– Eu também sinto. Só espero que a minha resistência ao guarda-costas novo não lhe traga mais problemas.

– Fique tranquila. Aproveite seu almoço e, assim que terminar, estarei aqui para levá-la pra casa.

Google | Casa

Dicionário

Casa
substantivo feminino
1. edifício de formatos e tamanhos variados, geralmente de um ou dois andares, quase sempre destinado à habitação.
2. família; lar.

Tudo que eu não sinto é que minha casa é meu lar. Quando estou com Cecília ou com seus pais desajustados, eu me sinto em casa. Quando estou com o Gustavo, eu me sinto em casa. Quando eu vou para o Brasil visitar meu pai, eu me sinto em casa. Mas, definitivamente, a única coisa dentro da minha própria casa que me faz sentir que eu me encaixo em algo é a fortaleza da solidão, meu quarto. Todo o resto foi decorado friamente por uma figura matriarcal que encheu a casa com tudo que o dinheiro pudesse comprar, e mesmo assim ela continua vazia.

— Meu Deus, Allissa. Achei que ia ter que cancelar o almoço e remarcar para o jantar.

— Desculpa, Ceci. O trânsito estava horrível.

— Não tanto quanto o seu rosto. O que aconteceu com você? Suas olheiras estão terríveis. E essa cara de choro? Justo hoje, Alli?

Cecília sempre foi a pessoa que mais me entende. Somos melhores amigas desde o berçário e crescemos juntas até os 6 anos. Depois ela teve que ir com o pai para Minas Gerais, no Brasil. Ele tinha herdado uma fazenda do pai dele e, depois de tanto trabalhar no ramo da hotelaria, queria uns dias de paz no campo para resguardar o luto.

Dorote, mãe de Cecília, é uma grande empresária do ramo da moda, e também minha mentora. Naquela época, ela estava de viagem marcada para a Europa. Vivia buscando novas tendências de moda para aplicar no ateliê, e por isso Cecília teve que ir com o pai. O meu maior sonho é ser desenhista, e desde pequena ela me deixa fazer esboços de roupas para nossas bonecas, minhas e de Cecília.

Quando eu decidi que iria cursar Moda assim que terminasse o ano letivo, ela me deu um estágio para que eu tivesse certeza das minhas escolhas. Isso com certeza deixou minha mãe enlouquecida, porque tudo que ela tinha planejado para mim era que eu iria para Harvard, iria cursar Direito, depois iria para Londres com ela, e eu deveria seguir seus passos e continuar os negócios da família.

Esse é um dos maiores motivos de nossas brigas diárias. Eu tenho esperança de que, até a faculdade, ela me permita tomar minhas próprias decisões, mas a cada dia que passa eu me sinto mais e mais pressionada a seguir à risca o que ela já planejou.

— Deixa eu adivinhar. Brigou com a sua mãe de novo?

— E tem algum dia em que não brigo com ela?

— O que foi dessa vez? É por causa do jornal? Aliás, me diga, o que é que você estava fazendo naquela praça de madrugada?

E já me arrastando para a sala reservada do hotel, onde vamos almoçar, ela vai me enchendo de perguntas, e eu vou contando detalhadamente como foi a minha madrugada e qual é a consequência de ter saído sem o Luiz.

— Meu Deus, Alli, mais um Luiz?

— Quem me garante que ele será como o Luiz? Eu odeio minha mãe, sério.

— Você não odeia ela, você a ama, você a ama tanto quanto ela te ama. Acontece que vocês são muito turronas, as duas, e definitivamente entram em combustão. São tipo Irã e Iraque.

— Eu só queria que ela me escutasse, sabe? Eu nunca me senti tão viva como nessa madrugada, Ceci. O banho de chuva, poder andar sozinha, me sentir livre. Não aconteceu nada, e eu estava feliz, mas ela estragou tudo.

— Eu tenho certeza de que ela está tão triste quanto você.

— Sério que você ainda vai tentar defender ela?

— Não estou defendendo. Só tentando te fazer ver como eu enxergo a situação. Ela exagerou na proteção, como sempre, e eu não a julgo, Alli. Sua mãe chegou aonde chegou acusando as piores corjas existentes. Você sabe disso, sabe o peso de tudo isso.

— Eu sei.

— Mas eu também entendo que você só queria se sentir livre. Como eu disse, duas turronas.

— Ela me mandou um cartão de presente de aniversário, Ceci. Ela depositou alguns dólares na minha conta, como se isso pudesse suprir a ausência dela aqui. Hoje é meu aniversário, eu não queria nada, só queria ela aqui, ou o meu pai, mas ambos estão ocupados demais com suas vidas, e eu nem posso viver a minha?

— Vai sobrar até para o seu pai, Allissa?

— Não, definitivamente não. Cada dia mais eu entendo por que ele escolheu ir embora. Eu só não entendo por que foi que eu não quis ir com ele. Por que eu escolhi ficar com a Patrícia?

— Nós duas sabemos o motivo, não se culpe por isso. O seu pai te ama, e não é porque ele não vai estar no seu aniversário que ele não se lembrou.

— Sim, ele se lembrou, até me ligou, mas eu estava dormindo. Ainda não retornei pra ele, dei preferência para a Patrícia, e olha aonde isso me levou.

— Então liga pra ele agora e, assim que você terminar, a gente pede a sobremesa. Pode ser?

— Você fala como se não fôssemos pedir a mesma de sempre.

— Vou na cozinha checar se está do jeito que a aniversariante gosta. Liga logo para o seu pai.

Eu estou com tantas saudades, que ouvir a voz dele poderia realmente melhorar minha manhã de aniversário.

— Ei, estranha! Achei que não conseguiria falar contigo.

— Desculpa, papai, eu estava dormindo.

— A Bah me disse, filha. Assim que você não atendeu, eu liguei em casa.

— Estou com saudades.

— Eu também estou, e é por isso que vim te ver.

De repente, a voz não está mais do outro lado da linha, mas, sim, atrás de mim. Meu pai, ele está aqui, em carne e osso, segurando um bolo incrível na mão, o qual eu não me importo nem um pouco em derrubar quando corro para abraçá-lo.

— Você realmente está aqui!

— E você acha que eu perderia seu aniversário?

— Ah, não. Eu não acredito que você derrubou o bolo, Alli! – esbraveja Cecília, entrando de novo na sala e carregando bexigas na mão. – Ela não perde a mania de estragar as nossas surpresas, hein, Henrique?

Antes mesmo que ela possa continuar, eu corro para abraçá-la. Ninguém além dela poderia organizar uma surpresa tão incrível, mesmo eu derrubando todo o bolo, que parecia estar delicioso.

– Não tem pelo que me agradecer, Alli. Eu sei que o seu pai aqui seria o melhor presente, então combinamos de dizer pra você que ele não viria.

– Vocês me torturaram demais. Eu sofri muito por imaginar que passaria longe de você, papai.

– Eu sei, filha, e me doeu te fazer sofrer, mas agora eu estou aqui e prometo ficar durante as suas férias todas.

E de repente eu passo a ver de novo a luz no fim do túnel. Meu pai, minhas férias, meu aniversário, tudo está bem de novo. Bom, nem tudo, porque, apesar de estar muito magoada com minha mãe, eu odeio ficar brigada com ela e queria que ela pudesse estar aqui com a gente. Mas esse, sim, é um sonho alto a se ter.

Cecília fica mais um pouco com a gente e depois volta para o trabalho. Ela é recepcionista no hotel durante o final de semana e, na semana, ela é fotógrafa.

O que me faz ter uma inveja branca dela. Ela é tão segura em suas decisões. Ela é filha de uma das produtoras de moda mais conhecidas do universo, porém ela nunca quis nem ao menos passar perto de uma passarela, e Dorote nunca a pressionou para tomar outro tipo de decisão.

E ao olhar para a vida da minha melhor amiga, sinto como se fosse realmente eu quem torna as coisas mais complicadas. Eu sempre procurei fugir da trivialidade, daquela falsa ilusão de já termos um caminho todo traçado e devermos seguir por ele para nossa própria segurança – como estudar na mesma escola que nossos pais, dar as joias de família para nossos filhos, ser profissionais honrados com a profissão que já está no nosso DNA e até com quem nos relacionar.

Desde sempre o que é pragmático me irrita. Sinto que vim para quebrar todas as regras. Regras estas que minha mãe adora impor.

— Fiquei sabendo da sua briga com a sua mãe.

— Acho que você quer dizer que escutou que a minha mãe brigou comigo novamente, não é mesmo, papai?

— Filha, você sabe o quanto você herdou do temperamento dela?

— Por que é que eu não pude ao menos ter a sua paciência, papai?

— Pelo menos você não nega, não é mesmo?

Ele é o único que consegue me fazer rir depois das brigas com minha mãe, e eu amo isso demais. Ele me faz voltar a amá-la como se nunca tivéssemos brigado.

— Ela não facilita, pai.

— Ela quer o melhor pra você. Sempre quis, antes mesmo do seu nascimento, e você sabe disso.

— Ela só se perde no caminho de que o melhor pra mim é o que eu quero de fato. Eu cresci, eu não sou mais uma garotinha e, mesmo com a separação de vocês, eu nunca me senti desamparada, ou menos amada por nenhum dos dois. Eu cresci lidando com o fato de que não moraríamos mais na mesma casa, de que vocês teriam novos parceiros e de que eu continuaria sendo filha dos dois. Mas eu cresci, papai. E não sou mais uma criança que ela tem que decidir que roupa vai usar.

— Você sempre escolheu suas próprias roupas, Alli. Ainda me lembro de quando fomos ao zoológico pela primeira vez, você tinha 6 anos, sua mãe queria te vestir um Valentino e sandálias de princesa. Você colocou shorts, uma camiseta regata, tênis e boné. Ela quase enlouqueceu, e você olhou pra ela e disse: "Eu quero brincar com os elefantes, como vou de vestido?". Você já era tão cheia de personalidade!

– Ela me disse, muitas vezes, que eu lembro você o tempo todo. Inclusive pensei que sempre que a gente brigava era porque ela via você em mim. É como se eu fosse sempre o lembrete de por que vocês romperam.

– Filha, nós rompemos porque no final éramos dois amigos. Não tinha mais paixão havia anos, antes mesmo do seu nascimento. Não se sinta culpada, muito menos hoje, está bem?

– Tá, papai. O que importa é que você está aqui. Não quero estragar com lembranças ruins da Patrícia.

– Uma hora vocês duas vão ter que se entender. Você sabe disso, não sabe?

– Eu sei, mas, se pudermos não falar dela até lá, eu agradeço.

– Como quiser, filha. E aí? O que gostaria de fazer? Afinal, é seu aniversário.

– Pai, eu adoraria que fôssemos pra casa e que eu pintasse enquanto você toca violão. Lembra o quanto fizemos isso?

– O que você quiser, meu amor.

É nos momentos mais simples que encontramos o significado da verdadeira felicidade. Ter meu pai ao meu lado no dia do meu aniversário é, sem sombra de dúvidas, um dos melhores presentes que eu poderia receber. Então nos despedimos de Cecília e caminhamos para a portaria, onde Luiz já nos espera e não disfarça nem um pouco a felicidade ao rever meu pai.

– Senhor Henrique, que bom que pôde vir. O rosto dessa menininha não é o mesmo de quando a deixei aqui.

– É bom revê-lo também, Luiz.

— Papai, você sabia que Patrícia decidiu que eu preciso de mais um segurança?

— Ela me ligou para falar sobre isso, filha, e eu concordei.

— Você o quê?

— Não adianta esbravejar, Alli. Você tem que entender que, comigo longe e sua mãe fora, mesmo que você tenha o Gustavo e a Cecília, a Bah e o Luiz ainda cortam dobrado para te dar atenção.

— Espera. Vocês estão contratando alguém para me dar atenção? É isso mesmo? Você já se escutou, papai? O quanto isso é insano?

— Não foi isso que eu disse, Alli.

— Foi o que eu entendi. Vocês são meus pais, mas precisam contratar pessoas de fora para cuidar de mim.

— Você está sendo dura com a gente, Allissa. O segurança jamais suprirá nossos papéis, mas ele vai poder te proteger quando não estivermos por perto.

De repente, me sinto como se estivesse brigando com a minha mãe de novo. Será que eles não entendem que eu não quero um segurança, e sim pais? Pais presentes, de preferência? Eu estou cansada demais para brigar. Patrícia consumiu toda a minha energia, e eu não quero estragar o momento com meu pai, então só decido ficar em silêncio durante o trajeto até em casa. E ele entende meu silêncio como uma pausa no assunto do segurança. Então ele se volta para Luiz e continua a conversar sobre família, sobre o Brasil, sobre futebol e sobre o circo.

São as nossas escolhas ruins que nos levam a destinos extraordinários e, mesmo que o lapso do tempo venha em conta-gotas, serão essas experiências que nos moldarão e farão de nós pessoas melhores.

CAPÍTULO 3
Residência dos Covaldo

Uma conversa sobre escolhas

Chegando em casa, Gustavo está nos esperando. Ele parece muito preocupado e me abraça como se eu tivesse acabado de voltar de Marte.

— Graças a Deus você está bem.

— Gu, por que é que eu não estaria?

— Senhor Henrique, me desculpe a falta de modos. Eu estava tão preocupado com a Allissa, que nem o cumprimentei direito.

— É bom te ver de novo, Gustavo.

— Será que você pode me explicar por que é que você achou que eu não estaria bem, Gu? — me expressei, quase tendo um mini-infarto já.

— Eu acordei e tinha trinta e duas ligações perdidas da sua mãe no meu celular.

— Claro. Minha mãe!

— Ela estava preocupada, amor. Você tinha sido vista na praça de madrugada, sozinha, sem o Luiz. Ela queria saber se eu estava junto, mas eu estava dormindo e você sabe que, quando eu durmo, não vejo mais nada, tampouco escuto. Quando acordei, já tinha a notícia no jornal.

— O jornal. Até agora não entendi qual foi essa da matéria.

— Eu achei que tinha acontecido algo. Eu tentei te ligar, mas você não atendeu.

— Desculpa, eu dormi e acordei atrasada pra almoçar com a Cecília. Esqueci de te ligar no meio de toda essa confusão.

— Mas por que você estava na praça?

— Não aconteceu nada, está bem? Eu estava com insônia, queria algo para comer, era meu primeiro dia de férias e a Bah não tinha feito compras. Eu fui caminhar, a praça tem o melhor *food truck* das redondezas, eu só queria um cachorro-quente. Começou a chover, eu tomei banho de chuva e acabei voltando pra casa.

— Mas você podia ter levado o Luiz com você. Sair de madrugada sozinha, Alli, isso é muito perigoso.

— Eu não quis acordar ninguém. Eles são humanos, Gu, não máquinas, precisam de descanso também. E no final deu tudo certo, a não ser um guarda-costas a mais nessa conta, o que não fazia parte do plano.

— Sim, amor, a ideia do guarda-costas foi minha.

— Foi o que, Gustavo?

— Bom, eu pensei que o Luiz já anda com você o dia todo, a Bah está de prontidão a todo momento, e à noite eles têm mesmo que descansar. Então nada mais justo do que um outro guarda-costas para quando seus pais, eu e a Cecília não estivermos por perto. Assim você não fica sozinha.

— Qual é o seu problema?

— Do que é que você tá falando?

— De você tomando decisões por mim.

— Não estou tomando decisões por você, apenas encontrando formas de te proteger.

— Isso é inacreditável.

— Por que você está agindo assim?

— Porque não é a primeira vez que você quer decidir coisas por mim.

— Eu só quero o seu melhor, amor.

— Querer o meu melhor não lhe dá direito algum de dizer o que eu devo ou não devo fazer, tampouco de interferir em decisões com que eu não concordo.

— Eu juro que não entendo essa sua resistência a um segurança a mais.

— Gustavo, você não tem que entender nada, você tem que me respeitar. Se eu quero ficar sozinha, se eu quero andar sozinha, isso é um direito meu.

— Alli, foi só uma sugestão. Pra que ser tão imatura?

— Sugestão essa que você deveria dar para mim, não para a minha mãe. Você parou pra pensar no que eu iria querer?

— Só pensei que sua família te ama e quer te proporcionar segurança.

— Na boa, eu estou cansada demais para continuar essa conversa. Pai, desculpa, cancela nossa tarde de desenho e violão. Eu só quero ir para o meu quarto, nos vemos no jantar. E você, Gustavo, pegue as suas sugestões e saia da minha casa, por favor.

— Allissa, eu vim para te dar os parabéns e te entregar o seu presente.

— Pega o seu presente, a sua sugestão e meus parabéns e envia tudo para Londres. Patrícia ficará feliz em recebê-los por mim. Afinal, vocês se dão tão bem, não é mesmo?

— Você tem que parar de ser mimada. Você acabou de fazer 18 anos, Allissa. O mundo não é uma bolha de super-heróis, onde você faz o que bem entende e sempre vai ter alguém para salvar o dia.

— Você vai realmente querer continuar discutindo?

— A única pessoa que está discutindo aqui é você. Eu estou te mostrando fatos, e contra fatos não existem argumentos. Então é melhor você subir mesmo para o seu quarto e pensar que, em vez de ficar brava com as pessoas que te amam, deveria entender que elas só querem te proteger.

— Até mais tarde, Gustavo.

Eu estou muito brava. Subo as escadas sem sequer olhar para trás. Se eu respondo à minha mãe, eu sou malcriada. Se bato de frente com o Gustavo, eu estou sendo infantil. Se eu não ouço o meu pai, é porque eu sou mimada. Todos eles querem que eu seja o modelo de filha e namorada perfeita, e o que eu posso fazer? Simplesmente sair de cena. A vida é minha. Por que é que todo mundo quer dizer como eu devo viver?

Eles têm necessidade de controle, e eu amo a liberdade. Não é a primeira vez que Gustavo e eu brigamos por pensar diferente. Ele concorda com a minha mãe sobre eu dever ir pra Harvard, dever me formar em Direito e assumir os negócios dela. Ele não entende como eu amo a arte, tampouco que eu só quero viver dela. Ele acha que é burrice, loucura, que, se eu não fosse de família rica, eu passaria fome seguindo os meus sonhos.

Ele acha que a arte é o caminho mais fácil, mas que, de fato, o honrado é o que nossos pais são. Os dele são médicos, e é por isso que ele está cursando Medicina. No meu caso, deveria seguir a minha mãe, advogada, já que meu pai é do circo. Sim, meu pai foi criado por pais poetas, que viviam no teatro, e ele herdou a veia artística. Enquanto minha mãe é nossa razão, tem a alma dos negócios, meu pai é poeta e ator, e ele me passou essa mesma paixão. Cresci com ele se apresentando em palcos, me levando para o balé, saraus, e dizendo que eu deveria sempre seguir o meu coração.

De repente, um dia, acordei e ele estava de malas prontas para mais uma turnê. Daquela vez, seria no Brasil. Ele foi e, desde então, não voltou mais pra ficar com a gente, ou pelo menos não com a minha mãe. Os dois se sentaram comigo, me explicaram o motivo da escolha e que eu sempre teria os dois. No começo foi mais difícil, mas depois, com o tempo, me acostumei com as viagens, e férias passaram a ser sinônimo de ir ver meu pai.

Conforme fui crescendo, as responsabilidades e os estudos foram me puxando para o lado racional – isso com toda certeza foi por causa da minha mãe –, e eu fui deixando que ela decidisse. Mas agora? Agora eu cresci e queria poder ter voz em minhas escolhas, mas parecia que eu falava sozinha e ninguém me escutava, ou pelo menos ninguém queria me escutar.

– Posso entrar?

– Pai, eu realmente não quero brigar, não com você.

– E quem é que disse que eu quero brigar? Não vim de tão longe pra isso. Posso me sentar?

– Claro, vem cá – eu já respondo, cedendo um lugar na cama para ele.

Ele pega meu boneco do Thor e começa a fazer aquelas vozes bizarras, que só ele sabe fazer:

– Será que, por baixo dessa garota durona, ainda tem a minha garotinha?

– Eu cresci, pai. Não sou mais aquela garotinha faz muito tempo.

– Eu sei, e é isso que assusta, sabe? Você foi a filha mais amada e desejada que eu poderia ter, Allissa, mas, desde antes do seu nascimento, você trouxe para as nossas vidas essa inconstância na sua personalidade. Devido à gravidez de risco, não sabíamos quando seria seu nascimento. A cada novo mês de gestação, torcíamos para que durasse.

— Pai, você nunca fala sobre isso, nem a minha mãe.

— É bem difícil reviver algumas dores, filha. Achamos que as feridas estão cicatrizadas, mas elas nunca estão. Eu só queria que você não fosse tão dura com a sua mãe. Ela, mais do que ninguém, te amou desde o primeiro dia que soubemos que você viria ao mundo. Não vou dizer que foi fácil, mas ela me apoiou desde o primeiro instante.

— Com ela nunca é fácil, não é mesmo?

— A sua mãe teve que lutar por tudo desde muito cedo, Allissa. Ela não nasceu em berço de ouro, ela estudou, batalhou pela carreira dela e conquistou tudo o que tem hoje. Ela não teve muito poder de escolha, mas as escolhas que fez naquele instante a transformaram no que ela é hoje.

— É por isso que ela acha que tem que me privar das minhas escolhas?

— Filha, ela não te priva de nada, ela te oferece caminhos.

— Caminhos esses que eu odeio.

— E como é que você sabe se vai gostar se não tentar?

— Pai, você disse que não queria brigar.

— E eu não quero, mas a filha que educamos não é essa menina que está aqui na minha frente. Você está sendo inflexível, brigou com sua mãe, agora com seu namorado.

— Pai, não é que eu briguei, é que eles não entendem que não aconteceu nada demais. Eu só queria comer um cachorro-quente.

— E você tem que entender que foi por pura sorte que não aconteceu nada. Allissa, você tem seguranças e mora em uma fortaleza não por brincadeira. A Patrícia é advogada criminalista. Você entende o quanto isso é sério? E você foi irresponsável, sim.

— Eu sei disso tudo.

— Ótimo, agora sinto que estou falando com a minha filha de novo.

— Mas por que, em vez de brigar comigo, ela não tentou conversar, como você está fazendo agora, papai?

— Você deu essa chance à sua mãe?

— Eu liguei, ela estava ocupada, então fiquei brava e mandei a mensagem sobre a tatuagem.

— Exato, então me desculpe, filha, mas não posso te dar razão. Sua mãe se preocupa com você, e você não facilita em nada.

— Eu só estou com saudades e fiquei brava por ela não estar aqui. Eu quero que ela cuide de mim, não um segurança a mais.

— Ela também sente sua falta, mas ela está em uma fase muito decisiva na carreira dela. Você sabe o quanto sua mãe ama o Direito. Ela precisa do seu apoio neste momento, não de uma guerra.

— Pai, vocês realmente foram muito apaixonados, né?

— Por que isso agora?

— Porque eu vejo que você fala da Patrícia com muito amor ainda.

— Allissa, mesmo que estejamos separados, eu sinto que sempre vou amar aquela mulher.

— E por que você traiu a Patrícia, papai?

— Casamentos possuem crises, filha. Ela sempre foi ambiciosa, o casamento estava na corda bamba, ela vivia para o trabalho e eu vivia no teatro, então conheci a Verônica.

— Vocês nunca citam o nome dela. Eu ainda me lembro de escutar pequenininha, mas, depois que conheci toda a história, nunca mais tocamos no assunto.

— É esse o ponto em que quero chegar, filha. Eu tive escolha e, se mudasse algo, não teria você aqui. Sua mãe não seria sua mãe, e você poderia não existir. Você sabe de tudo, sabe que sua mãe teve uma vida difícil e que ela daria o ar que respira para que você não passasse por nada do que ela passou.

— Eu sei, pai, e eu amo ela, amo de verdade, mas eu queria que ela entendesse que hoje a nossa realidade é outra. E eu não vou desapontá-la, mas ela precisa confiar em mim.

— Eu sinto muito por isso, filha, mas a falta de confiança da sua mãe veio de mim. Hoje ela desconta em você, mas ela vai ver que você, de todas as nossas escolhas erradas, foi a mais acertada. O motivo por que eu estou aqui conversando com você é odiar esse clima na minha família.

— Eu também odeio as brigas.

— Então vamos nos reconciliar?

— Pai, você está bancando o mediador com a pessoa errada.

— Na realidade, não estou, não. Em anos ao lado de uma advogada, aprendi a contornar a situação para a minha própria sobrevivência. Eu tive uma conversa com a sua mãe, e a proposta é a seguinte: você aceitou o estágio com a Dorote para ter certeza de que moda é o que você quer.

— Estágio que minha mãe nunca aceitou ou apoiou, que fique registrado.

— Ela está disposta a te dar uma nova chance. Ela quer que você passe as suas férias em Londres. Assim você passa mais tempo com ela no escritório, conhece a rotina e dá uma chance ao Direito, mesmo que não seja o que você quer. Você não sabe se realmente não vai gostar, então não custa tentar.

— Mas eu achei que passaria as férias com você, papai.

— E vai, filha. Eu vou pra Londres com você e ficamos juntos de novo, convivendo durante as férias. Você está reclamando que seus pais não lhe dão atenção, mas, se você aceitar a proposta, vamos os três pra Londres. Você fica com o estágio na firma da sua mãe, dispensamos o segurança, e vocês duas tentam recomeçar daí. Acabando as férias, se você quiser mesmo cursar Moda, nós dois iremos te apoiar. Se você se apaixonar pelo Direito, você começa o estágio aqui em Boston até que suas aulas acabem. Quando for fazer a faculdade, já vai estar certa do que realmente quer cursar. O que você me diz?

— Eu digo que: onde é que eu assino?

— Gosto do seu espírito adulto, filha.

— Obrigada, senhor. Mas é que realmente fica mais fácil desse jeito, e minha mãe não vai poder dizer que pelo menos não tentei.

— Agora, aproveitando esse clima de reconciliação, será que posso me intrometer um pouco mais?

— O que foi agora?

— Gustavo.

— Pai, sério, eu sei que suas intenções são as melhores, mas...

— Mas nada. Você precisa parar de ser tão dura com ele também.

— Por que é que eu sempre sou a parte que é dura? Já se colocou no meu lugar?

— Eu vivi anos no seu lugar, Alli. Ser casado com sua mãe foi uma das melhores decisões da minha vida, mas muitas vezes eu me calei para que ela se sentisse confortável, ou apenas para evitar brigas, então ela decidia tudo por mim. E foi bom por um tempo.

— Eu odeio que as pessoas decidam as coisas por mim.

— Exatamente. Gustavo é um menino bom, de família, e eu o conheço desde a pré-escola. Jamais estaria aqui para defendê-lo se eu realmente não acreditasse nos sentimentos dele.

— Pai, eu não tenho dúvidas de que ele me ama, mas a questão é exatamente essa. Eu vivi a vida inteira ao lado dele. Ele foi meu melhor amigo de infância, depois o amigo tipo irmão mais velho me cuidando na adolescência, e de repente me vi dando o primeiro beijo no meu melhor amigo. Não é a nossa incompatibilidade de idade, mas a sensação de que eu e ele estamos juntos desde sempre.

— E isso é ruim, filha?

— Não, mas eu quero mais, eu tenho tantos sonhos. E ele é muito racional. Ele não me impede de voar, mas também não me acompanha.

— O Gustavo está na faculdade, você ainda vai entrar. Você está começando um ciclo, ele está encerrando outro. Ele pensa em futuro e em começar a viver esse futuro, você ainda está na fase de cometer alguns erros.

— Ouvir você falar assim até me faz questionar: por que é que eu estou com ele mesmo?

— Essa é uma questão que só você pode responder, Alli, mas não são as diferenças que atrapalham, elas fortalecem. Você conseguiria se imaginar namorando e fazendo planos com alguém igualzinho a você?

— Realmente, pai, eu acho que já teria largado.

— Exatamente. Então dê uma chance para que o Gustavo te mostre esse mundo novo. Do mesmo jeito que você vai abrir espaço para a possibilidade do estágio com sua mãe, abra seu coração para as novas coisas que ele tem a te oferecer.

— Pai, todo esse conselho sobre o Gu foi por causa da briga de agora há pouco? Porque se for, fica tranquilo, já tivemos piores e sobrevivemos.

— Apenas pense em tudo que eu te disse, filha. Mais tarde você vai me agradecer por essa conversa. Agora vou deixar você descansar, porque à noite vamos celebrar sua maioridade.

E então nossa conversa termina com um abraço terno e carinhoso, e meu pai vai para seu antigo quarto descansar para meu jantar de aniversário, enquanto eu fico deitada na minha cama, pensando e repensando na nossa conversa, na briga com minha mãe, na briga com o Gustavo e em tudo que aconteceu. Londres seria minha melhor escolha? Não, nem de longe, mas seria uma maneira de tentar fazer a minha mãe me escutar.

Se eu não tentasse, ela poderia dizer que eu estou tomando uma decisão sem dar chance a novas oportunidades. E se eu tentasse e odiasse o estágio em Direito, como eu tinha certeza de que iria odiar, ela notaria que a minha paixão está na arte, assim como a do meu pai, e definitivamente seria a chance de que eu preciso para ganhar o seu apoio.

Céus, como ter meu pai por perto é bom. E como sempre, meus sentimentos estão gritando e eu resolvo registrá-los.

Diário, pág. 356

O peso de uma escolha!

Tenho 18 anos e estou numa mistura de sentimentos. São a rotina entre o último ano do colégio, a escolha da profissão perfeita, minha crise existencial, malas prontas para embarcar no primeiro trem e um namorado que me faz questionar o sentido de amar. Estou deitada, com meus olhos fixos no teto. Afinal, para a nova vida, a responsabilidade já me avisou que não são permitidas indecisões. Logo eu, a pessoa que tem o ascendente em libra?

Estou tentando fugir um pouco do drama que me cerca e já imagino minha mãe falando: "Vê se não esquece o cachecol quando sair de casa em dias frios, não dê conversa para estranhos, não aceite bebidas diferentes". E meu pai resmungar: "Vê se realmente vai estudar e não mate aulas para maratonar seriados".

Tudo que eu mais quero é alcançar a tão cobiçada independência. Depois do colegial, eu vou morar sozinha, vou comer porcarias o dia todo e não terei pais para me encher o saco. Talvez o Luiz, mas daremos um jeito.

No entanto, ao contemplar verdadeiramente a vida de adulta que me espera, fujo um pouco do que eu anseio e descubro, logo nas primeiras semanas, o quanto amo a rotina que me cerca. Isso se chama comodismo, mas, se eu for parar para pensar, é muito bom poder ir para a casa da Cecília aos finais de semana e ter o Gustavo por perto para divergir opiniões ou para tentar me convencer de assistir ao seu documentário preferido sobre alguma doença da qual eu nunca saberei pronunciar o nome, enquanto eu faço bico até ele assistir pela milésima vez à versão estendida de *O senhor dos anéis*. O fato é que nunca nos contam que, junto com a independência, vem a carência, o peito dividido. É gritar e não ter quem escutar, é ter que saber a diferença entre água sanitária e amaciante.

Sim, é libertador se virar sozinha, mas o que fazer com a porra da saudade? É ver sua família reunida, mas você não poder estar lá, é contar no calendário, rezando para que os dias passem logo até os feriados de Natal e Ano-Novo, quando você terá suas férias prolongadas e poderá desfrutar do colo da sua mãe — essa mesma mãe que, quando vocês estão juntas, você diz que odeia —, dos conselhos do seu pai e do abraço apertado da sua melhor amiga. Sair de casa é uma experiência única, mas o sentimento que nos dá poder retornar é algo que ainda não inventaram nome para traduzir.

Temos que nos dividir entre o prazer e a responsabilidade, entre o querer e o poder. É não querer sair, mas ver seus sonhos lá fora gritando por você. É a nossa criança, que não quer crescer, e nosso lado adulto, que nos impede de permanecer no nosso quarto, que é o nosso maior refúgio. É olhar no espelho e falar para nós mesmos: "Estou aqui por eles". E é olhar para o lado e ver tudo o que pode ser perdido no processo, enquanto realmente desabrochamos. É ter medo, e bater no peito, e dizer que somos corajosos. É ser realmente corajoso, mas fazer dengo só para a mãe vir nos visitar.

O psicológico é testado constantemente. Uns nos culpam por algumas escolhas, nós nos cobramos pelas outras. Crescer é abdicar de prazeres momentâneos para alcançar o real objetivo. O preço é caro, e a vida se esfola muito no processo, mas a recompensa vem na mesma proporção de nossos esforços. E tudo pode dar errado, mas nunca vamos nos culpar por não termos tentado. Tentar, eu realmente quero, mas e se eu me deparar com aquilo que eu não planejei? E se o caminho antes traçado for tedioso, e o novo, encantador? Bom, como diria o meu pai, eu preciso arriscar. E só jogando é que saberei se sou capaz de ganhar. Eis que a vida é um jogo, então estou pronta para começar. Ou não.

P.S.: Que venham Londres e o tão temido estágio com dona Patrícia Covaldo.

Algumas pessoas entram em nossos caminhos e nos conquistam logo de cara, mas os nossos anticorpos boicotam esse primeiro contato por medo de que o que nos encanta facilmente possa vir a nos ferir na mesma intensidade.

CAPÍTULO 4

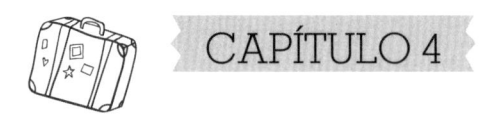

A festa

— Acorda, dorminhoca.

A voz de Cecília me tira do cochilo da tarde.

— Seu pai me mandou subir. Cadê seu telefone? Te mandei mensagem, e você não recebeu.

— Desculpa, Ceci, não faço ideia de onde ele esteja. E provavelmente vai estar descarregado.

— Seu pai me disse que você perdoou sua mãe.

— Na realidade, perdoei em termos.

— Sem drama, Allissa. Sabemos que você é louca por ela e que odeia quando ficam brigadas.

— Sim, mas pra fazermos as pazes é necessário vê-la. Não quero esse tipo de conversa por telefone.

— Londres, então?

— Parece que sim.

— De repente, me sinto de novo com 6 anos e a gente está se despedindo.

— Ei, por favor, sem lágrimas. Londres não é do outro lado do mundo, e poderia ser pior, Ceci. São só as férias, logo eu estou de volta. Vamos terminar o Ensino Médio juntas, vamos tomar meu primeiro porre na formatura, e depois falamos sobre a universidade. Combinado?

— Desculpa, acho que é a TPM.

— Sempre é.

— Tá, agora chega de conversa fiada. Vai tomar banho pra começarmos a te arrumar.

— Ceci, você não me disse como foi o encontro com o Pedro.

— É tanta coisa que acontece na sua vida, Allissa Covaldo, que não sobra nem tempo para as fofocas.

E enquanto o creme hidratante age no meu cabelo, Cecília e eu falamos sobre a sua vida amorosa. Outra coisa que eu admiro nela é exatamente a sua segurança emocional. Se eu vejo minha amiga sofrendo por relacionamentos? Não, não dá tempo, porque ao romper ela se joga em uma banheira de amor-próprio e deixa a água imergir todas as suas incertezas e medos. Ela chora. Afinal, é humana, sente, mas não deixa a dor fazer moradia. Ela chacoalha a poeira e logo dá a volta por cima, e sempre é em cima de saltos milimetricamente calculados e um look arrebatador.

— Uau! Realmente você está uma obra de arte, Allissa.

— Graças a você, Ceci. Essa maquiagem ficou perfeita.

Em um vestido vermelho com decote em v e com meus cabelos ruivos presos em um coque bagunçado para realçar os meus ombros, colo e costas, deixo a fortaleza da solidão ao lado da minha melhor amiga, rumo à minha festa de aniversário. No caminho, resolvo mandar uma mensagem para o Gustavo.

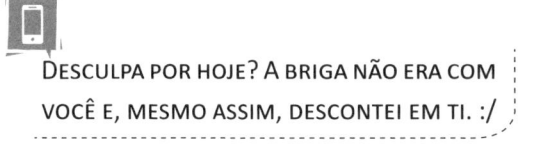

> DESCULPA POR HOJE? A BRIGA NÃO ERA COM VOCÊ E, MESMO ASSIM, DESCONTEI EM TI. :/

> DESCULPAR O QUE MESMO? P.S.: TENHO UMA SURPRESA PRA VOCÊ!

> ODEIO SURPRESAS, GU. VOCÊ SABE DISSO. :X

> ABRE UMA EXCEÇÃO APENAS HOJE, VAI.

> NA HORA, EU DECIDO. TE <3

Se existe algo que me tira do prumo são surpresas. Ok, existem todos os tipos de surpresa, e muitas vezes elas realmente vêm para melhorar o humor, o momento e todo o contexto de uma história, mas eu nunca sei como lidar com elas pelo fato de eu ser extremamente transparente. Não sei esconder as minhas emoções. E se eu ficar eufórica demais e não for para tanto? Ou se eu não demonstrar empolgação alguma, e a pessoa esperar uma comemoração inusitada? Definitivamente, odeio surpresas.

— Gustavo disse que tem uma surpresa para mim. Você faz ideia do que seja?

— Que pergunta besta, né, Allissa? Se é surpresa, mesmo que eu soubesse, eu mentiria pra você.

— Eu só queria checar, então não deve ser um presente comum.

— Você sabe que ele nunca me pediu opiniões para comprar nada pra você. Ele te conhece.

— É, uns dezesseis anos de convivência. Conhece, não é mesmo?

— Alli, você ama o Gustavo?

A pergunta de Cecília faz com que até o Luiz olhe pelo retrovisor, esperando ansioso a minha resposta.

— Eu estou com ele há muitos anos, né, Ceci?

— Não foi isso que te perguntei, Allissa Covaldo.

— Eu não sei se é amor, Ceci. Você sabe, ele foi meu único namorado, crescemos juntos, conheço ele a vida inteira, e nossos pais se conhecem desde a faculdade, esperam que nós nos casemos, tenhamos herdeiros e vivamos felizes para sempre.

— Você consegue notar o sarcasmo na sua voz?

— Não é sarcasmo. Fingir que eu não sei que é isso o que todo mundo espera da gente é que seria.

— Ei, todo mundo não, está bem? Eu jamais apoiaria uma decisão com a qual eu não tivesse cento e um por cento de certeza de que você estivesse realmente feliz.

— Eu sei que sim, Ceci, mas realmente todo o resto espera que eu e o Gu sigamos os passos dos nossos pais.

— Mas e as suas vontades?

— Você esqueceu que eu tive uma briga feia, hoje, tanto com o Gustavo quanto com a minha mãe, por causa das minhas vontades?

— Então quer dizer que você simplesmente vai aceitar o que eles têm programado na cartilha pra você? Mesmo que isso não te faça feliz?

— Você está começando a me assustar com esse papo, sério. Está sabendo de algo que eu não sei?

— Para de ser paranoica. Eu apenas quero ter certeza de que todas as suas escolhas sejam porque você realmente está confortável em fazê-las. Eu adoro o Gustavo, mas nunca vi um brilho nos seus olhos. Aquele brilho que a gente tem quando está apaixonado.

— Você parece aquele escritor baiano falando.

— Qual dos escritores? Você lê tantos!

— O Edgard Abbehusen, do Instagram Fotocitando. Ele fala que "o amor não se deixa iludir pelo excesso de coisas que fazemos para despistar os nossos maiores sentimentos".

— Você acha que só não tem certeza do seu amor pelo Gustavo porque tem mais coisas aí?

— Eu estou dizendo que eu vivi coisas demais ao lado do Gustavo, Ceci. Como eu não o amaria e não permaneceria ao lado dele? Eu sei que eu gosto dele, gosto muito, mas não sei se eu o amo. Não sei se acredito no amor, porque não sei se já o experimentei de fato. Afinal, o que é o amor?

— Você realmente me confunde. Vocês dois, na realidade.

— Por que essa dúvida sobre a gente agora?

— Não é dúvida. Eu só quero que seja uma noite perfeita e que você faça escolhas por amor, e não porque está há uma vida toda com ele.

— O que você está querendo dizer?

— Às vezes, eu esqueço o quanto você é lenta pra certos assuntos, Alli. Hoje você está fazendo 18 anos, vocês se conhecem a vida toda, e ele disse que tinha uma surpresa pra você. Quer mesmo que eu desenhe?

— Droga, será que ele quer transar comigo?

Nessa hora o Luiz breca o carro de uma forma inesperada, e então percebo que falei alto demais.

— Sua naturalidade na forma de se expressar é contagiante, Allissa — zomba Cecília de mim.

E então me perco nos meus pensamentos durante alguns segundos. O Gustavo é realmente um cara interessante, ele valoriza a saúde acima de qualquer coisa, e seu físico é de dar inveja em muitas pessoas. Antes de mim, ele já teve uma namorada, a qual ele amou muito, mas ela o deixou quando foi embora para o Chile. Eu me lembro dela, mas me lembro principalmente de como ele ficou mal com o término. Me lembro de odiá-la por tê-lo feito sofrer. Quando eu me lembro disso, me dá um aperto no peito, porque eu jamais gostaria de fazê-lo sofrer.

Ele realmente se dedicou ao nosso namoro desde o instante em que parou de me ver como a garotinha que cresceu ao seu lado e com quem dividiu a infância, como a menina das sardas pelo corpo e do sorriso exagerado com olhos cor de céu. Lembro-me como se fosse hoje do nosso primeiro beijo. Foi completamente estranho, mas não demorou muito para que a conexão se firmasse. Ele era o meu melhor amigo e não demorou nada para se transformar em meu namorado.

Ele sabe que eu sou virgem e que pretendo me casar assim, mesmo que isso seja aos 40 anos de idade. Ele sempre disse que iria respeitar o meu tempo e, durante esses quase quatro anos de namoro, ele de fato tem se comportado, o que faz que todos os meus sinais de alerta se ascendam. Realmente as suspeitas de Cecília têm lógica. Ele só pode ter preparado uma noite romântica para nós dois.

Chegando ao salão, quem nos recebe é meu pai. Ele me toma por um braço, e Cecília pelo outro. Está se sentindo o juvenil, levando nós duas até o centro da festa. Já avisto o Gustavo de longe, que não disfarça a sua felicidade em nos ver chegar.

– Você está incrível, amor.

– Obrigada, Gu. Você também está lindíssimo.

– Cecília, você também está muito bonita.

– Obrigada, Gustavo. Eu vou buscar algo pra beber, se vocês me dão licença.

– Eu vou checar se o som está ok, filha. Não quero que nada saia errado esta noite.

Se despedindo de mim com um beijo na testa, meu pai se direciona para o palco.

– Eu te prometo que você terá uma noite inesquecível, meu amor.

– Eu prometo que irei cobrar, Gustavo.

E então, de braços dados a ele, ao garoto que fazia questão de demonstrar o tamanho da sua felicidade ao estar ao meu lado naquela noite, eu continuo a andar pelo salão e a cumprimentar os demais convidados. O que eu mais amo na vida é comemorar o meu aniversário, mas esta também é uma das coisas que eu mais odeio. Sim, eu sei que eu sempre soo contraditória, mas é que aniversários nunca foram algo só meu, são um momento em que eu tenho que ser apresentada ao mundo. Tipo o Simba quando nasce, e Mufasa mostra para todo o reino que o herdeiro do trono nasceu. Em todas as celebrações, é assim. Clientes importantes da minha mãe, alguns parentes distantes, "amigos" da família. Sempre sinto que a comemoração é mais para eles do que de fato para mim. E se não fosse por Cecília, meu pai e o Gustavo, eu me sentiria uma completa estranha em meu habitat não tão natural.

Para complementar, Patrícia não está aqui este ano. E, sim, eu estou com saudades da minha mãe. Depois de algum tempo em que estamos ali, meu pai chama a atenção de todos para que possamos fazer um brinde.

— Estamos todos aqui para celebrar mais um ano de aniversário da nossa princesa. Ver os filhos crescendo nos traz a certeza de duas coisas. Primeiro a de que estamos velhos, e segundo a de que eles sempre serão as nossas crianças, mesmo que se achem donos de seus próprios narizes. Hoje, ao olhar pra você, Allissa, eu não só vejo a filha que eu sempre quis ter, mas encontro a filha que me ensina, todos os dias, uma nova lição. E espero poder sempre corresponder à altura. Ficar distante de você é uma das coisas mais difíceis que eu tenho que fazer, mas eu sei que sempre estaremos ligados pelo mesmo amor. Hoje, no seu aniversário, eu gostaria de te dar um presente diferente. É algo que tenho certeza de que você não espera, mas que vai amar muito. Então eu gostaria de chamar ao palco uma pessoa que eu sei que gostaria de lhe falar algumas palavras. Senhoras e senhores, Allissa, com vocês, Patrícia Covaldo.

Ele não estava de brincadeira quando disse que eu jamais imaginaria qual seria o meu presente. E também não errou ao dizer que eu iria amar. É a minha mãe, finalmente ela está aqui. Um filme se passa na minha cabeça, mas definitivamente ela está aqui e podemos tentar nos entender.

— Oi, filha. Eu sei que eu sou a última pessoa que você esperava esta noite e também sei que os nossos conflitos internos nos deixam vulneráveis a novos recomeços. Mas eu queria dizer que estou aqui, neste momento, e é por você, é para te pedir desculpa pelas outras vezes que não pude suprir suas necessidades. Por aquelas vezes que eu joguei baldes de água fria no seu coração, pelas vezes que eu deveria ter confiado, mas não confiei. Bom, passar dezoito anos ao seu lado, ver você sempre cheia de atitude, cheia de vontade própria desde pequena, isso é terrivelmente assustador para uma mãe de primeira viagem, e nós sabemos disso. Mas eu aprendi muito com você e, contradizendo todas as possibilidades, nós nos parecemos mais do que você imagina. Eu gostaria que esta noite fosse impecável. Ao olhar pra você, ver essa mulher na qual você está se transformando, gostaria que soubesse que você me enche de orgulho. E, bom, eu te amo.

Não penso muito ao ouvir essas palavras. De repente, tudo está bem. Meu pai, minha mãe, ambos aqui demonstrando afeto só me fazem ter vontade de sair correndo e abraçá-los, e é exatamente isso o que eu faço. E então minha mãe toma de novo a palavra:

— Gostaria de convidar a se ajuntar a nós uma pessoa que também faz parte dessa família e que gostaria de dizer algumas coisas a Allissa.

Agora seria a vez da Cecília. Ai, meu Deus, agora eu desmonto. Ela me conhece melhor que ninguém, acredito que até mais que meus próprios pais. Assim que ela começar a falar, eu sei que vou me acabar em lágrimas. Mas, não, quem sobe no palco não é a minha melhor amiga, e sim o Gustavo.

— Eu gostaria de dizer que estava tudo muito mais fácil na minha cabeça.

— Gu, o que é que você está fazendo? Você odeia falar em público.

— Sim, Alli, eu odeio muitas coisas, mas por você eu tenho vontade de fazer qualquer uma que seja. Você é louca por acampar, por natureza, banho de rio e essas coisas, então eu prometo que nossas próximas férias serão em um acampamento de verão. Eu sei que você ama música, seriado e HQ, e que eu não entendo nada, mas prometo passar a me interessar mais por essas nerdices em que você é tão viciada. São tantas coisas que eu sou capaz de fazer por você.

— Gu...

— Por favor, me deixa terminar de falar. Eu não lembro exatamente como eu te conheci, só sei que de repente a minha casa não era mais a única casa da vizinhança. Velhos amigos dos meus pais tinham comprado a casa ao lado, e eu torci muito para que o filho dos meus novos vizinhos fosse um menino, mas então descobri que era uma menina.

— Desculpa te decepcionar.

— Sim, você decepcionou, mas foi só o tempo de te conhecer pra saber que eu não poderia ter vizinha melhor. Você era uma pirralha, mas sempre nos divertimos, crescemos, estudamos na mesma escola, te tirei de algumas confusões e você me meteu em uma porrada de outras.

— Desculpa por isso também.

— Tá desculpada. O tempo foi generoso com a gente, nunca brigamos de ficar brigados, não é mesmo?

— Não, não que eu me lembre.

— E então chegou o resultado do meu vestibular. Eu ia para a faculdade, e de repente meu coração ficou pequeno, porque era um novo mundo. Eu tinha que me mudar, mas lá eu não ia ter você.

— Eu ainda me lembro do seu drama: "Alli, vou embora", como se o mundo fosse acabar.

— E ia, Alli, porque foi a primeira vez que eu notei que não queria me afastar de você. Então eu te beijei, e foi o beijo mais estranho de todos. Você era minha melhor amiga, e eu tinha medo de estar confundindo as coisas. Eu era mais velho, você ainda ia fazer 14 anos. Nossos pais quase surtaram.

— Me disseram que eu ia ficar de castigo pelo resto da vida por causa do beijo.

— E de repente tudo ficou simples, e eles viram que era de verdade. E nós somos de verdade hoje, quase quatro anos depois daquele beijo. Você é minha namorada. E eu sei que quero você para o resto da minha vida.

Nessa hora, é como se algo em minha espinha congelasse. Sinto um frio percorrer todo o meu corpo. Como o Gustavo poderia ter certeza de que me queria para o resto da vida, sendo que eu não sabia nem que faculdade eu queria fazer? Como ele poderia ter tanta certeza sobre uma decisão como essa?

— Allissa, eu sei que pode parecer loucura, e vai até soar como loucura, mas eu não tenho a menor dúvida disso. Logo, logo, você vai entrar para a universidade, seja lá qual você escolher. Daqui a alguns anos, eu termino a minha, e até lá podemos fazer mais alguns planos pelo caminho, mas eu quero ter a certeza de que estaremos juntos. Então, Allissa Covaldo, você aceita se casar comigo?

Droga, o que eu mais temia está acontecendo aqui, na minha frente. Gustavo está me pedindo em casamento. O que é que ele bebeu? Ele só pode estar louco. Tudo bem, eu entendi o que ele quis dizer. Não iríamos sair daqui casados, nem nada, mas ele quer que eu possa lhe dar uma esperança de que, assim que nossas faculdades acabarem, já estaremos predestinados ao outro. Tipo Julieta predestinada ao rival de Romeu. Ele só pode estar brincando comigo. Como é que ele pôde me propor algo desse tipo sem sequer me perguntar antes, ou perguntar para Cecília, ou para meus pais?

Espera. Eles sabiam? Então rapidamente lanço um olhar pra Cecília, que se encontra tão chocada quanto eu. Ela balança a cabeça como quem diz: "Eu sinto muito, Alli, mas eu não fazia a menor ideia disso". Queria ter encontrado a mesma negativa em meus pais, mas, ao encará-los, eu só encontro um ar de apreensão em meu pai e um orgulho que dá ódio só de notar em minha mãe.

— Alli? Alli? Allissa? Tudo bem? Agora é a hora em que você me diz o "sim"!

Gustavo está tentando me tirar do transe em que eu me encontro desde que ele fez o pedido. E minha mãe, como boa controladora que é, para quebrar o silêncio e meu constrangimento, toma o microfone da minha mão.

— Gustavo, quanta felicidade você poderia proporcionar para a nossa família, não é mesmo, filha? — ela fala e me abraça, sussurrando em meu ouvido que era para pelo menos eu sorrir.

— A felicidade é inteiramente minha, senhora Patrícia.

— Allissa é nosso bem mais precioso, Gustavo, e eu acredito que você saiba disso. Por isso, é claro que confiamos plenamente que você irá honrar o seu papel de noivo, respeitá-la, amá-la e cuidar para que ela possa ter uma vida plena e feliz. Assim que ela entrar para Harvard, os estudos devem vir em primeiro lugar.

— Certamente, senhora Patrícia.

— Sem formalidades, meu jovem, você acabou de pedir a mão da minha filha em casamento. Me chame apenas de Patrícia.

— Como quiser, Patrícia.

— Assim está bem melhor. Como eu ia dizendo, vocês dois têm minha benção, desde que você entenda que a carreira dela vem antes do casamento, que vocês terão tempo para discutir os detalhes e que isso leve alguns bons anos, mas desde já desejo que possam ser muito felizes.

— Obrigado, senhora... Quero dizer, Patrícia.

Oi? O que eles estão fazendo? Alô? De repente, me sinto em um leilão de gado, onde a novilha, no caso, seria eu. Como eles podem falar sobre casamento ou decidir coisas da minha vida sem sequer perguntarem para mim? Eu estou em choque, e tudo o que faço é dar de ombros e sair andando. Minha mãe dá a desculpa de que a notícia foi uma surpresa.

E, falando nisso, entendem por que é que eu odeio surpresas? Pois bem, saio andando sem conseguir verbalizar uma palavra sequer. Eu me sinto traída, traída pela minha mãe, pelo Gustavo, até pelo meu pai. Por que é que ele não me disse nada? Ele tentou aliviar a barra com a mamãe, mesmo sabendo que à noite eu seria pedida em casamento?

De repente, vejo meu mundo perder o chão. Cecília tenta me alcançar, mas eu me desvencilho de seus braços. Só quero sair daqui, ir para qualquer lugar do universo onde eu não precise ser eu mesma. Meu pai me chama, mas eu ignoro totalmente o som da sua voz, e de repente sinto as mãos do Gustavo em meus ombros.

— Allissa, pelo amor de Deus. Por que você saiu dessa forma?

— Tira suas mãos de mim. Você acha que você é quem?

— Eu sou o seu noivo, Allissa. Eu me declarei lá em cima, você prestou atenção em algo do que eu disse?

— Você quer que eu veja o seu ato patético como algo louvável, é isso mesmo? E você não é meu noivo!

— Patético? Allissa! Eu me declarei!

— Não, Gustavo! Você estragou tudo. Sério, eu achei que você fosse fazer um discurso desses piegas, sabe? Achei que iríamos dançar uma valsa estúpida, igual no meu baile de debutante, achei que depois roubaríamos uma garrafa de champanhe, despistaríamos o Luiz e finalmente teríamos um aniversário de verdade. No qual eu e você terminaríamos em algum canto do mundo, e sem roupa de preferência.

— Mas, Alli, eu achei que você queria continuar virgem, que seria só depois do nosso casamento.

— Eu queria, eu quero, quer dizer, eu não sei, e a culpa é sua.

— Minha culpa?

— Sim, sua culpa. Porque a gente não tem um namoro normal, a gente tem um cronograma, Gustavo. É jantar de negócios com seus pais, é encontro com os seus amigos chatos e suas amigas maduras da universidade, são os meus pais... Nunca é leve, nunca é divertido, nunca é algo só nosso.

— Eu achei que você gostava, Alli. Afinal, é o nosso mundo.

— Nosso mundo? Desde quando existe o nosso mundo?

— Pra mim, era o nosso mundo.

— Não, Gustavo. Existem você e minha mãe tomando decisões por mim. E até meu pai agora.

— Alli, eu juro que não estou entendendo aonde você quer chegar com essa conversa. Até agora há pouco, você estava feliz ao meu lado.

— Eu estava feliz por estar com você, mas, sobre todo o resto, eu estava fingindo. Ou você acha mesmo que eu queria estar aqui? Com um bando de estranhos que só estão aqui pelo status e para sair na coluna social amanhã. Acha mesmo que é por mim?

— Eles te adoram, Allissa.

— Eles adoram a conta bancária da Patrícia.

— Sua mãe é uma mulher de negócios, ela tem negócios com cada um que está aqui.

— Quer dizer que é isso o que você tem com ela, Gustavo? Negócios?

— Bom, eu ia te contar depois, mas, sim, Allissa. Sua mãe e eu fechamos um contrato incrível. Na realidade, ela me deu ele como nosso presente de casamento. Mas é claro que o único motivo de eu estar aqui é por você, para celebrar o seu aniversário!

— Ai, meu Deus. Cala a boca, Gustavo. Eu não suporto ouvir mais nada que venha de você. Eu estou indo embora, e você não ouse me seguir.

— Leva o Luiz com você.

— Chega de querer me dar ordens!

Então eu atravesso a rua e pego o primeiro táxi que vejo, sem pensar em mais nada.

— Pra onde eu te levo, senhorita?

— Por favor, só me tira daqui.

Fico rodando com o taxista durante uma boa parte da noite. Não falo com ninguém, não quero ver ninguém. Todos me decepcionaram. Como eles puderam fazer aquilo? Só de imaginar que Patrícia veio de Londres unicamente para firmar um contrato de negócios com meu namorado e celebrou isso me colocando em um pacote de casamento ridículo fico louca. Eu estou com raiva, com muita raiva. Então, depois de esgotar meu estoque de lágrimas, peço para descer.

— O senhor conhece a Praça do Musgo?

— Estamos a quilômetros de lá. Mas, sim, eu conheço.

— Por favor, poderia me deixar lá?

— Claro que sim.

— Obrigada.

— Desculpe-me a intromissão, mas por que uma jovem senhorita como você está andando de táxi numa madrugada?

— Preferiria que eu estivesse a pé?

— Tudo bem, não é da minha conta mesmo.

— Desculpa, eu estou chateada, não queria descontar no senhor. Bom, eu só queria sair de lá, e o senhor foi minha melhor opção.

— Não tem pais preocupados com você neste momento?

— Se eles estão, não me interessa. Eles são os únicos responsáveis pela bagunça que minha vida está.

— Filhos realmente acreditam que o mundo está contra eles e que somos nós que damos as ordens.

— O senhor tem filhos?

— Sim, mas, graças ao bom Deus, ele já é barbado, casado e também é pai. Hoje entende muitas coisas que não entendia quando era jovem.

— Coisas como o que, por exemplo?

— Que, quando somos pais, o nosso medo se multiplica e que só queremos o melhor pra vocês.

— Mas e se o melhor pra vocês, pais, não for o melhor para nós, filhos, ou não for o que queremos?

— Isso você só vai entender quando for mãe, jovem senhorita.

Eu não sou. Eu sou só uma garota de 18 anos que quer viver. Alguém sabe o que eu quero? Alguém sabe do que eu gosto? Ninguém presta atenção de verdade quando eu digo. Pois agora eu cansei de dizer, eu não quero saber que negócio é esse que o Gustavo tem com a Patrícia, eu não quero que eles tenham notícias minhas, eu não quero ter notícias deles, eu só quero ir para algum lugar que eu mesma escolha. Sinto unicamente pela Cecília. A esta hora, ela deve estar muito preocupada, mas ela me conhece, sabe que eu jamais faria alguma besteira. Eu só preciso ficar sozinha, e ir para a praça me dá a sensação de paz.

Lá eu verei desconhecidos passando. Quem sabe não começa a chover de novo? E, mesmo que por alguns segundos, poderei novamente sentir a sensação de liberdade, esta que eu só sentia quando estava longe dos meus pais.

— Chegamos.

— Obrigada. Tenha uma ótima noite, senhor.

Me despeço do taxista, que até tentou me dar alguns bons conselhos, mas ele definitivamente não sabia nada sobre mim, e quem realmente sabe parece não se importar. Ao colocar os pés na praça, não consigo sentir novamente aquela sensação que eu tanto buscava, e isso me frustra. Então avisto de longe um carrinho de algodão-doce e decido comprar um. Sento-me no chão e permaneço ali, perdida em meus pensamentos, até que uma voz um pouco familiar me desperta novamente para a realidade:

— Um dia você está de pijamas engraçados, outro dia está com roupa de festa, mas sentada no chão e comendo algodão-doce. Realmente você é estranha!

— Olha se não é o músico solitário, só que desta vez sem seu instrumento.

— Sinto muito desapontá-la, mas você se atrasou para o show. Já encerramos as atividades por aqui.

— Não seja pretensioso. Eu vim aqui apenas por vir, não por você.

— Ah, é claro, está estampado na sua cara a animação gritante de que estar aqui é sua melhor opção para a noite.

— Acredite, realmente é.

— Será que eu posso me sentar?

— Desculpa, mas a minha mãe me diz que eu não devo conversar com estranhos. Apesar de que, neste momento, eu estou muito brava com ela, então acho que falar com você seria uma boa.

— Você deve ser realmente maluca por ter um diálogo consigo mesma.

— Não é nada pessoal. Prazer, me chamo Allissa, e é claro que você pode se sentar. Quer algodão-doce?

— Aceito!

E ele toma o algodão-doce das minhas mãos e senta-se no chão, de um jeito que me faz rir.

— Você tem um sorriso bonito, Allissa. Por que escondê-lo?

— Ah, não, por favor. Não fala que você é desses garotos que acham que vão abordar a primeira que aparece, falar meia dúzia de palavras e ganhar o coração dela para sempre.

— Quem é que está sendo pretensiosa agora, hein? Mas, não, eu não sou esse tipo de cara e, ao que me parece, você está longe de ser o tipo de garota que se encanta fácil.

— Vai me falar o seu nome ou vai continuar fazendo suposições sobre mim?

— Sai da defensiva, garota. Estou tentando quebrar o gelo por aqui.

— Desculpa, não estou tendo uma noite boa.

— Meu nome é Bruno – responde ele, devolvendo meu algodão-doce. – Pode ficar com ele, você precisa mais do que eu.

— Obrigada, Bruno, pelo seu nobre gesto.

Rimos um pouco, e ele volta a falar:

— Quando eu disse que o seu sorriso é bonito, foi porque ele é. Não foi uma cantada, eu juro. Mas, vem cá, é a segunda vez que te encontro por aqui, e é sempre na madrugada. Por acaso você é dessas nômades sem teto que andam por aí sem rumo, ou uma artista circense? Porque cada dia está com uma roupa mais engraçada que a outra.

— Você é curioso demais, já te disseram isso?

— Olha que já!

— Eu não duvido, mas, respondendo à sua pergunta e não respondendo ao mesmo tempo, eu não estou muito a fim de falar sobre mim, se você não se importar, mas podemos falar sobre o tempo. Você já dançou na chuva?

— Garota, você realmente é pirada, mas como preferir... Não falemos sobre você.

— Obrigada por entender!

O silêncio domina por alguns segundos, e ficamos ambos olhando para o céu.

— Liberdade.

— Oi? O que você disse?

— Respondendo à sua pergunta, Allissa. Dançar na chuva me traz a sensação de liberdade.

Por alguns segundos, olho fixamente para ele. Parece que eu encontrei alguém que entende sobre o que eu estou falando.

— Não me olha como se eu fosse maluco, foi você quem fez a pergunta.

— Eu sei, eu sei, é que achei engraçado. Eu penso exatamente isso, sabe? A vida é um porre, mas, quando eu tomo banho de chuva, me sinto livre. Me sinto eu mesma, como se eu pudesse ser eu mesma.

— Agora você está sendo você mesma?

— Sim. Não nas roupas certas, mas estou.

— Se fosse um dia comum, qual roupa você estaria usando?

— Provavelmente jeans rasgados, uma regata do Capitão América e um coturno.

— Parece uma pessoa completamente diferente de você.

— Eu estava em uma festa, caso esteja se perguntando o porquê do traje de gala.

— Você disse "sem perguntas", mas eu deduzi que sim. Ou pelo menos esperei que fosse isso, porque você poderia ser uma dessas esquizofrênicas que fogem de casas de repouso, roubam roupas no varal alheio e acabam adotando diversas personalidades em uma só.

— Fragmentado.

— Hã?

— A sua dedução sobre quem eu poderia ser me lembrou do filme *Fragmentado*, mas, não, eu não sou uma louca fugindo de um hospício.

— E de quem você está fugindo, Allissa, ou do quê?

— Por que eu deveria estar fugindo de algo?

— Pela hora, pelo local e por você estar com sua maquiagem borrada, acredito que você deve ter chorado, e seus olhos vermelhos não escondem isso.

— Dois elevado ao cubo e subtraído por cinco?

— Tá legal, tá legal, senhorita misteriosa. A chuva e a teoria da raiz quadrada de dois são sua rota de fuga de perguntas, já entendi. Sem perguntas!

— Você já teve vontade de ser outra pessoa?

— Pra quem não gosta de perguntas, até que você faz bastante, hein?

— Eu não disse que não gosto de perguntas, eu só disse que não quero perguntas sobre o que está acontecendo no atual momento da minha vida.

— Entendi, então vou tentar, ok?

— Ok!

— Eu já me imaginei, sim, Allissa. Eu me imagino sendo um grande roteirista de filmes de ficção, tendo meu próprio trailer, podendo morar onde eu quiser, saindo por aí tocando minha música.

— E o que te impede de alcançar esses sonhos?

— Não seria papo para um primeiro encontro. Quero dizer, não que isso seja um encontro, apesar de você ser muito linda, e, não, eu não estou dizendo que não iria querer um encontro com você, mesmo não querendo, ok? Ai, tô me enrolando, né?

— Tá, e não é pouco, mas eu entendi o que você quis dizer. Sem perguntas sérias pra você também?

— Era isso que eu queria dizer desde o começo.

De novo caímos na risada, e de repente a tristeza vai se transformando em curiosidade. Curiosidade em falar da vida, embora não sobre a minha vida, com uma pessoa que era uma completa estranha, mas que era a única que fazia eu me sentir bem naquele instante.

— Você gosta de música? Eu vi como você pareceu encantada com o som na última vez que te vi por aqui.

— Meu pai é artista. Ele cresceu nesse meio, então eu acabei herdando um pouco dessa paixão dele. Música, teatro, literatura, poesia, tudo isso me fascina.

— Então temos mais em comum do que você imagina. O seu pai é de alguma companhia?

— Meu pai? Ele se apresenta no circo.

— No circo?

— Sim, ele poderia se apresentar em teatros, museus, exposições, ele poderia dominar o mundo das estrelas, mas ele prefere ficar nos bastidores. Ele realmente faz parte de um circo, aliás, ele é a alma daquele lugar.

— A companhia dele é daqui?

— Não, ela fica no Brasil.

— Uau! No Brasil?

— Sim, eu odeio essa distância, mas sempre damos o nosso jeito de permanecer perto, mesmo que longe.

— Você fala dele com carinho. Dá pra perceber que vocês possuem um relacionamento legal.

— Com ele, sim, me dou muito bem!

— No caso, com a sua mãe as coisas não funcionam do mesmo jeito?

— Hein, você tá com fome? Porque eu tô com uma fome, que seria capaz de comer um búfalo inteiro sozinha.

— Você não acha que é pequena demais pra comer um búfalo, garota?

— Você já me viu comer? Sério. Quando eu tô com fome, é melhor não mexer comigo.

— Eu conheço um lugar aqui perto que serve o melhor burrito da região, topa?

— Topo!

A última coisa que eu quero neste instante é me lembrar do meu drama familiar, ou falar sobre ele. Bruno, por mais curioso que pareça ser, entende o recado e entra na onda assim que troco de assunto. Então vamos comer, e ele realmente não exagerou no elogio ao burrito.

— Meu Deus do céu, como é que eu passei tanto tempo sem comer isso?

— Eu disse que era bom, não disse?

— É muito bom mesmo.

— Você já ouviu falar sobre o show de verão, Allissa?

— Não, se ouvi não prestei atenção.

— Pra quem gosta de música, você é bem desatenta, hein?

— Você é sempre implicante assim?

— Sabe o que é?

— Hã?

— Eu estou me esforçando demais pra você não se apaixonar por mim, porque senão eu vou ser obrigado a destruir o seu pobre coração, e aí você vai ficar perdida pelas madrugadas comendo algodão-doce e chorando sozinha em pracinhas.

— Olha, eu não sei o que você acha que sabe sobre mim, mas eu não estava naquela praça porque alguém quebrou meu coração. Você não me conhece, e eu nem acredito no amor.

— Ei, calma, era apenas uma piada, uma forma de descontração. Eu não queria te irritar.

— Desculpa, não queria parecer chata, realmente não tem nada a ver com você.

— Como é que você não acredita no amor?

— Jesus, você tem o dom de trocar de assunto.

— Olha só quem fala, e vê se não me enrola. Responde, vai. Como você me diz que não acredita no amor?

— Não sei, eu não sei se já me apaixonei, tipo, essa paixão que todos dizem sentir.

— Allissa, você gosta de música, é louca por poesia e tem a sensibilidade de interpretar o artista. Se essas não forem formas de amor reais, eu realmente desconheço outras.

— Eu nunca parei pra pensar dessa forma.

— Eu aprendi com meu irmão, desde cedo, que quando amamos algo eternizamos isso em nós. É como se isso virasse uma extensão do nosso corpo. A música que nós ouvimos pode ser a trilha sonora dos nossos sonhos. Sonhos esses que, se motivados da forma correta, podem nos impulsionar para lutar até que eles virem realidade. Quando somos apaixonados por algo, nós cultivamos, queremos que isso seja mais presente em nosso mundo.

— Tipo a leitura?

— Sim, tipo a leitura. Quando você gosta de ler, você faz o quê?

— Leio mais e mais, até releio livros que gosto muito.

— Exatamente. Você aplica a leitura por prazer, até o momento em que ela se torna sua segunda pele, e então você respira isso. E isso é uma paixão, é um amor.

— Eu não acredito que nunca entendi que o amor é tão simples.

— A questão é essa. De tão simples, ele acaba sendo confundido com algo irreal. Por isso as pessoas o banalizam tanto nos dias de hoje. Elas acham que nunca vão encontrá-lo, aí se jogam em situações de desespero para alcançá-lo e nem notam que ele está ali, sentado no banco de reservas, esperando que saiamos do nosso egocentrismo e possamos permitir que ele entre em campo.

— Você é apenas músico? Ou, sei lá, é professor de literatura, psicólogo ou algo do tipo?

— Não, eu sou apenas uma pessoa que aprendeu da pior maneira a valorizar o amor.

— Qual é o nome dela?

— Dela?

— Sim, não se faça de desentendido. Você com certeza perdeu alguém por estupidez e agora vai se arrepender pelo resto da vida.

— É mais ou menos por aí, mas também entra na categoria de assuntos proibidos.

E eu entendo quando ele quer preservar a sua história. Afinal, eu também estou aqui fugindo da minha, fugindo de mim mesma, fugindo da minha dor e fingindo que tudo está bem.

— Quer ir pra outro lugar?

— É só uma desculpa pra fugirmos dos assuntos que estamos fingindo que não estão rolando, ou realmente é um lugar?

— É um lugar e, se você tiver essa paixão por música como diz ter, vai amar.

— Se é assim, então eu quero. Vamos.

Andamos poucas quadras a partir dali e paramos em frente a uma casa medonha e abandonada. A casa fecha a rua, e a única saída é pelo cortiço em que entramos.

— Se você for um serial killer e tentar me matar, saiba que eu tenho um chip indestrutível no meu corpo. Assim que meus sinais vitais pararem, até a Nasa será notificada, quando um satélite ultragaláctico vai mostrar em tempo real a sua cara, e você jamais poderá fugir. Porque em cada aeroporto, rodoviária ou estrada principal e secundária estará uma equipe de prontidão para te jogar em uma cela fria e incomunicável, e principalmente sem burritos.

— Meus Deus, garota, a quantos filmes você assiste mesmo?

— Ótimo, você me parece legal. Eu estava mesmo torcendo pra que você não fosse um serial killer.

— Maluca mesmo. Vamos, vamos entrar.

Assim que coloco os pés para dentro do portão, já sou arrebatada por um som incrível de guitarra. A música é muito boa, e não penso duas vezes para me jogar na pista que está logo à minha frente, no interior da casa.

Por alguns segundos, esqueço que estou com o Bruno, esqueço que ainda é meu aniversário, esqueço os negócios da minha mãe e meu quase noivado com Gustavo, esqueço que meu próprio pai não foi capaz de me dizer no que é que eu estava me metendo, esqueço a indecisão quanto à faculdade e até mesmo que eu iria para Londres no próximo final de semana. A música se torna meu refúgio. Me jogo, danço e me deixo levar. Quando dou por mim, estou perto de um palco, ao lado de pessoas completamente desconhecidas, numa espécie de sala de estar de uma velha casa abandonada. O palco é improvisado, e a iluminação muito baixa. Tem uma lareira por aqui, e o vocalista logo me nota.

— Temos uma convidada nova por aqui!

— Ela está comigo, Júlio.

— Olha só, Bruno! Não é que você realmente tem bom gosto?

— Eu quero dizer, ela é uma amiga que está me acompanhando. Não estamos juntos.

— Ela está aqui e tem voz. Prazer, meu nome é Allissa.

— Olá, Allissa, aqui só é permitido pra quem é da família. Mas, se você está com o Bruno, está tudo certo.

— Quem é da família? Vocês são todos família?

— Mais ou menos por aí. Fique à vontade, Allissa, e se divirta. O Bruno mostra a casa pra você.

— Vem, você tá com sede?

— Obrigada, mas eu não bebo.

— Você sempre pensa o pior das pessoas?

— Por que você está dizendo isso?

— Eu perguntei se você está com sede, não se quer beber algo que contenha álcool. Temos água, refri, suco.

— Desculpa, é que...

— Já sei, você não está tendo uma noite legal. Vamos fazer assim? Você para de me pedir desculpas, tenta sair da defensiva, e eu te prometo que o máximo de trágico que vai ocorrer por aqui é você sair com a barriga doendo de tanto rir. Combinado?

— Combinado e, sim, eu aceito uma água.

Juntos, saímos da sala e vamos para uma cozinha. Ele me entrega a água e depois me oferece o seu casaco.

— Você deve estar com frio, fica com ele.

— Obrigada.

— Vai, pode perguntar!

— Perguntar o quê?

— Não sei. Desde a hora em que te encontrei, você parece uma caixinha de perguntas. É impossível que não tenha nenhuma passando por essa cabecinha.

— Bom, eu estava me perguntando: quem são essas pessoas? Por que aqui só entra a família? E por que aqui exatamente? Tá na cara que o seu amigo ali, o Júlio, toca pra caramba. Por que não se apresenta para um público maior?

— Eu não disse? Você é uma máquina de perguntas, garota. Mas, vamos lá, a galera aqui se conhece tem um tempo. Digamos que crescemos todos juntos. Eu sou o mais novo da turma, eles são a banda do meu irmão. O Júlio é a segunda voz, mas, como meu irmão está indisponível no momento, o Júlio assumiu. Eu só venho aqui porque, bem, eles são minha família, me sinto bem. É como você disse, Allissa, estamos todos à procura de algum lugar em que possamos ser nós mesmos. Aqui eu posso, todos podemos. Sem o peso lá de fora, sem os problemas, sem nada. Somos amigos que se divertem, que se protegem e que tocam juntos. O local é só para os mais próximos, é o nosso forte.

— Uau! Eu adoraria ter um lugar desses pra mim.

— Infelizmente o lugar não é nosso, e hoje é nossa última noite aqui.

— Como assim? Por quê?

— Bom, aqui era uma antiga casa de repouso para idosos, e desde criança vínhamos até aqui para brincar. Eu não me lembro dela aberta e queria que o dono da propriedade também não se lembrasse, mas, pelo jeito, alguém reivindicou o direito sobre ela. Ontem, quando chegamos aqui, tinha uma placa de vendido.

— Onde está essa placa? Eu não vi quando entramos.

— O Júlio a jogou na lareira. Ele não aceita abrir mão desse lugar, por um monte de motivos. Tentamos renegociar, mas quem comprou queria demais a propriedade. Pagaram muita grana por ela.

— Eu estou aqui apenas há alguns minutos e já me apeguei ao lugar. Imagino vocês, que cresceram por aqui. Sinto muito, Bruno.

— Todos nós sentimos, mas infelizmente o dinheiro fala mais alto nessa cidade, e quem pode mais chora menos.

— Está enchendo a Allissa com seu papo sobre a casa?
— Na realidade, eu estava contando pra ela que hoje é a nossa despedida.
— Sim, isso é verdade. Um certo riquinho medíocre tomou o lugar, como se ele pudesse chegar e dizer: a porra é toda minha!
— Eu já te disse que isso se chama posse, Júlio.
— Não me venha com seu papinho jurídico, Bruno. Se o Felipe estivesse aqui, eu queria ver quem ia tomar essa casa da gente. Crescemos nessa rua, irmão, ela é nossa por direito. Não pode vir um bando de filhos da mãe, abrir o talão de cheques e ter direito como se fosse o certo.
— Não é o certo, mas é o justo. Eles pagaram. Não podemos fazer nada.
— Até podemos, mas não é todo mundo que está disposto a fazer. Coisa que, se o Felipe estivesse aqui, seria feito.
— Tá, mas acontece que ele não está, não é mesmo?
— Sim, ele não está. E nós sabemos por que ele não está, não sabemos?
— Beleza, pessoal. Eu não sei o que é que tá pegando aqui, mas definitivamente, se o Felipe for um terço da pessoa que eu acho que ele seja só de ouvir vocês falarem, ele ia gostar de ver dois amigos brigando?
— Não, ele não gostaria. Você tem razão, Allissa, me desculpa. É que existem algumas coisas que não dá pra mudar. Agora, se vocês me dão licença, eu tenho um último tributo a prestar — dizendo isso, Júlio retorna para o palco e nos deixa ali.
— Desculpa, eu não deveria ter te trazido até aqui.
— Ei, você não me deve desculpas. Eu vim porque quis, e tá na cara que o Júlio é um cara legal. Um cara esquentado, mas legal.
— Ele é, mas tem muita coisa rolando. É melhor a gente ir embora.
— Tá, então vamos.

O ambiente já não é mais o mesmo de quando eu cheguei. Bruno não é mais o mesmo. O olhar dele, que antes brilhava, tinha ficado pesado. Ele deve ter seus 25 anos, cabelos pretos, sorriso introvertido, pele branca e olhos verdes, mas o que mais me chama atenção nele é o olhar. É como se ele sempre estivesse sorrindo, ao contrário daquele instante, em que de repente se tornou triste. É como se, de fato, ele estivesse carregando um peso enorme nos ombros, mas esse peso ele não está disposto a dividir.

— Tem um ponto de táxi aqui perto. Eu te acompanho até lá.

— Na realidade, eu moro a algumas quadras daqui. Posso voltar pra casa caminhando.

— Não sei se seria uma boa ideia. Já está tarde, e essa redondeza não é muito segura, principalmente para uma garota.

— A realidade é que não estou muito a fim de voltar pra casa, então eu só ia te despistar mesmo e sentar na praça de novo, sei lá, pra ver o sol nascer.

— Garota, você sabe que não vai poder fugir pra sempre, né?

— Eu sei, mas, se eu puder até o dia amanhecer, vou ficar feliz.

— Se é assim, eu conheço um lugar lindo pra gente ver o sol nascendo.

— Estamos esperando o quê? Vamos lá.

E ele sorri. O sorriso é diferente dos primeiros sorrisos, este é de alívio, como se ele estivesse precisando de uma fuga tanto quanto eu, mas que seria melhor se fosse dividida. E mesmo que não falemos do que estamos fugindo, algo ali nos reconforta. Algo que eu não faço ideia do que seja. Então pegamos um táxi e depois paramos em um prédio. É um dos prédios mais conhecidos da cidade, o hotel dos pais da Cecília. Droga, o que a gente vai fazer aqui?

— Chegamos.

— O que a gente vai fazer aqui?

— Eu moro aqui.

— Hã? Quer dizer que a sua intenção é me levar para o seu quarto?

— Não, sua maluca, para o terraço.

— O que é que tem o terraço?

— Esse é um dos hotéis mais altos dessa cidade. Lá em cima, é como se você estivesse a um palmo do céu. Acredita em mim, o nascer do sol é incrível.

Eu estou mais preocupada em trombar com algum funcionário que me reconheça do que na explicação que ele dá sobre o nascer do sol. Não que eu tenha algum problema que ele saiba quem eu sou, mas é que eu evitei falar sobre o motivo que me levou até aquela praça a noite inteira, e aí ele me traz para um lugar onde, assim que eu colocar os pés, provavelmente minha melhor amiga vai ser notificada da minha presença, já que todos aqui me conhecem. E, em seguida, meus pais. Aí que a confusão toda voltaria e minha fuga iria por água abaixo.

— Allissa? Tá aí ainda? Eu juro que não estou tentando te levar pra cama, está bem?

— Tá, eu vou acreditar, então vamos logo para o terraço.

— Você é meio mandona, né?

— Sério? O que foi que me entregou?

Rindo, ele abre a porta para que eu entre. E, sim, todos os meus medos se concretizam. De longe, no *hall* do hotel, já vejo seguranças com o uniforme da minha mãe e também o Luiz junto com eles.

— Droga, droga, droga, mil vezes droga.

— O que foi? Por que você parou?

Antes mesmo que eu possa falar qualquer coisa, Luiz nos avista.

— Senhorita Allissa, graças a Deus você está a salvo.

— Oi, Luiz.

— A salvo? Allissa, o que está acontecendo?

— Bruno, lembra aquela vida de que eu estava fugindo? Então, você me arrastou diretamente pra ela.

— Quem é o jovem rapaz, senhorita?

— Luiz, por favor, só me diz que você não disse pra ela que eu estou aqui.

— Allissa, graças a Deus! – grita meu pai, aliviado ao me ver.

— Que merda, Luiz.

— A senhorita fugiu da festa. Imaginamos que aqui seria o lugar a que viria quando decidisse voltar pra casa.

— Droga, o rastreador.

— Espera. A história do rastreador é verdade? – Neste momento, Bruno me encara completamente incrédulo.

— Desculpa, Bruno, a bagunça é minha. Eu não queria ter te envolvido.

— Filha, pelo amor de Deus, por onde você esteve?

— Oi, pai, estou bem. Estou viva.

— Você está de castigo pelo resto da sua vida.

— Não vem com essa, tá bom? Você perdeu o direito de me colocar de castigo depois de mentir pra mim.

— Você pode estar chateada.

— Chateada, pai? Eu estou emputecida. O que vocês fizeram? Vocês não têm o direito. Sério, onde vocês estavam com a cabeça?

— Como eu disse, você tem todo o direito de estar chateada, mas o que você não podia ter feito era ter sumido. Você sabe pelo que você fez a sua mãe passar? Como eu me senti? Como o Gustavo está?

— Eu espero, do fundo do meu coração, que minha mãe tenha sofrido muito, que o Gustavo não queira mais me ver e que o senhor esteja de malas feitas para o Brasil.

— Olha aqui, Allissa Covaldo...

— Allissa o quê? — Parece que, ao ouvir meu sobrenome, Bruno simplesmente entra em um surto.

— Covaldo.

— Você só pode estar de brincadeira comigo, né?

— Bruno, o que é que tem demais com o meu sobrenome? Por que eu estaria de brincadeira com você?

— Eu estou entendendo tudo. Passar bem, senhorita Covaldo.

— Allissa, quem é esse cara?

— Pai, me dá um minuto.

— Ei, espera, Bruno.

— Por favor, volta pra sua vidinha de conto de fadas, de princesa, de riquinha mimada e medíocre que ganha tudo o que quer, e esquece que a gente se conheceu, tá bom?

— Do que é que você está falando? Por que você está me tratando assim?

— Allissa, por favor.

— Pai, dá um tempo, está bem?

— Bruno, me explica. O que é que está acontecendo aqui?

— Eu tenho nojo de gente como você. Me esquece, Allissa.

— Gente como eu? Gente com dinheiro? Gente com sobrenome? Porque foi só você ouvir o meu que se irritou. O que foi? Sério que você vai fingir que não tem a mesma vida? A não ser que você esteja mentindo que mora aqui.

— Eu realmente moro aqui.

— Então por que desdenha tanto a minha vida, se tem um padrão igual? Esse é um hotel oito estrelas, Bruno. Sério que vai falar de riquinhos medíocres, sendo que você é um?

— Você não me conhece.

— E você também não me conhece.

— Mas conheço a sua família. E quero distância. Passar bem, Allissa Covaldo.

Meu Deus, como é que eu me meti em tudo isso? Quando que minha vida se transformou em um mar de erros, em um jogo perdido? Quem é o Bruno? Como ele ousa falar assim da minha família? Tudo bem, eu também não estou em defesa dela, mas condená-la?

Eles são a minha família e, por mais que eu odeie o tratamento deles para com as minhas decisões, sei que no fundo eles querem realmente o melhor para mim. De uma forma errada, mas querem. Ai, meu Deus, só quero que esta noite acabe, eu não aguento mais nada disso. E de repente, toda a magia de minutos atrás se transforma de volta no meu velho vazio.

— Filha, pelo amor de Deus, quem é esse rapaz? Por que é que ele falou com você desse jeito?

— Se você não quer que eu suma de novo, se você não quer perder o meu respeito, pai, não fala comigo, não antes que eu te dirija a palavra. Luiz.

— Sim, senhorita.

— Me acompanhe até os aposentos da senhorita Cecília, por favor. E, pai? Eu só volto pra casa quando a Patrícia estiver em Londres e você no Brasil. Quando eu tiver com vontade de falar com ambos, eu falo. Até lá, eu fico na Cecília.

— Alli, espera.

— Você tem noção do quanto você me decepcionou esta noite, pai? Você tem noção do quanto me magoou?

— Eu nunca imaginei que você fosse reagir dessa forma, filha.

— Você esperava o quê? Que eu simplesmente aceitasse o casamento?

— Você ama o Gustavo, não ama?

— Eu não entendo nada sobre o amor, pai. Eu te disse isso hoje à tarde. Não é porque vocês acham que sabem algo que devem decidir por mim.

— Filha…

— Aliás, quem são vocês pra falar de amor? Você traiu a Patrícia com a Verônica, e então eu nasci. Patrícia é uma pessoa amargurada desde então. Como vocês querem que eu acredite no amor se vocês não me ensinaram como se ama?

E só quando eu percebo o tremendo silêncio depois da minha pergunta é que eu noto que essas palavras saíram da boca para fora e não são exatamente o que eu quero dizer.

— Pai...

— Luiz, acompanhe a Allissa até o apartamento da Cecília.

Os olhos de meu pai, que sempre me olhavam com paixão, estão simplesmente mortos. Eles têm um brilho diferente, só que agora estão carregados de lágrimas. Eles tinham pisado na bola, sim, mas eu também pisei. E, agora, o melhor é realmente me afastar.

Meu mundo está em colapso, minha cabeça está zonza. Eu me sinto em um filme de terror, ou em um pesadelo do qual nunca vou acordar. Eu só queria me sentir segura, mas pelo jeito eu não tenho mais isso. A praça, o Bruno, a música, tudo, tudo era só uma mera ilusão. Ele me odeia, sabe lá Deus por quais motivos, mas certamente é por algo na minha família. E eu? Bom, eu quero qualquer coisa menos ficar perto dela.

— Alli, graças a Deus! Eu quero te matar.

— Por favor, Ceci, você tem todo direito, e eu peço mil perdões por não ter te avisado que eu estava bem. Mas definitivamente, agora, neste momento, eu só preciso de um minuto de paz, porque sinto que vou morrer de tanta dor.

— Alli!

E assim que a porta se fecha em minhas costas, com o Luiz saindo, eu me jogo no chão e conto para a minha melhor amiga tudo que aconteceu naquela noite depois que eu saí da minha trágica festa de aniversário – que era na realidade o meu noivado, aquele que eu não fazia a menor ideia de que aconteceria.

— Meu Deus, Alli. Com tantos lugares no mundo pra esse garoto morar, ele mora aqui?

— Não, Ceci, a pergunta correta é: meu Deus, Alli, com tantas famílias no mundo pra esse garoto odiar, ele vai odiar justo a sua?

— Ele realmente não te falou o sobrenome dele?

— Não. Tudo que eu sei é que se chama Bruno.

— Esse hotel abriga quase duzentas mil pessoas, tem no mínimo duzentos Brunos em cada andar. Como vamos achar ele?

— Eu não quero achar ele, eu quero é que ele se exploda. Ele é um otário.

— Allissa!

— Ele fala de quem tem dinheiro como se fosse doença, Ceci. É sério, eu espero não trombar com ele nunca mais na vida. E eu tenho problemas muito maiores e graves pra lidar do que um maluco que acha que me conhece só pelo sobrenome da Patrícia.

— Alli, você sabe que pode ficar aqui quanto tempo precisar, né?

— Eu sei, mas eu também sei que, amanhã cedo, minha mãe vai estar aqui com um batalhão, e eu sinceramente não tenho mais forças pra lutar contra ela. Eu só queria uma noite de sossego.

— Podemos dormir se quiser, assim você descansa.

— Na realidade, eu queria ir a outro lugar.

— Você sabe que, se tentar sair do hotel a essa hora, os seguranças estarão logo atrás daquela porta, né?

— Eu não quero sair do hotel, só quero ir ao terraço.

— O que você quer com o terraço?

— O idiota do Bruno. Ele me trouxe aqui porque, segundo ele, é o lugar mais lindo para ver o nascer do sol.

— Realmente, vários turistas vêm aqui e fazem fotos. Deixa só eu me trocar, eu vou com você.

– Ceci, eu preciso ficar uns minutos sozinha, sério. Me desculpa, mas eu estou uma bagunça, eu preciso desses minutos.
– Claro, Alli, do que você precisar.

Quando estamos machucados,
queremos machucar de volta,
não importa quem será pego no fogo cruzado.
Entre a dor e a cura, todos são culpados.

CAPÍTULO 5

Edifício Blanck, o terraço

Com o nascer do sol, também chegam novos sentimentos

— Eu tenho ordens para não deixar a senhorita sair do hotel.
— Cadê o Luiz?
— O Luiz está no saguão.
— Qual é o seu nome?
— Guilherme, senhorita.
— Guilherme, você é novo por aqui. Me diz uma coisa: você tem ordens para tocar em mim?
— Não, senhorita, apenas para notificar o Luiz, caso a senhorita não obedeça.
— Como eu já imaginava. Avisa o Luiz que estou subindo para o terraço e que não pretendo sair do hotel. Se você quiser me acompanhar, ótimo, mas faça de uma maneira que eu não sinta sua presença.

Como se não bastasse toda a bola de neve derretida em que tinha se transformado a minha noite, eu ainda sou obrigada a aguentar seguranças novos. Definitivamente, Patrícia está se superando. Chegando no terraço, observo que eu não sou a única que teve a ideia de estar aqui. Infelizmente o Bruno também está. E, ao me notar, já me aborda de uma forma completamente estúpida:

— O que é que você está fazendo aqui?
— Eu não te devo explicações.
— Não, não deve, mas aqui é meu hotel.
— Seu hotel? Você comprou?
— Não. Quem costuma sair comprando coisas por aí são filhas mimadas, que vivem em shoppings gastando o dinheiro dos pais por puro capricho.
— E novamente você está equivocado sobre mim, seu idiota. Eu não sou esse tipo de garota.
— Eu realmente imaginei que você fosse diferente, Allissa. Mas me enganei.
— Sabe? Eu também me enganei. Eu pensei que você, uma pessoa que ama música, poesia, que é gentil, educado e até divertido, seria no mínimo um pouco mais humano, mas você é só mais um riquinho frustrado com a própria vida e que desconta seus problemas na vida alheia.
— O problema na minha vida começou quando a sua família apareceu.
— Seja lá qual for o problema que você tenha com a minha família, você está descontando na parte errada.
— Estou mesmo, Allissa? Porque aparentemente você é igualzinha à sua mãe, ardilosa, mesquinha, egoísta. Eu te encontrei na praça, mas, segundo as últimas notícias que estão circulando por todos os meios de comunicação, você estava celebrando o seu aniversário e noivado ainda esta noite, coisa que você não mencionou em momento algum. Agora me diz: o que é que você estava fazendo fora da sua festa? E todo aquele papo de que não acredita no amor e blá-blá-blá?
— E você não parou para pensar que, se eu realmente estivesse de acordo com tudo que está rodando nos meios de comunicação, eu estaria na minha festa e não em uma praça?

— Allissa, você é mais inteligente que isso. Vai mesmo me dizer que fugiu da sua própria festa?

— Sim, Bruno, eu fugi.

— Por qual motivo? Ganhou uma bolsa da Prada repetida? O caviar não estava do seu gosto? Não, espera, você estava entediada e resolveu sair para espairecer e deixar todos os seguranças loucos atrás de você, igual naquele filme em que a filha do presidente se diverte com o guarda-costas, fingindo que é uma nobre civil até enjoar da fantasia e voltar para sua vida de riquinha.

Neste instante, ele passa de todos os limites. Ele me ofendeu de diversas formas, ele não sabe nada sobre mim, ele me julgou de uma forma precipitada e cruel. Começo a ficar sem ar e simplesmente caio de joelhos no chão. Parece que há dias estou correndo uma maratona sem fim e que minhas pernas simplesmente perderam o movimento.

Ele jogou em mim toda a sua indignação, toda a sua revolta, toda a sua ira e, ao me ver ali no chão, impotente e catatônica, simplesmente sai, me vira as costas e me deixa sozinha.

Minha cabeça está doendo demais. Meus olhos queimam, e deles brotam lágrimas como se eu nunca tivesse chorado na vida. E o Bruno? Aquele mesmo Bruno que eu conheci na praça já não existe mais. Ele é cruel, desumano, e saiu com a impressão de que eu realmente sou a garota fútil que ele descrevia.

Eu ainda visto a sua jaqueta. E seu perfume me lembra a todo instante de um Bruno brincalhão, preocupado, gentil, carinhoso, um Bruno que ama música e que tirou todo o peso do meu mundo horas atrás. E agora, as lágrimas nos meus olhos me apresentam a um Bruno que simplesmente ataca e não se importa em momento algum com nada além de sua própria raiva.

De novo eu estou sozinha e confusa. Só que, neste instante, um novo sentimento brota em mim. Eu não sei nada sobre o amor, não sei se já fomos apresentados, mas me diziam que dói. E neste momento eu começo a sentir uma dor tão aguda, que me deixa totalmente impotente. A única certeza que me resta é a de que, se algo disso tem a ver com amar, eu não quero nunca mais sentir amor. Eu só quero poder dormir e acordar como se nada tivesse acontecido.

Retorno para o apartamento de Cecília, e Guilherme continua lá, como um dois de paus. Eu apenas o ignoro e entro.

– Quer conversar?

– Não, Ceci, eu só quero dormir. Boa noite.

– Tá bom. Boa noite, Alli. Logo, logo é um novo dia. E você vai se sentir melhor.

– É tudo o que eu quero, Ceci, é tudo o que eu mais quero.

A dor continua por aqui, e o sono não vem, mesmo eu estando completamente exausta. Repito aquela cena mil vezes na minha cabeça, mas nada faz sentido. De onde o Bruno conhece a Patrícia? Por que tanto ódio? Quem é ele de verdade? Ele estava puto sabe lá Deus por quais motivos, mas nem me deu a chance de me explicar, ele nem ao menos quis me ouvir. Não me esperou dizer que não, eu não estava noiva, e que a realidade era que a Patrícia tinha armado um noivado que eu só aceitaria no mundo dela e que seria a ponte para unificar algum negócio com o Gustavo. Em palavras sem filtro? Ela estava me leiloando. Como o garoto da praça pode ser esse mesmo garoto? São tantos sentimentos lutando por um espaço para implodir de mim, porém o que me vence é realmente o sono.

* * *

9h

— Alli, Alli, Alli, acorda.

— O que é que foi?

— Sua mãe está ali fora, e ela disse que, se você não levantar, ela te tira daqui na marra.

— Droga, Patrícia!

— Por favor, Alli, aparece. Fala com ela, não piora as coisas.

— Como se fosse eu quem piorasse, né, Cecília? Não vai me dizer que está do lado dela.

— Não, é claro que não, cala a boca. O que ela fez foi completamente ilógico, mas fugir disso não vai resolver sua situação. Vai lá e fala pra ela tudo o que você está sentindo. Mas, Alli...

— Hum.

— Apesar de tudo e de ela estar errada, ela ainda é sua mãe. Por favor, não se esqueça disso.

— Está bem, eu estou indo. Bom dia, senhora. No que posso ajudar?

— Sem piadinhas, Allissa. Eu vim te buscar para irmos pra casa, pega suas coisas.

— Você só pode estar de brincadeira, né? Em que mundo você vive, Patrícia?

— No mundo real, Allissa, no mundo onde cada ação tem uma consequência.

— Quer falar de consequências? Então tá, vamos falar sobre consequências. Você sabe por que você está aqui?

— Pra levar a minha filha de volta pra casa e tentar botar juízo na cabeça dela?

— Não, Patrícia. Você está aqui porque você decidiu, sem consultar a sua filha, que o melhor pra vida dela seria se casar com o Gustavo e que, juntos, você e ele fariam uma bela sociedade de merda, na qual ela seria o prêmio.

— Gustavo é sua melhor aposta, e unir negócios com laços matrimoniais é praxe e não motivo pra você deixá-lo plantado na frente dos seus convidados, com cara de idiota. O que você fez foi rude, foi egoísta. Você já está nas principais redes de fofoca.

— Meu Deus, você está se escutando, Patrícia? Você se preocupou com a imagem do Gustavo plantado, esperando por uma resposta, viu a imagem de convidados cinematográficos que são os seus convidados e não os meus convidados, viu seus negócios sendo prejudicados. Só esqueceu de ver que a sua filha, a maior interessada, não tinha sido consultada e que ela jamais embarcaria em algo desse tipo. Sem nem ao menos saber se eu amo o Gustavo mesmo. Você pensou em todos, mãe, menos em mim.

— Amor? Quem tem um pretendente como o Gustavo, Allissa, a última coisa com que deve se preocupar é com o amor, mas sim focar em que ele é seu maior investimento.

— Aí é que está, mãe. Ao contrário de tudo na sua vida, eu não estou à venda. E eu não vou me casar com o Gustavo.

— As suas opções são simples. Quer casar? Casa. Não quer casar? Não casa, não me interessa. Mas você ainda é minha filha e você vai vir pra casa comigo, sim. Estou cansada dos seus caprichos, está na hora de crescer. Então você vai pegar o estágio em Londres, abandonar de vez essa loucura de arte, de desenho, de moda, se jogar de cabeça em um futuro que realmente possa te dar segurança, terminar o colegial, ir pra Harvard, se dedicar ao Direito e assumir responsabilidades. Ou então você vai para o internato e só sairá de lá depois dos 21 anos, quando de fato você for dona do seu nariz e puder opinar na sua vida. Até lá, quem sabe você não cria senso de responsabilidade?

— Você, sendo advogada, deixou passar algo, Patrícia. Eu não sou sua filha. Eu posso ser registrada com seu sobrenome, eu posso carregar o Covaldo, mas eu não sou sua filha. E se você tentar me obrigar a assumir alguma opção que não seja a minha, eu vou até um juiz de guardas e falo que estou sendo coagida a tomar uma decisão que não quero.

— Você não seria capaz.

— Aposta pra ver. Afinal, você está tentando me forçar a viver uma vida planejada e, não, eu não sou uma mercadoria pra você decidir onde me colocar.

— Eu estou te forçando a algo? Você fugiu da sua festa, você foi irresponsável. Tudo que eu estou fazendo é tentar fazer você cair em si, para que note as consequências das suas escolhas.

— Eu só fugi por causa do pedido de casamento absurdo que o Gustavo fez e, pior, com o seu consentimento.

— Se não quisesse aceitar o pedido, era apenas ter saído de cena, como você fez. Depois daríamos um jeito. Mas sumir? Sumir foi completamente irresponsável, Allissa. Você sumiu por horas, não fazíamos ideia de onde você estava, tampouco se estava em apuros.

— Vocês fizeram com que eu desejasse sumir. Eu estou cansada de tantas regras.

— E é exatamente por essa rebeldia que você precisa de regras. Afinal, você é minha filha, queira ou não queira.

— Eu não reclamo de ser sua filha, eu reclamo do seu jeito de ser mãe.

— E o que você sugeriria que eu fizesse nessa situação?

— Que tal tentar conversar comigo?

— Estou cansada das nossas conversas. Você nunca me escuta, então vai precisar aprender a seguir as regras, mesmo que seja na marra e fazendo birra, como agora.

— Bom, eu tentei, Patrícia. Já que não existe conversa, então a sua opção é a seguinte: você sai por aquela porta, tira esses seguranças da minha cola, volta para Londres, se afunda no trabalho, esquece que me adotou, se comunica comigo como tem feito nesse último ano, por e-mails e cartões-postais, e me deixa ir pra faculdade que eu quiser, porque isso, sim, é um direito meu.

– Você acha que tudo se resolve na base da chantagem?

– Isso não é uma chantagem, eu estou sendo bem franca.

– Você está completando 18 anos, Allissa, mas continua sendo infantil.

– Se você não aceitar as coisas da forma simples, eu juro que realmente vou exigir que meu pai tome posse da minha guarda e dizer que não me sinto acolhida como filha por você.

– Alli, pega leve. – Cecília tentou intervir, mas eu realmente não conseguia ver nada além dos meus sentimentos.

– Não, Cecília, eu cansei de pegar leve e, se ela quer guerra, ela vai ter.

– Você não vai querer comprar briga comigo, mocinha.

– Acho que você que deveria não querer comprar briga comigo, mamãe, ou então eu vou na rádio, no jornal, até na TV, se for preciso, porque ainda tenho o seu sobrenome e, sendo assim, também possuo influência. Eu acabo com a sua imagem perante a sociedade que você tanto presa. E depois eu me mudo para o Brasil com o meu pai, e você nunca mais vai ter notícias minhas. Sabe por quê? Porque você vai ter me perdido para sempre.

– Allissa?

A situação está realmente saindo de controle. Cecília sabe disso e tenta me trazer para a realidade, mas eu estou cega demais para ouvi-la.

– Ela precisa entender, Cecília.

– Estou entendendo, sim, Allissa.

– Ótimo, Patrícia. Então você pode tentar o que for, me colocar onde quiser, mas, se me obrigar a fazer uma opção que não seja a minha própria, eu vou te odiar e nunca vou te perdoar. Então eu deixo a escolha na sua mão. Ou você me deixa em

Boston e vai tocar a sua vida em Londres e deixamos a poeira baixar, ou eu vou entrar com o pedido de guarda. Afinal, sobrenome nunca será maior que o sangue. Ele, sim, fala mais alto. E isso não existe dinheiro seu que seja capaz de comprar. Você e eu sabemos que, se eu entrar com o pedido, meu pai é o único que tem o direito de ficar comigo. Então, o que é que você me diz?

— Como eu te disse, Allissa, você tem muito mais de mim do que imagina.

— Você me criou, eu realmente devo ter aprendido bem a lição. Eu te disse, Patrícia. Eu não vou seguir uma cartilha, eu aprendi contigo sobre os meus direitos antes mesmo de aprender a soletrar meu nome. Então ou fazemos as coisas em um meio-termo, ou então tudo o que você mais preza estará na próxima coluna de fofocas.

— Como você quiser, Allissa, estou indo embora. Sinta-se à vontade para fazer o que quiser com a sua vida.

E dizendo essas últimas palavras, ela sai pela porta afora. Se eu me sinto vitoriosa? Óbvio que não. Tudo o que eu queria era que ela me escutasse, mas, no final das contas, eu cutuquei feridas, fui egoísta, tirei o direito de escolha dela e, no final, eu me tornei a versão que eu mais abominava. Magoei a Patrícia, magoei a mãe que deu a vida por mim e que, mesmo com sua visão completamente torta sobre escolhas, ainda me ama. E eu a magoei de uma forma dura e cruel. E no final das contas, as palavras de Cecília se fizeram entender: "Cuidado, Alli, apesar de tudo e de ela estar errada, ela ainda é sua mãe".

— Eu não sei o que eu faço com você.

— Quando é que foi que eu comecei a estragar tudo, Cecília?

— Que merda, Allissa, eu falei pra você pegar leve.

— Preciso ir pra casa, Ceci, eu preciso dizer pra ela que eu a amo, que eu só não quero viver uma vida planejada, que eu não quis parecer ingrata, que não me importo de não ter o sangue dela.

— Primeiro respira, está bem? Respira, por favor, respira. Neste momento, vocês duas estão magoadas, vocês duas estão destruídas. Não vai adiantar nada.

— Eu preciso pelo menos tentar.

— Você acabou de dizer que não a considera como mãe. Desculpa, Allissa, mas isso doeu em mim. Ela não vai simplesmente esquecer e fingir que nada aconteceu.

— Eu faço tudo errado.

— Todo mundo errou. Eles não tinham o direito de programar um noivado pelas suas costas.

— Meu Deus, o Gustavo.

— Sério? Você tem dois pais que ouviram coisas difíceis de você, e você está preocupada com o idiota do seu namorado?

— Cecília.

— Desculpa, Allissa, mas você errou feio e, por mais culpa que todos tenham no cartório, o Gustavo, por te conhecer tão bem, foi um completo de um idiota. Se não fosse a ideia estúpida de te pedir em casamento, nada disso teria acontecido.

— Jogar a culpa no Gustavo não muda os fatos.

— Eu não estou jogando nada. A culpa é dele, ele nunca se livrou dela. Você é quem tem que acordar pra vida e parar de se cegar. Vocês não são mais os amigos de infância, o Gustavo mudou, você mudou. E se um namoro já é loucura, imagina um casamento?

— Eu não pretendo me casar com ele.

— Ótimo.

— Não agora.

— Se algum dia, Allissa, você olhar pra mim e disser que quer casar com o Gustavo, eu só vou aceitar esse casamento se você me provar que o ama.

— Eu não sei o que é amor, você sabe disso.

— Sim, eu sei, e é por isso que quero te matar, porque você está sendo uma otária em acreditar que esse seu relacionamento é saudável. O Gustavo te manipula, Allissa, ele é seu melhor amigo, tanto quanto eu, mas ele impõe o relacionamento de vocês baseado na amizade que construíram e tudo o que vocês viveram até hoje. Porque ele sabe que você está crescendo, ele sabe que você tem sede de vida, e ele tem medo de te perder. Por isso ele está desesperado e te propôs essa merda de casamento. Quem é que sabe o que vai querer pra vida daqui a dez anos?

— Eu não sei.

— Então o que é que você ainda está fazendo com ele?

— Desde quando a briga com os meus pais se tornou uma pauta sobre o meu namoro?

— Você não escutou nada do que eu disse?

— Eu escutei e tô escutando desde o caminho pra festa. Você não aceita meu relacionamento, é isso?

— Não, Allissa, por mim você pode casar com o Gustavo amanhã, mas esquece que somos amigas. Sabe por quê? Porque eu sei que vai ser a maior burrada da sua vida. Não é que eu não aceite o seu relacionamento, é que está gritante na sua cara o quanto você é infeliz. E mesmo assim, você insiste nisso, então faz o que bem entender. Briga com todo mundo que te ama e ponto. Mas não peça pra que eu fique assistindo você se ferrar aqui, de camarote.

— Ceci, eu não quero brigar com você.

— Não estamos brigando. Eu só estou dando minha opinião, e ela é a de que não gostei da atitude dos seus pais de armar esse circo todo pelas suas costas, mas principalmente da atitude do Gustavo de ter te colocado em posição de escolha. Agora você está aí, brigada com seus pais, se sentindo mal, e ainda está preocupada com como ele deve estar? Sinceramente, espero que ele esteja com muito peso na consciência.

 Todas as palavras de Cecília são carregadas de verdade, uma verdade que dói a alma. O meu namoro já não é o mesmo desde que Gustavo foi para a universidade. Eu vivo dividida entre dois mundos, o nosso mundo da infância e o mundo dos adultos, que o absorve cada vez mais. Sei que eu o amo, só não tenho certeza da intensidade desse amor. E o pedido de casamento derrubou a última carta que ainda estava em pé.

— Alli?

— Oi.

— Desculpa, tá bem? Eu não queria brigar com você, mas é que me irrita ver você defender o Gustavo. Ele errou tanto quanto os seus pais.

— É, eu sei, você tem razão.

— E quando é que eu não tenho, sua cabeça dura?

— Minha vida deveria ser uma novela.

— Bem de horário nobre, ainda.

— Estou ferrada, Ceci.

— Por onde você quer recomeçar?

— Eu preciso voltar pra casa, preciso tentar encontrar meu pai. Eu sei que ele tem culpa, mas eu fui muito grossa com ele. Se eu ficar brigada com os dois, eu vou morrer.

— Então vai, eu desço com você.

 Apesar da minha ameaça, Patrícia não retirou os seguranças. Guilherme continua ali como um dois de paus, o que me dá a esperança de ela ainda me ver como filha, mesmo eu dizendo nas entrelinhas que não a vejo como mãe. Me despeço da Cecília e dou de cara com o Luiz ao lado de fora do carro. Ele está tão cabisbaixo, de uma forma que acredito que nunca o vi antes. É o trajeto mais comprido que eu já fiz. O silêncio reina, e eu só conto os segundos para poder chegar em casa, correr para os braços do meu pai e tentar me acertar com a Patrícia.

— Bom dia, senhorita Allissa.

— Bom dia, Nana. Cadê meu pai?

— Seu pai não está em casa, Allissa — responde a Bah, entrando na sala.

— Bah! — Eu corro para o seu colo, como sempre fazia quando estava encrencada, e ela prontamente dá sinal para que Nana nos deixe sozinhas.

— Em que confusão você se meteu agora, menina?

— Eu fiz a confusão, Bah? Você viu o circo que eles armaram?

— Sinto muito por tudo, Allissa, mas você desapareceu, largou o celular para trás. Você realmente deu um susto em todos nós. Achamos que tinha acontecido algo muito sério com você.

— Se tivesse acontecido, o máximo que meus pais sentiriam seria peso na consciência.

— Não fale assim, Allissa. Eles estavam mortos de preocupação. Eu nunca vi a senhora Patrícia como ontem.

— A senhora Patrícia não se importa comigo, ela se importa com o sobrenome que ela cedeu para a bastardinha.

— Allissa, chega. Eu não vou permitir que você se refira à sua mãe como essa pessoa.

— Bah, eu já briguei com todo mundo. Se você quiser entrar pra lista, é só me dizer.

— E aí pra quem você vai pedir colo? O seu pai voltou para o Brasil, sua mãe já foi para Londres, somos só nós de novo. Você tem certeza de que é essa vida que você quer? De guerra com seus pais?

— Como assim, meu pai foi embora para o Brasil?

— Ambos chegaram aqui e disseram que você não os queria por perto, então foram para o aeroporto, cada um para a sua vida. Não era isso que você queria?

A pergunta que sai dos lábios da Bah é o último golpe que eu esperava receber. Era tudo o que eu desejava minutos atrás, mas agora eu mudei de ideia. E ela nota a tristeza no meu olhar ao me contar que meus pais não estão mais em casa. E como em outras vezes, ela me abraça delicadamente com aqueles braços ternos, com suas mãos já surradas da velhice. Me abriga em seu peito, passa a mão em meus cabelos e depois me encara com aqueles olhos azuis.

— Agora me escute com atenção. Está na hora de você começar a arrumar essa bagunça.

— Como, Bah? Eu falo, falo, falo, ninguém me escuta, aí eles decidem me dar ouvidos em um surto de raiva e fazer exatamente o que eu disse?

— E não era isso o que você queria?

— Não, é obvio que não. Será que ninguém aqui entende que eu amo os meus pais? Eu só queria que eles respeitassem as minhas decisões. Eu não sou uma filha ruim, mas não posso sentar e deixar que eles decidam tudo por mim pelo resto da vida. Eu não posso e não vou, Bah. Eles são meus pais, mas a vida ainda é minha.

— Talvez você devesse dar uma chance pra eles.

— Talvez eles devessem dar uma chance pra mim. Falei um monte de coisas, eu sei, mas me arrependi e vim pra casa pra consertar isso, e eles fizeram o quê? Foram embora. E agora, eu faço o quê?

— Acho que é exatamente isso o que eles estão tentando fazer, Allissa.

— Do que é que você está falando, Bah?

— Seus pais deixaram cartas e duas passagens pra você. Você tem que fazer uma escolha, mas também pode continuar ignorando ambos e sofrendo por amá-los. Como sempre, a escolha é sua. Agora vou te deixar sozinha. Se precisar de algo, estarei na cozinha preparando o seu almoço.

Bah tem o dom de me fazer refletir sobre todos os ângulos da equação, mesmo que eu esteja certa. Com pouquíssimas palavras, ela me faz ver que as atitudes erradas dos meus pais não são porque eles querem errar, mas, sim, porque eles querem que tudo seja perfeito, então eles pecam pelo excesso.

Pego as cartas e vou direto para o meu quarto. Minha cabeça ainda não consegue processar tudo o que aconteceu nas últimas vinte e quatro horas. Definitivamente esse é de longe o meu pior aniversário. Eu só queria dormir e acordar dez anos depois, mais velha e com toda a vida resolvida. Mas, como não é possível, devo encarar a realidade, e então decido começar pela carta de Patrícia.

Me perdoe por não ser a sua mãe.

De todas as escolhas que eu já tive na vida, sem sombra de dúvidas, você foi a minha melhor. Eu sei que estou longe de ser a mãe do ano, mas é que sua chegada foi realmente surpreendente, e desde então eu estou tentando aprender como ser uma boa mãe perto de uma filha tão espetacular. Talvez eu nunca tenha lhe dito isso, filha, mas você é melhor do que eu imaginei que um dia você seria. É generosa, é gentil, é humana. Com toda certeza, esse lado bondoso você herdou do seu pai. Não é à toa que fui completamente apaixonada por ele durante tantos anos.

Eu sei que te decepcionei e, por isso, eu te peço desculpas. Mas, como sempre, na minha cabeça, eu imaginei que estaria fazendo o melhor por você. Sim, eu sei, você vai dizer: "Mas quem é que disse que o melhor que você imagina pra mim é o que eu realmente preciso, Patrícia?". E mais uma vez você vai ter razão, mas acontece que o mundo lá fora é tão cruel, que tudo o que eu tento fazer é com que você seja poupada dele. E, sim, eu erro, é claro que eu erro. Eu sou humana, *Allissa*.

Queria te poupar do fardo pesado, mas está na hora de você poder fazer as suas próprias escolhas, como você vive alegando que eu não deixo você fazer, e então encarar as consequências. Mas, antes de qualquer coisa, primeiro eu gostaria que você entendesse os meus motivos. Desde pequena, o seu coração generoso cuida de todos ao seu redor. Então você foi crescendo e veio o serviço voluntário. Sim, eu contestei, odiei e relutei por você fazer tais escolhas. Eu sei que deveria ter me sentido orgulhosa e a apoiado, mas não apoiei. Se algum dia você me permitir, eu vou lhe explicar os meus motivos para não concordar com suas escolhas. Aí o Gustavo veio me pedir a sua mão, e eu vi que você realmente tinha crescido. E é assustador ver que você já não é mais uma garotinha.

Conheço os pais do Gustavo desde antes do seu nascimento e não conseguiria pensar em alguém melhor do que ele para que você se casasse, pois sei que aquela família te acolheria. E o amor? Bom, você acha que não ama o Gustavo, mas eu sei que ama. Pode não ser um amor de novela, mas com o tempo você vai entender que é o amor de calmaria que precisamos. E não, filha, eu não esperava que você se casasse aos 18 anos. Eu não sou tão maluca assim. Eu desejo que você vá para a universidade, quero ver você conquistando os seus sonhos e, para a posteridade, sim, o casamento.

O Gustavo é tradicional, e eu gosto disso. Ele é o senso, enquanto você é a emoção. Achei que apoiá-lo seria uma forma de te dizer que eu estou orgulhosa da sua escolha. Afinal, ele foi inteiramente responsabilidade sua, não é mesmo? Te peço desculpas por ter acelerado o seu processo e prometo que não vai se repetir. Aceite, ou não aceite o pedido, terá meu apoio.

Agora sobre meu negócio com ele, há tempos eu tenho um cliente insatisfeito com um imóvel, *Allissa*. Ele queria vender, e eu estava procurando um local para comprar. Queria poder montar a sua própria casa de reabilitação para dependentes químicos, ou mais um lugar para ajudar crianças no processo final e doloroso do câncer, como você preferisse. Assim você poderia continuar fazendo o que ama, ajudar o próximo, mas em um negócio seu, onde o Gustavo poderia fazer a residência. Juntos, vocês começariam de algum ponto.

Se ele não for sua escolha de sócio, vou entender, mas, por favor, aceite meu presente. Hoje eu entendo o que você faz e, mesmo não concordando, acredito que esse seria um projeto lindo em suas mãos. Desde já tem o meu apoio, com a condição de que isso não afete a sua faculdade.

E falando em faculdade: Moda, não é mesmo? Sua veia artística não tardou a saltar. Bom, a minha primeira proposta ainda está de pé. Eu adoraria que você pudesse escolher o Direito, mas, se não é o que você quer, por favor, me dê apenas o benefício da dúvida. Venha para Londres, passe o resto das férias comigo, trabalhe no escritório e veja a rotina. Se no final do verão você não quiser, terá meu apoio para fazer o curso que escolher.

Bom, filha, eu gostaria de ter essa conversa pessoalmente, mas ambas estamos esgotadas de novo. Não quero começar mais uma briga com você, então te deixo a passagem para casa. Tem muito mais coisas que eu adoraria dividir com você, mas essas precisam ser pessoalmente, mesmo que Londres não seja a sua escolha. Espero que, antes das suas aulas voltarem, você venha passar uma semana comigo. Eu estou sentindo demais a sua falta. Se cuida, *Allissa!*

Com carinho, Patrícia Covaldo.

* * *

Que tiro foi esse que levei ao ler essa carta? Não posso conter as minhas lágrimas. É tudo o que eu quis ouvir dela a minha vida toda, e de repente foram necessários uma briga e um momento de fuga para que ela notasse o quanto eu só queria ser ouvida. Eu amo essa mulher, mesmo muitas vezes tenho vontade de matá-la. Mas eu ainda não estou pronta para Londres, ainda não estou pronta para recomeçar. Sinto que falta algo. O meu vazio ainda não foi preenchido.

– Allissa, desculpe interromper a sua leitura, mas lembra que hoje é seu dia com as crianças?

– Obrigada, Bah. Eu já vou descer.

– Quer almoçar agora?

– Não, eu estou sem fome.

Todo sábado eu passo um bom período na Clínica da Consolação. É uma clínica para crianças em fase terminal de câncer, a maioria com no máximo 12 anos. Trabalhando nas casas de reabilitação em que eu me voluntario, um dia recebi o convite dessa instituição à qual eu já fazia doações, então aceitei de imediato. Lá é o único lugar do mundo pelo qual Patrícia não implica comigo, mesmo não concordando. No caminho até a clínica, resolvo ler a carta do meu pai. Eu preciso de uma explicação. Nunca tínhamos brigado, e foi horrível a sensação de chegar em casa e ver que ele já tinha ido embora para o Brasil.

Para Alli, minha guerreira das estrelas!

Oi, filha. Que susto você nos deu, hein? De repente, nós, que achamos que temos o controle de tudo, perdemos o chão. Sim, foi horrível ficar horas sem notícias suas, horas sem saber se você voltaria. E essas horas foram suficientes para nos mostrar o quanto te amamos e nunca queremos te perder. Então, eu e sua mãe decidimos que precisamos confiar nas suas escolhas, sejam elas quais forem. Se você não leu a carta dela ainda, vai entender o que quero dizer quando ler. De qualquer forma, mesmo amando muito você e não tendo matado toda a saudade, mesmo que não tenhamos seguido o itinerário, eu espero que você escolha Londres. Acho que vocês duas precisam muito disso.

Quando você tinha 8 anos, Allissa, eu tive que tomar uma das decisões mais difíceis da minha vida. Eu era infeliz, Patrícia era infeliz, nós merecíamos muito mais. Então decidimos que iríamos atrás disso. Eu vim para o Brasil, e você ficou com ela. Sei que poderia ter te trazido comigo, mas sabe o que ela me disse?

"Não ouse tirar a minha filha de perto de mim."

E então eu pude notar que o amor que ela tinha por você era tão puro, tão sincero, exatamente como se ela tivesse te gerado, e eu não tive coragem de separá-las. Quando você ameaçou que iria embora comigo, ela achou que você não a via como mãe. Eu sei, eu sei, você é bondosa, e agiu na hora da raiva, não fez por mal. Mas eu quero que você entenda, filha, que para cada escolha nossa existem consequências. Você magoou a sua mãe, e eu tenho certeza de que se magoou ainda mais no processo. Vocês duas precisam de um recomeço, e foi por isso que vim embora sem você. Mas sobretudo, se a sua escolha não for Londres, a sua casa está à sua espera aqui no Brasil. Eu te amo e sempre vou confiar em suas escolhas.

Com amor, papai.

Nos prendemos na zona de conforto de uma relação falida, unicamente por vontade própria, e, na maioria das vezes, pelo medo de olharmos para nós mesmos e nos encontrarmos sós.

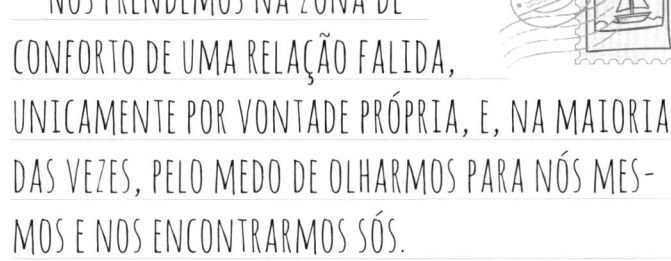

CAPÍTULO 6
CLÍNICA DA CONSOLAÇÃO

A escolha

Google | Como ser perfeita... E infeliz

Como ser perfeita... E infeliz
Vigor Frágil

"Sabe aquela garota certinha, que sempre fez as coisas de acordo com as regras? Nunca cabulou aula. Nunca respondeu aos pais. Sempre foi solícita ao ser apontada para fazer algo. Aquela garota que foi escolhida como líder de turma. A que emprestava o caderno na véspera das provas para a galera xerocar. Que sempre se engajou em causas sociais nos colégios em que estudou. Sabe essa garota? Essa mesma, que tinha o namorado mais incrível do mundo. Que todas as garotas invejavam. Cujos pais sentiam orgulho do genro perfeito. A garota que nunca surpreendeu. Sabe essa garota? Sempre fui eu. Mas era eu também quem chorava sozinha no banheiro da escola, por não saber se daria conta de tudo, nem se gostava de tudo isso. Chorava no quarto, aos soluços, quando o namorado perfeito era mais amado

pelos meus pais do que por mim mesma. Enlouquecia em silêncio por não saber o que fazer com todas aquelas regras que pareciam tão erradas. Mas essa garota cansou! Saiu de todos os grupos da escola, dos quais não gostava. Começou a dizer "não".
Passou a se questionar e a questionar todos à sua volta. Resolveu levantar a cabeça. Mas a maior decisão foi que essa garota pulou fora de um relacionamento que fazia todos os outros felizes, menos ela. Foi um choque? Claro! Até hoje a minha mãe fala do sorriso dele e diz que ele me ama quando me envia mensagens ao sair de mais um relacionamento fracassado, porque ele continua fazendo tudo o que os outros esperam. Dizer não. Fazer o que o coração grita. Gritar para o mundo que certas coisas não estão certas. E dançar conforme minha própria música. Foi libertador. E esse é o meu conselho para você que me lê hoje. Não faça as coisas só porque alguém disse para você fazer, não faça o que o seu coração implora para você não fazer. Não se magoe para não magoar os outros. Isso não é falta de empatia ou egoísmo, isso é amor-próprio. E está tudo bem desapontar alguém no meio do caminho. Nem todas as pessoas vão te amar. Independentemente do que você faça ou seja. Você pode ser a pessoa mais incrível do mundo, mas ainda vão existir pessoas por aí para te dizer que não gostam de você. E está tudo bem, desde que você saiba quem você é. Mas não precisa sair por aí infringindo leis não, tá? Hahaha! Um beijo, Grazi."
Grazielle Vieira
@vigorfragill

— Luiz, por que é que tudo parece tão complicado?

— Você acharia a vida interessante se não fosse difícil, senhorita Allissa?

— Não, não mesmo. Eu acabei de ler um texto de uma escritora da internet, e ela retrata exatamente o que eu penso, mas, mesmo assim, ainda é tão difícil fazer uma escolha.

— Então você sabe as respostas que procura, por isso é tão difícil.

— Luiz, meus pais estão em direções opostas, ambos deixaram passagens. Londres ou Brasil? Eles esperam que eu escolha.

— Mas, senhorita Allissa, me desculpe. Não é a senhorita que quer tanto tomar decisões? Que fala que eles decidem tudo?

— Sim, mas esse tipo de decisão é como se, ao escolher um destino, eu estivesse dizendo que amo mais um do que o outro. A vontade que eu tenho é de escolher algo que me leve para longe dos dois.

— Sim, você pode fazer isso, mas essa seria a escolha mais fácil. Você quer o poder de escolha, então tem que arriscar sua própria sorte e lidar com os resultados.

— Só queria que eles soubessem que eu amo e odeio os dois demais neste momento. Odeio quando brigamos, mesmo que tenham sido eles os causadores de toda essa confusão.

— Eles sabem disso, senhorita, tanto que eles confiaram a você a decisão de ir para onde realmente quiser.

— Isso tudo é um saco.

— Siga o seu coração, senhorita, siga sempre o seu coração. Ele vai te levar exatamente para o caminho que você tem que viver.

— Obrigada, Luiz. No fundo, eu acho que sei pra onde eu tenho que ir.

— Fico feliz em ajudar — responde o meu velho amigo, motorista e segurança, Luiz.

Assim como a Bah, ele está com a gente a vida inteira, pelo menos desde que cheguei à casa dos Covaldo. Chegando à clínica, eu me sinto bem de novo. Eu amo este lugar. Todos veem tristeza nele, mas eu procuro ver sua beleza. São crianças, crianças que lutam por suas vidas, que têm vontade de voltar a ser apenas crianças. E se eu puder contribuir para que esse sonho se materialize, eu farei isso.

— Obrigada, Luiz. Nos vemos mais tarde.

— Até mais, senhorita!

Antes mesmo que eu possa entrar na clínica, de longe já avisto o Gustavo. Droga, eu me esqueci dele. Ele, assim como eu, é voluntário aqui também. Eu conheci a clínica por ele, mas me esqueci completamente de que iria vê-lo hoje.

— Allissa.

— Por favor, Gustavo. A última coisa que eu quero agora é uma discussão, e muito menos aqui.

— Eu não quero isso, Alli, só te peço cinco minutos. Por favor, só te peço isso. Depois, se você não quiser nunca mais olhar na minha cara, prometo que vou respeitar. Mas, agora, vem na minha sala, por favor.

— Tá, só não quero me atrasar pra hora da leitura.

— Eu prometo que não vai se atrasar.

Seguimos por alguns minutos em silêncio e passamos pela portaria. Coloco meu nome na ata do dia, como o de costume, pego meu crachá e recebo cumprimentos da senhora Carolina.

— Bom dia, jovem casal. Que alegria para meus velhos e cansados olhos ver tanta beleza junta em uma só manhã.

— Bom dia, Carol.

— Doutor.

— Bom dia, Carol. Como está a sua gatinha?

— Allissa, sempre tão amável. Pérola já está melhor. Passe lá em casa qualquer hora, faço panquecas pra gente.

— Pode deixar que vou, sim.

Continuamos a caminhar até a sala do Gustavo. Ele parece diferente. Eu sempre consegui lê-lo pelo seu jeito, ele sempre foi previsível, mas me parece uma incógnita neste momento.

— Quer chocolate, Alli? São os seus preferidos.

— Obrigada, depois eu pego um.

— Eu só queria pedir desculpas, tá?

— Olha...

— Por favor, só me escuta.

— Tá.

— Aqui não temos uma plateia, não temos os seus pais ou os meus, não temos imprensa, só temos o seu velho amigo de sempre. Eu sei que pisei na bola, eu sei. Juro que eu sei.

— Um pedido de casamento. Sério, Gustavo?

— Eu não sabia o que estava fazendo, Alli.

— Como você pede alguém em casamento e não sabe o que está fazendo?

— Quero dizer, eu sei o que eu queria, o que eu ainda quero. Falar em voz alta parecia uma escolha certa.

— Podia ter falado, sim, mas pra mim. Eu acho que a gente nunca falou sobre casamento, pelo menos não pra valer, e olha que a gente já falou de muitas coisas.

— Estar desde a pré-escola ao seu lado me dá a impressão de que já somos casados, só nos falta o título.

— Eu te amo, eu te amo muito, mas você me conhece, sabe o quanto eu fujo do comum, do programado.

— Eu sei, Allissa, mas então a sua mãe veio com a ideia da casa. Eu sei o quanto você ama o serviço voluntário, ela queria te dar de presente de aniversário, e eu...

— Você achou que o melhor seria elevar o nosso namoro para um noivado e que eu não iria surtar.

— É, eu achei, mas você surtou. E eu tive medo, Alli, eu tive muito medo. Medo de te perder, de te perder pra sempre.

— Você nunca vai me perder. Você é meu melhor amigo, você se lembra da nossa promessa? Daquela de quando decidimos que queríamos namorar?

— Gustavo, eu aceito ser sua namorada, se antes você jurar que nunca iremos nos perder. Que algum dia, se você se interessar por outra pessoa, eu serei a primeira a saber. Se algum dia eu não te vir mais como meu namorado, você será o primeiro a saber. Exijo paciência e que, sobretudo, a gente nunca se esqueça de que, antes de um casal, somos amigos.

— Foi exatamente isso que eu te fiz prometer, né?

— E eu te dei um anel, desses que vêm em doce.

— Ele era pequeno para o meu dedo, então você amarrou em um barbante, e eu o usei como colar durante muitos anos.

— Você ainda tem aquele anel, Alli?

— Claro que eu tenho. Ele continua tendo o mesmo significado pra mim, assim como você. Por isso não acho lógico termos que ter um status definido ou um juiz pra decidir isso pela gente, se lá atrás já fizemos essa promessa.

— Você tem razão. É que o tempo está rolando, eu tenho cada vez mais compromissos. É o hospital, são meus pais, você indo para a universidade...

— Ei, respira, tá? Independentemente de quais sejam os nossos próximos passos, eu estou aqui, eu sempre vou estar aqui pra você. E será simples: você vai se formar, vai ser um médico incrível, vai orgulhar a todos, inclusive a mim. E eu? Bom, eu vou viver tudo o que eu tiver que viver no processo e, no final, se for exatamente isso que a gente quiser, a gente se casa.

— Mesmo que você tenha 92 anos.

— Mesmo que eu tenha 92 anos. Prometo ser uma vovó sarada.

— Sua paspalha, me perdoa?
— Só me promete mais uma coisa?
— O quê?
— Que a gente sempre vai ser sincero sobre nossas escolhas? Eu te amo, Gu, mas eu sinto que às vezes não falamos a mesma língua. Por favor, antes de tomar qualquer decisão sobre o que você quer para o nosso namoro, conversa comigo. Não envolve os meus pais, principalmente a minha mãe. Você conhece ela.
— Eu sei, eu sei, eu sei. Juro que acabaram as sugestões. Eu errei em sugerir que ela contratasse outro segurança. Mas é que você sabe a carreira que sua mãe tem, e isso vem com um preço. Eu não estou ao seu lado o tempo todo, seus pais não estão. E eu sei que você é capaz de se virar sozinha, mas, mesmo assim, só foi excesso de cuidado. Me desculpa.
— Eu entendo sua preocupação, de verdade, mas não aconteceu nada. E eu me senti tão bem, Gu. Era a praça, a chuva, o momento. Eu não queria que tudo se transformasse em uma guerra.
— É, e aquele tal de Luan não tinha nada que ter feito a matéria.
— Nossa, nem me lembra desse aí. Eu tenho vontade de esmagá-lo por isso. E pensar que tudo começou por causa dele...
— Sua mãe disse que ia pedir a cabeça dele no jornal.
— Ah, eu não duvido. É da Patrícia que estamos falando, né?
— E falando nela, você já se decidiu para onde vai? Eles me contaram que deixaram você escolher.
— Eu vou para o Brasil. Eu sei que as intenções da Patrícia são as melhores, mas eu preciso de um tempo longe dela. E para não parecer ingrata, antes do verão terminar, eu vou pra Londres. Aí a gente conversa. Até lá, espero que possamos ficar em paz.
— E será que, nesse meio tempo, vai ter um espaço na sua agenda para o seu namorado?
— Claro que sim, namorado.

Neste momento, estamos bem. O velho Gustavo caiu em si. Estamos novamente nos entendendo, e é muito bom poder ser sincera sobre todos os meus sentimentos. Ele ainda é o meu melhor amigo, e esconder algo dele é como esconder algo de mim mesma, ou da Cecília. Ficar um tempo longe faria bem para o nosso relacionamento. Ao notar que já está tarde, o Gustavo me acompanha até a porta do consultório e se despede de mim com um beijo. E eu sigo para a ala das crianças.

– Allissa!

– Oi, Gu.

– Está esquecendo os chocolates.

– Obrigada.

Então ele rouba mais um beijo meu no corredor, e eu sigo meu caminho.

* * *

Hora da leitura

"Amar não é olhar um para o outro, é olhar juntos na mesma direção. Só se vê bem com o coração, o essencial é invisível aos olhos. Tu te tornas eternamente responsável por aquilo que cativas. O verdadeiro homem mede a sua força, quando se defronta com o obstáculo."

O pequeno príncipe
Antoine de Saint-Exupéry

– Tia Alli, você acha que um dia eu vou ter um romance com alguém que me ame assim, como o pequeno príncipe descreve o amor?

– Ei, é claro que vai. Você vai viver muitos amores, princesa.

– Mas não existe só um amor de verdade?

— Bom, minha mãe sempre me disse que meu pai foi o seu primeiro e único amor. Mas eu gosto de pensar que nós iremos encontrar o amor que estiver buscando por nós também, independentemente se ele será o primeiro ou o décimo.

— Você ama o doutor Gustavo?

— O doutor Gustavo é o meu melhor amigo, eu aprendi a amá-lo desde muito cedo, e nós dois temos um contrato, sabia?

— Ah, é? Superamigos e namorados precisam de contrato?

— Não, minha linda. Nós temos um combinado de que, independentemente de quanto tempo formos namorados, seremos melhores amigos para sempre.

— Mas e se algum dia você se apaixonar por outra pessoa?

— Então o doutor Gustavo vai ser o primeiro a saber, e depois disso espero que ainda possamos ser melhores amigos.

— O Júnior é o meu melhor amigo, mas eu não sei se quero ele como namorado.

— E por que não iria querer, Bia?

— Porque ele diz que, no nosso caso, a gente não pode sonhar com o amanhã, porque estamos muito perto de morrer, e que amar dói. Então eu tenho medo de que, se eu me apaixonar por ele, isso vá doer.

Como você explica sobre esperança para uma criança de 9 anos em estágio terminal de câncer? Como você faz essa criança ter vontade de viver, mesmo que todas as suas possibilidades sejam nulas? Ou como eu poderia fazer com que ela acredite no amor, sendo que nem eu mesma acredito? A pergunta da Bia fica entalada na minha garganta, e uma lágrima vem logo em seguida, mas eu não posso simplesmente desabar em cima dela. Eu preciso fazer com que ela tenha esperança, mesmo que depois eu saia daqui e vá chorar no banheiro.

— Bia, o Júnior comeu doce estragado. As tias da cantina me disseram que veio uma leva de jujubas vencidas. Com certeza, ele te falou isso porque estava sob o efeito delas. Não leva ele a sério, está bem? Eu prometo conversar com ele sobre isso depois.

— Obrigada, tia Allissa. Mas, mesmo que a gente não sobreviva, já vai ter valido a pena. Eu conheci o Ju. Ele pode ter medo, mas eu sei que é amor, mesmo que acabe. Porque eu sei que sentir alguma coisa é melhor do que não sentir nada.

Então, em uma manhã de sábado, depois de toda a minha guerra com meus pais, minha instabilidade emocional com o Gustavo e a raiva do Bruno, eu descubro o significado do amor por meio de uma criança de 9 anos que está em estado terminal de câncer e que se pegou apaixonada pelo melhor amigo, que se encontra em uma situação igual à dela. E, mesmo com tantos motivos para que ela se sinta mal, ela acredita que sentir algo ainda é melhor que não sentir nada.

Entrego o livro *O pequeno príncipe* para uma enfermeira, que me olha com os olhos cheios de lágrimas, e peço para que ela continue a leitura. Saio no corredor para poder tomar ar. A conversa com o Luiz no caminho para a clínica, a carta dos meus pais, a conversa com o Gustavo, e agora a Bia. Meu Deus, quantas lições em um único dia.

De repente começo a escutar um som, um som de longe e que não é nada desconhecido para mim. Me deixo guiar até esse som e me vejo parada à porta de um dos quartos das crianças. Quem está nele não é nada mais nada menos do que o Bruno. Sim, o mesmo Bruno da praça, o inconstante Bruno que me odeia sabe lá Deus por quais motivos.

* * *

Quarto 318

— Não sabia que tínhamos plateia.
— O que você está fazendo aqui?
— O mais correto sou eu perguntar pra você. O que é que você está fazendo aqui? Hoje é sábado, não é dia de você estar estourando o cartão de crédito da mamãe por aí?
— Eu não sei nem por que eu perco meu tempo falando com você, garoto.
— Não sabe dar respostas diretas? Não, espera, é você quem não gosta de perguntas, não é mesmo?
— Você não sabe nada sobre mim.
— Ah, eu sei, sei sim.
— E o que é que você acha que sabe tanto?
— Sei que você é uma Covaldo, que é a princesinha de Boston, uma riquinha mimada e dissimulada, que teve a cara de pau de fingir que não me conhecia, mas que deve ter ido àquela praça premeditadamente. E tudo pra quê? Para se vangloriar com mais um prêmio do ano? Ah e, antes que eu me esqueça, ainda dorme com o chefe.
— Você só pode ser doente. Eu não faço ideia do que é que você está falando.
— Não se faça de sonsa, Allisa. Eu vi vocês se beijando na porta da sala dele, aquele de quem você é noiva e finge demência. E, mesmo sendo noiva, não acredita no amor. Será que eu esqueci alguma coisa?

Nada do que ele fala faz sentido para mim. Eu, que já estou me segurando para não chorar depois da conversa com a Bia, não aguento e me desfaço em lágrimas ali mesmo. Na frente dele, que parece saber tanto da minha vida, mas que na realidade não sabe de absolutamente nada. Quem ele acha que é? Ir à praça premeditadamente? Ele sabe o que me levou lá de fato? Que maldito prêmio esse a que ele se refere? E por que ele odeia tanto o sobrenome da Patrícia? Eu tenho tantas dúvidas, que tudo o que eu quero é vomitá-las para fora, mas a dor que sinto é maior e trava a minha garganta. Eu só quero sair daqui, fugir da presença desse garoto insuportável.

— Vai sair andando? Não vai tentar se defender?
— Pra quê? Em algum momento você parou pra me escutar? Aliás, você sabe tudo sobre mim, não sabe?

Viro as costas e o deixo falando sozinho. Eu tenho que sair daqui, tenho que me sentir segura. Eu preciso de alguém para me indicar uma direção, alguém que não me julgue. Eu preciso da Cecília.

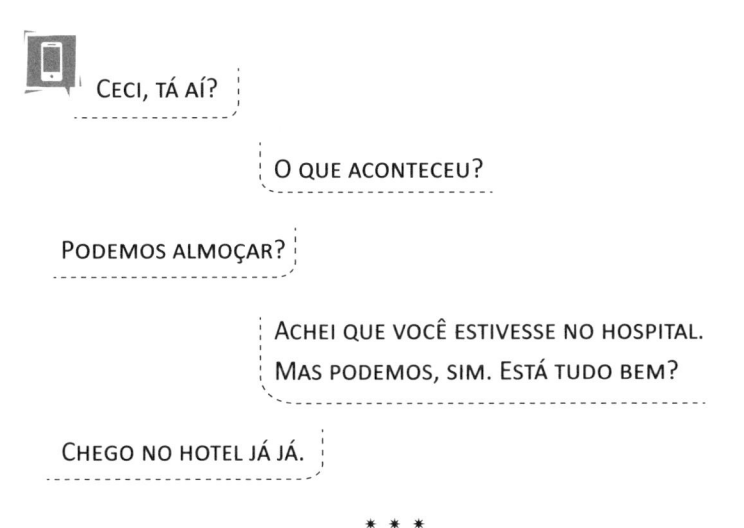

> CECI, TÁ AÍ?

> O QUE ACONTECEU?

> PODEMOS ALMOÇAR?

> ACHEI QUE VOCÊ ESTIVESSE NO HOSPITAL. MAS PODEMOS, SIM. ESTÁ TUDO BEM?

> CHEGO NO HOTEL JÁ JÁ.

* * *

Corredor da clínica

— Bruno?
— Oi, Carol.

— Eu não pude deixar de notar que você estava discutindo com a Alli.

— Desculpa, Carol. Eu sei que aqui não é lugar pra isso, mas aquela lá me tira do sério.

— Eu ouvi toda a discussão e, se me permite dizer algo, eu só queria dizer que você está completamente enganado. Aquela garota é o oposto de tudo que você disse aqui.

— Então não estamos falando da mesma garota, Carol.

— Ah, estamos. Estamos, sim. Eu trabalho aqui há uma década e ainda me lembro de quando aquela garota cruzou as portas dessa clínica. Doutor Gustavo a trouxe. Na época, ele era aluno do doutor Valter. Ela queria se inscrever no programa de voluntários. Eu sempre me perguntei o que uma garota como ela iria querer com crianças como as nossas, mas, só depois de conhecer a sua história, eu entendi que esse era o lugar em que ela deveria estar. E ela está com a gente há dois anos, fielmente todos os sábados.

— Como eu nunca a encontrei aqui antes?

— Talvez você estivesse tão fechado no seu próprio mundo, que não notou a Allissa. Ou talvez ainda não era a hora de vocês se conhecerem.

— Pois maldita foi a hora em que eu cruzei com o caminho dessa garota.

— Está se equivocando de novo, Bruno. Você tem tanta dor aí dentro, que ela te cega e não permite que veja a realidade como ela é. Espero que, quando você voltar a enxergar, não seja tarde demais.

— Carol.

— Oi.

— Qual é a história dela mesmo?

— Bom, isso é algo que você vai ter que perguntar a ela.

Ao nos permitir novas escolhas, quando damos a chance para um roteiro diferente, somos invadidos não apenas pelo novo, mas também por um desejo de viver além da nossa própria vida. São os nossos sonhos misturados com todos os outros sonhos do mundo.

CAPÍTULO 7

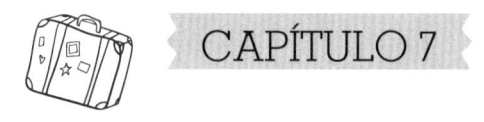

Eu escolho o Brasil!

A dor é algo tão surreal que, ao senti-la, nos jogamos em um frenesi como se nunca tivéssemos desfrutado a felicidade. Sim, nossa dor é maior, nosso problema é o mais complexo, tudo se intensifica, nos fechamos em um casulo procurando fugir de todo o conflito externo e, no processo, acabamos afastando pessoas que são essenciais e outras que poderiam vir a ser, mas que nunca vamos descobrir. Unicamente porque é muito mais fácil nos jogar em uma teia de sentimentos rasos do que nos dar o luxo de abrir o coração depois de um momento triste.

— Alli, estou aqui.

— O que você está fazendo aqui fora?

— Esperando você, ora bolas, mas vamos, vamos entrar. Em qual confusão você se meteu agora?

— Por que você sempre pensa o pior de mim?

— Porque as probabilidades de você se meter em confusão são muito maiores do que as de você apenas querer um simples almoço comigo.

— Meus pais me deixaram decidir pra onde eu quero ir.

— Simples assim?

— Não tão simples, mas, é, mais ou menos assim. Parece que a fuga de ontem os assustou pra valer.

— Assustou todo mundo, né?

— Não foi essa a intenção.
— Eu sei que não, mas assustou, Alli.
— De qualquer forma, parece que consegui a atenção deles.
— E aí? Qual vai ser, Brasil ou Londres?
— Brasil.
— Por essa eu não esperava.
— Minha mãe e eu estamos muito machucadas para esse reencontro, Ceci. Eu preciso de tempo, e ela também. Passar uns dias com meu pai irá me fazer bem e, antes do verão acabar e as aulas voltarem, eu vou para Londres ficar com ela.
— Parece que já tem tudo resolvido. Por que essa cara de choro?
— Encontrei o Bruno.
— O Bruno? O Bruno daqui do hotel?
— O Bruno, o mesmo Bruno do sax, da praça, da noite incrível antes de tudo desmoronar.
— Onde você encontrou ele?
— Na Clínica da Consolação.
— O que ele estava fazendo lá?
— Não faço a mínima ideia e não me interessa, porque ele é completamente diferente do que eu pensei que ele fosse.
— Juro que não consigo entender por que é que vocês brigam tanto, Jesus. Pelo que você me disse, só viu ele aquela noite na praça. Por que tanto ressentimento?
— Eu não sei, Ceci. Ele que começa, é sempre ele. Ele vem, fala tudo que vem à cabeça não pensa quem vai atingir, só sai falando igual a uma metralhadora.
— E por que brigaram agora?
— Como sempre, ele veio dizendo que eu sou uma riquinha mimada e blá-blá-blá. Deixei ele falando sozinho. Parece que a briga dele é com a minha mãe. Ele odeia o sobrenome Covaldo.
— Nunca imaginei que fosse com você diretamente.

— Mas ele é um otário, porque desconta em mim como se eu realmente fosse a Patrícia.

— Então por que é que você ainda se importa?

— Não sei, sinceramente eu não sei.

— Então, só pra gente encerrar o assunto Bruno, ele é um otário, ponto. Agora ignora a existência dele, finge que é só mais um garoto desses que a gente tromba por aí sem querer. E mesmo que vocês frequentem os mesmos lugares, ele não sabe nada sobre você, ele não tem ideia do que tá perdendo e, só por isso, eu morro de dó dele.

Cecília é sempre tão prática. Se tem algo que ela não faz é remoer sentimentos. A racionalidade dela me assusta, é muito simples, como se tudo fosse uma conta de multiplicação. Ela sempre me faz ter a segurança que nem eu sei que tenho. E, como sempre, ela tem razão. O Bruno é só mais um garoto de Boston e, independentemente da primeira impressão da noite na praça, ele é, sim, um otário. Ele tem tanta dor nos seus olhos, suas palavras sempre prontas para machucar quem estiver à sua frente. É como se ele não se importasse com o caos ou com o que aconteceria com quem ele atingisse. Ele quer apenas bater, ele tinha uma necessidade de proporcionar dor, como se isso fosse aliviar sabe-se lá quais dores ele sente.

— Alli, hoje vai ter um show na Praça do Musgo, vai ser o festival de verão. Bem que a gente poderia ir, né?

— Desde quando você se interessa por locais como a Praça do Musgo? E de onde é que surgiu esse seu gosto por música, Cecília?

— Não tira sarro, vai. O Pedro, lembra do Pedro?

— Ah, claro, o Pedro!

— Se você for ficar rindo, eu não vou te convidar mais pra ir com a gente, hein.

— Ui, com a gente. Já estamos assim, é?

— Não te conto mais nada.

— Tá bom, vai, me conta. O que é que tem o Pedro?

— Ele tem um amigo que vai se apresentar no festival, e ele me convidou pra ir com ele. Ele quer dar um apoio moral, e eu, bem, eu quero ver ele de novo.

— Claro que eu topo, né, Ceci? Será um prazer. Eu gosto do Pedro, ele parece que te bota um pouco de sentimentos.

— Pode parar por aí, dona Allissa Covaldo. Eu gosto dele, mas sem rotular. Somos apenas duas pessoas adultas, que gostam de estar juntas. E é só um show, tá bem?

— Tá bem, tá bem, não está mais aqui quem falou. Vou mandar mensagem para o Gustavo. Quem sabe ele não se anima?

— Gustavo? O seu Gustavo?

— Ué, e tem algum outro Gustavo, Ceci?

— Doutor Gustavo Abkener na praça do Musgo, em um festival de música. Isso, sim, eu pago pra ver.

— Por que parece tão bizarro?

— Alli, eu te amo, e você sabe disso. Mas a sua ingenuidade ao falar do seu relacionamento às vezes me dá vontade de te matar. Aliás, eu não sabia que vocês tinham feito as pazes.

— Conversamos na clínica, e eu entendi os motivos dele. Estamos bem.

— Me mantenho no direito de permanecer calada.

— Não começa.

— Não estou começando nada, só não entendo como, depois de tudo, vocês estão bem. Allissa, ele armou um noivado, um noivado que virou toda essa confusão.

— Ah, Ceci, por favor. Crescemos juntos, você sabe o quanto ele é importante pra mim. Eu nunca briguei de fato com ele, sempre nos acertamos no final.

— Talvez o que esteja faltando é exatamente isso, uma briga de verdade, um tempo longe do Gustavo.

— Credo, Cecília.

— Não, Alli. O que acontece é que eu olho pra você e vejo alguém sonhador, alguém destemido. Você enfrentou a Patrícia, exigiu suas vontades, está indo para o Brasil, tá cagando pro estágio em Londres. Você quer ajudar na clínica de reabilitação, você ajuda. Você quer ler para as crianças, você lê. Você não quer o Direito, você se joga na Moda. Você é tudo, menos previsível. Mas o Gustavo? O Gustavo é o politicamente correto e piegas, ele é um chato de galochas.

— Eu sei que nós somos muito diferentes, mas ele está tentando mudar, Ceci. Ele está tentando me acompanhar.

— Você acredita que ele está tentando mudar, mas eu tenho quase certeza de que ele está te manipulando.

— Cecília.

— Tá bom, o que ele fez pra vocês se acertarem depois do pedido de casamento ridículo que ele te propôs?

— Ele explicou os motivos dele, ele se justificou. Ele tem medo de que a universidade vá nos afastar, ele está inseguro, e eu não tiro a razão dele.

— Não tira por quê? Até onde eu sei, você está muito bem resolvida de não viajar com ele, continuar em Boston, permanecer no estágio com minha mãe e cursar a faculdade que tanto quer. Ou essa sua segurança toda é faixada?

— Eu disse que ele está inseguro, não eu. E eu entendo, sim, porque a gente está mudando. Não somos mais como na infância, sem preocupações. Daqui a alguns anos, ele vai se tornar médico, Ceci. Os pais dele esperam que ele dirija o hospital, realmente é muita responsabilidade. E outra, o Gustavo sem a Medicina é vazio, ele ama esse mundo. Meu papel é apoiá-lo ou não?

— Seu papel é ser você mesma e ser estupidamente feliz, e isso não significa que você não vai apoiar. Ele quer ser feliz na Medicina? Que seja, mas você precisa fazer os seus próprios planos, seguir o seu caminho. Se, no meio desses dois mundos vocês se encontrarem, ok, mas o que eu não quero é você cedendo espaço para uma rotina em que você vai estar por decisões alheias, não as suas.

— Você está me confundindo demais.

— Não é confusão, Alli, eu só estou te preparando. Quando o Gustavo discordar de algo, o que, óbvio, ele não vai fazer agora, ainda mais depois da estupidez do pedido de casamento, vai chegar o dia em que o mundo sério dele vai entrar em colapso com o seu mundo colorido. E quando isso acontecer, eu quero ter a certeza de que você vai estar preparada para encarar que vocês são muito diferentes e que essa diferença pode atrapalhar, sim. Não estou querendo jogar um balde de água fria, mas vocês não são mais os mesmos amigos do jardim de infância. Tô cansando de repetir isso pra você. E se ele não aceitar o convite pra praça hoje? Isso não me surpreenderia.

— Ele vai.

— Eu espero que sim, Alli, espero de verdade.

— Vou mandar mensagem pra ele.

> GU, VAI EM UM SHOW COMIGO HOJE?

> POR QUE ESTÁ MANDANDO MENSAGEM?
> VEM AQUI.

> NÃO ESTOU MAIS NA CLÍNICA.

> ACONTECEU ALGUMA COISA?

Acho que comi algo que me fez mal, aí vim pra casa da Cecília.

Poderia ter me avisado, amor. Eu tinha te dado um remédio.

Acho que eu precisava descansar, não deveria ter ido à clínica hoje.

Sendo assim, a ideia pra um show seria meio contraditória, não?

Já tomei um remédio, logo, logo estou bem, e eu preciso ir hoje. Vai comigo?

Onde é que vai ser?

Na Praça do Musgo. Vai rolar o festival de verão e vai ter muita música.

De quem foi essa ideia?

Da Cecília. Ela vai para acompanhar o Pedro, que vai apoiar um amigo. Vamos, vai ser legal.

Quem é Pedro mesmo?

Sim ou não, Gustavo?

> SABE O QUE É, AMOR? EU TENHO QUE ESTUDAR. E TINHA PENSADO EM IRMOS JANTAR NAQUELE JAPA QUE VOCÊ AMA, DEPOIS VOCÊ FICAR AQUI. EU ESTUDO E VOCÊ DESENHA, O QUE ACHA?

> VOU SOZINHA!

> TÁ, EU VOU, NÃO QUERO BRIGAR, EU VOU COM VOCÊ.

> ME BUSCA EM CASA, QUERO IR SEM O LUIZ HOJE.

> TE PEGO ÀS NOVE.

> ÀS OITO.

> OK, ÀS OITO. BEIJOS.

Eu entendo o medo da Cecília. Quando somos jovens, sonhamos como é que o mundo vai ser quando formos adultos, ficamos loucos por esse mundo, muitas vezes pulamos etapas de tanto que queremos viver nesse mundo. E quando de fato crescemos, só queremos voltar para o nosso velho "eu", para podermos ser felizes na simplicidade mesmo. Voltar para o pouco peso da rotina, que era dividida entre doces, travessuras e a soneca acompanhada de histórias de princesas, fadas e dragões.

Hoje, já crescida, sinto vontade de ser criança, principalmente de voltar para os dias em que Gustavo e eu jogávamos queimada, fazíamos cabana de lençóis e só pensávamos em andar de bicicleta ou nadar no lago. Sinto saudade das horas de colo que curavam todas as feridas. Hoje, já tão carregada de medos e incertezas, sigo colocando o band-aid em feridas que já não cicatrizam tão facilmente. Um dia, lendo a Stephanie Luz, a minha luz roxa – como eu gosto de defini-la –, eu entendi muito mais sobre a vida. Mesmo me achando tão leiga no assunto, sei que ela tem razão ao dizer que é só uma maré ruim e que um dia irá passar. Esse texto sobre a maré ruim é o meu texto preferido dela, e ela o escreveu se inspirando na música "Emoji of a Wave", do John Mayer.

"Só preciso aguentar firme. Eu repito isso (sempre!) para me manter forte – porque a vida não anda fácil, e tudo parece desmoronar na minha cabeça, todos os dias. Só preciso aguentar firme porque não dá pra acreditar que tudo isso, facilmente, vai passar, sabe? Não dá.

As pessoas chegam, prometem ficar e, depois de um tempo, me abandonam. Vão embora sem pensar que podem estar carregando consigo, nas ondas que as levam para longe, um pedaço de mim. Um pedaço de mim que faz falta. Um pedaço importante. Um pedaço que dificilmente se regenera, sabe? Marca, vai embora e deixa um vazio. E quem vem na maré chega em um momento errado. Aquele momento em que a gente já desacreditou de tudo e não consegue mais confiar e nem acreditar que desta vez vai valer a pena. Vira uma confusão. Um redemoinho de sentimentos jogados fora, lágrimas derramadas e lembranças que agora serão apenas lembranças – sem haver possibilidade de criar novas (com aqueles que foram levados pelas ondas). E dói.

Dói por medo de que eu acabe me afogando nesse vaivém das ondas. Medo de que eu me perca e seja puxada para dentro do meu próprio redemoinho de emoções – de onde, com certeza, não conseguiria sair depois. Medo de que, mesmo lutando tanto e tentando ser forte o tempo todo, não consiga chegar à superfície e sair do mar que é o meu coração. Sair da minha própria confusão. Sair da maré ruim — e me desligar (pelo menos um pouco) de quem se desligou de mim.

Eu vou agradecer (um dia) por essa maré ruim ser momentânea. Mas, mesmo sendo dolorosa, me fará crescer. É apenas uma onda. Uma onda que assusta, mas que eu consigo ultrapassar — basta fechar os olhos e acreditar. E eu sei que, quando ela vem, leva algo ruim e deixa algo melhor. Ensina na marra, doendo como for, levando quem for, deixando o que for. Eu só preciso me conformar que ela sabe o que faz. Eu só preciso aguentar firme e aguardar, com paciência, até que ela vá embora. É só uma maré ruim. Com o tempo, ela melhora."

Stephanie Luz
@oquesintoempalavras

Se eu, Allissa, pudesse trazer para o presente e levar para meu futuro algo do meu passado, seria o tempo de cicatrização de um machucado de criança. Eu posso não ter ainda descoberto o significado do meu tempo, mas eu sei que quero, sim, o Gustavo ao meu lado. Podem acontecer todas as mudanças possíveis com a gente, mas eu sei que sempre pertenceremos à mesma história.

— Será que eu vejo o Gu só como meu melhor amigo?
— De onde você tirou isso agora?
— Desculpa, eu estava pensando e acabei falando em voz alta.
— Alli, eu acho que você e o Gustavo estão uma bagunça só. Você espera que ele não mude, mas ele já está mudando, e ele espera que você cresça, mas a gente sabe que você, independentemente da idade que tiver, vai ser sempre essa criança com todos os sonhos do mundo dentro de você.

— Será que vai ficar confuso pra sempre? Tô me sentindo perdida. Feliz por a gente ter feito as pazes, mas confusa por não saber se foi realmente bom ter feito as pazes, mesmo eu odiando ficar brigada com ele.

— Aí é que tá. Você não se vê sem o Gustavo da infância, ou sem o Gustavo que você espera que ele continue sendo, mesmo depois da universidade?

— Cecília, não faz pergunta difícil.

— Sabe, eu acho, acho não, tenho certeza, que essa viagem para o Brasil vai te fazer muito bem. Você precisa disso. Pensa nessa pergunta durante a viagem, tá?

— Tá, vou pensar.

— Um tempo longe de toda essa bagunça de sentimentos vai fazer você pensar no que realmente quer.

— Eu queria que as minhas férias tivessem começado com muita bagunça, mas bagunça leve. Banho de piscina, leitura, pipoca e seriado, sem brigas com meus pais, sem crise no meu namoro, que é quase um noivado, sem o chato do Bruno.

— Bruno de novo? Achei que ele já era página virada.

— E é, apenas enfatizando que, nas coisas ruins, ele está sempre presente.

— Se ele não tivesse sido tão otário a ponto de dizer tudo o que disse sobre você, eu juraria que vocês estão apaixonados.

— Tá louca, é? Quem é que se apaixona assim, por um garoto marrento e estranho? Só vi ele algumas vezes, Ceci, e em todas elas eu quis matá-lo.

— Tá vendo só? Tanta implicância assim não é normal. Vocês têm um certo magnetismo, Alli, e olha que eu nem conheço ele. Mas, de verdade, eu nunca te vi assim, tão fora de si. Nem a Patrícia consegue isso, e olha que ela é número um em te tirar do sério.

— Cecília, vamos mudar de assunto. Não tô a fim de ter uma indigestão por causa desse garoto.

— Está bem, deixa ele pra lá. Eu preciso checar se o carregamento de vinho está certo, vem comigo?

— Na realidade, eu já vou indo pra casa.

— Ah, não, é rapidinho. Fica pra sobremesa.

— Não, é sério. Eu vou tentar descansar um pouco, pra podermos nos divertir à noite. Aliás, o que o amigo do Pedro toca mesmo?

— Não faço ideia, Alli. Nem sei o nome ou se ele realmente é da Terra. Quando o Pedro me fez o convite, ele estava um pouco ocupado tentando tirar o meu sutiã com os dentes.

— Ai, meu Deus do céu, que nojo! Me poupe dos detalhes sórdidos, está bem? Como é que eu vou olhar pra ele depois disso?

Então me despeço da minha amiga, que, por sinal, tem uma vida sexual ativa. Não é que eu tenha algum puritanismo, mas eu ainda não me sinto pronta para isso. Eu não tenho aquela ideia de que tem que ser especial, como em comédias românticas. Eu quero unicamente sentir algo de verdade. O Gustavo é a pessoa com quem eu me imagino ao fazer a escolha do próximo passo, quem mais poderia ser? Mas ainda não estou no meu momento.

Nos desvencilhar das vidas coladas às nossas é uma das tarefas mais difíceis de executar. Preferimos o comodismo de uma relação fracassada a uma dose única de coragem. Coragem de cortar os laços, desfazer as famílias e cada um seguir com a sua própria vida. Nos prendemos em uma zona de conforto sobre uma relação falida, unicamente por vontade própria. E, na maioria das vezes, é pelo medo de olhar para nós mesmos e nos encontrar perdidos sem a outra pessoa. Ela não é a sua tábua de salvação, se desprenda!

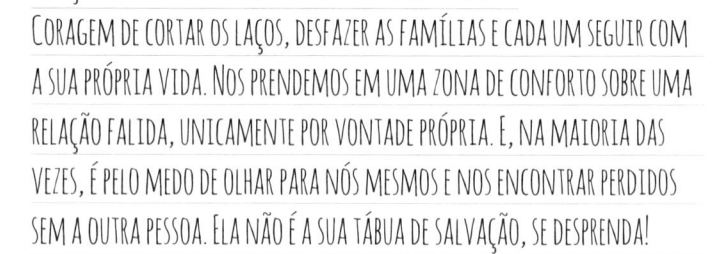

CAPÍTULO 8

O show

— Tem certeza de que não precisa que o Luiz vá junto com vocês, Allissa? Não quero mais confusão.

— Bah, eu vou com o Gustavo, e com certeza ele vai levar os cães de guarda dele.

— Allissa, é assim que você fala do Jorge e do Diego?

— Desculpa, mas a realidade é que eles parecem mais robôs do que humanos. Tem como me culpar por isso?

— Como você é dramática, Allissa.

— Gustavo está atrasado, e olha que já tinha pedido pra ele vir antes do combinado por saber que ele sempre se atrasa. Depois sou eu a mulher dessa relação.

— Deve ser o trânsito.

— Deve, sim, mas ele podia ter saído mais cedo, né?

— Já, já ele está aqui, você vai ver. Você já terminou de arrumar as suas malas?

— Sim, Bah. Amanhã cedo embarco para o Brasil, e finalmente férias.

— Já ligou para a dona Patrícia?

— Dona Patrícia é muito ocupada, Bah. Não queremos importuná-la com pormenores, não é mesmo?

— Allissa, Allissa, Allissa.

— Bah, Bah, Bah. É sério, tudo vai ficar bem. Eu só preciso de mais tempo antes de falar com ela.

— Senhorita Allissa, o doutor Gustavo está esperando lá fora.
— Já não era sem tempo. Obrigada, Luiz, eu já vou sair. E, ah, Luiz.
— Sim, senhorita.
— É só Gustavo, ele ainda não se formou.
— É por respeito, senhorita.
— Eu sei que sim, mas ele ainda é só Gustavo, o meu velho amigo de sempre. Boa noite, Bah. Não me espere acordada. E o mesmo pra você, Luiz. Amanhã vocês terão que me levar até o aeroporto.
— Como quiser, senhorita.
— Boa festa, menina Allissa, e se cuide.
— Obrigada aos dois.
— Boa noite, amor. Que roupas são essas?
— Droga, Gustavo, por que demorou tanto?
— Eu disse que tinha que estudar, não disse? Fiquei preso em uma questão, não deu tempo de terminar, então deixei pra lá antes que ficasse mais tarde.
— Você tem amanhã o dia todo pra isso. Podia ter deixado, né?
— Estou aqui, dona Braveza. Chega de drama e me diz logo que roupas são essas?
— Eu que te pergunto. Eu te mandei mensagem dizendo que lá é uma praça. É um festival de verão, não uma noite na ópera. Pra que a camisa social?
— Eu não costumo sair sem, você sabe disso.
— Tá bom, que seja. Vou mandar mensagem pra Cecília avisando que já estamos a caminho.

ESTAMOS SAINDO DE CASA

JÁ NÃO ERA SEM TEMPO, NÉ?

O GUSTAVO SE ATRASOU, DESCULPA.

E QUANDO ELE NÃO SE ATRASA?

ELE ESTAVA ESTUDANDO.

ELE SEMPRE ESTÁ!

DÁ PRA PARAR COM A IMPLICÂNCIA?

E DESDE QUANDO FALAR A VERDADE SE TORNOU IMPLICÂNCIA?

DÁ UM TEMPO, CECI.

COMO QUISER, ALLI, SÓ CHEGA LOGO. AS APRESENTAÇÕES JÁ VÃO COMEÇAR. P.S.: O AMIGO DO PEDRO É UM GATO.

JÁ, JÁ ESTAMOS AÍ. P.S.: INFORMAÇÃO INÚTIL, EU TENHO NAMORADO!

NÃO É NOIVO?

ENGRAÇADINHA. BEIJOS.

Cecília não admite que Gustavo seja a minha única escolha. Por mais que ela apoie o meu namoro, ela vive me questionando sobre como seria uma vida sem ele. Como sempre, ela só quer ter certeza de que eu estou realmente feliz e, por causa disso, ultimamente a gente acaba tendo opiniões completamente contraditórias. O mais engraçado é que nunca brigamos. Essa é uma das coisas, entre tantas outras, que eu amo nela mais do que tudo. Ela nunca teve tato para falar comigo, ela fala exatamente o que acha. "Tira, tá feio! Não, esse tá te deixando gorda. Por que não violeta em vez de rosa? Eu acho que esse vai te fazer se sentir bem."

Eu nunca tive tanta segurança na minha vida, talvez por causa de alguns traumas de infância. Sempre me senti muito perdida com escolhas, mas ela vem, olha e diz: "Para de *mulherzice*, vai lá e arrasa". Então tudo fica bem de novo. Ela é a minha bússola e, se alguém me perguntar o que eu seria sem ela, eu responderia que me sentiria vazia. E é exatamente assim que me sinto sem a Cecília e suas implicâncias com o meu namorado. Porque, no fundo, ela só quer o melhor pra mim.

– Chegamos.

– Obrigado, Diego, te ligo quando acabar.

– Vamos ficar sem os cães de guarda hoje?

– Alli, pega leve, tá?

– Só estou estranhando. Você nunca se afasta deles.

– Hoje quero uma noite só nossa, uma noite em que não tenhamos que nos preocupar com mais nada. E muito menos brigas.

– Gustavo, quando você quer, você realmente consegue ser interessante.

– Vou encarar isso como um elogio.

– Tolinho.

– Ah, amor, antes que eu me esqueça, tenho algo pra você.

E ele tira do bolso dele algo que faz os meus olhos brilharem muito.

– Ai, meu Deus, o meu colar.

– Eu disse que encontraria alguém competente para arrumá-lo, não disse?

– Por favor, Gu, coloca ele em mim.

— Eu imagino o quanto foi difícil pra você ficar sem ele durante esses dias.

— Eu me senti completamente nua.

— Bom, hoje você praticamente está.

— Só porque estou de muito bom humor, vou ignorar o que você disse. Mas obrigada pelo colar.

— Obrigado nada, quero pagamento em beijos.

— Quantos você quiser.

— Ei, ei, ei, desculpe atrapalhar o beijo do meu casal preferido, mas estamos bem aqui.

Esta voz é inconfundível. É Cecília que se aproxima da gente e, para a minha surpresa, ela não está sozinha.

— Eu não estou acreditando. Você?

— Do que você tá falando, Alli? – pergunta a minha amiga ao ver minha reação.

— O que é isso aqui, Pedro? É alguma brincadeira de mau gosto? – pergunta Bruno, desacreditando ao me ver com seus amigos.

— Vocês se conhecem, Bruno? – pergunta Pedro, sem entender nada também.

— Eu estou maluca ou você disse "Bruno", Pedro?

— Ele disse "Bruno", sim, Cecília.

— Alguém me explica o que está acontecendo? – Gustavo me olha sem entender nada.

— Esse é o Bruno, Gustavo. Ele é alguém que não vale a pena.

— Pra alguém que não vale a pena, até que a gente se divertiu na madrugada passada, ou você ainda não comentou com o seu noivo que foi nessa mesma praça que a gente se conheceu, Allissa?

— Alli, do que esse cara tá falando? O que aconteceu na noite passada entre vocês?

— Não aconteceu nada, Gustavo, ele é só um otário.

— Droga, droga, droga. Com tantos Brunos no mundo, você tinha que ser justo o Bruno da Alli?

— Cecília! Ele não é nada meu. É apenas um otário, e você sabe muito bem disso.

— Graças a Deus que não sou nada seu mesmo. Porque você não passa de uma riquinha mimada e fútil, e me arrependo a todo instante pelo meu caminho ter cruzado com o seu.

— Olha aqui, seu idiota.

— Alli, Alli, calma. Que é isso? Que modos são esses?

Nessa hora, Gustavo já está me segurando e me olhando mais confuso do que quando chegamos, e eu? Bom, eu só queria voar no pescoço do Bruno.

— Pelo amor de Deus, gente, vamos nos acalmar. Tá na cara que deve estar rolando algum mal-entendido. A Cecília fala muito bem da Alli, e eu acredito que você deve estar confundindo o Bruno aqui, porque ele não é nenhum otário – Pedro tenta argumentar, sem sucesso obviamente.

— Ou você está cego, ou iludido com o seu amigo, Pedro.

— Alli, dá um tempo, está bem? – Cecília tenta intervir, antes que eu e seu encontro nos desentendamos também.

— Sério, Ceci?

— Sério! Supersério. Olha o tanto de gente que está olhando. Tá querendo ser matéria no jornal amanhã de novo?

Cecília tem razão, mas isso não me deixa menos brava, porque tudo o que eu queria era uma noite de paz. E aí encontro Bruno, com minha melhor amiga e seu "namorado".

— É claro, a princesinha de Boston não sai sem os paparazzi – ironiza o Bruno.

— Olha aqui, meu filho, é melhor você ficar na sua. Não fala assim da minha amiga, ou eu juro que parto sua cara no meio.

— Eu vim aqui pra tocar, e é o que vou fazer. Pedro, desculpa, mas eu não tô na vibe de continuar nesse rolê. Quando você disse que sairia com amigos, eu imaginei que fosse o nosso tipo de amigos.

Ele já está passando de todos os limites, e eu não consigo mais me controlar, então disparo a falar:

— O nosso tipo de amigos? Aquele tipo de amigos que você chama de família, mas que abandona logo em seguida? Porque o Júlio deixou muito claro isso, na outra noite, que, se o Felipe estivesse aqui, vocês não teriam perdido a casa. Que tipo de amigo é você mesmo, Bruno?

— Outra noite? De que noite você está falando, Allissa?

— Calma, Gustavo, eu já te explico tudo.

— Olha, garota, você pode ser uma Covaldo, você pode se achar intocável, você pode se sentir dona do mundo, mas você não sabe nada sobre amizade. Então cala a merda da sua boca, ou eu juro que vou perder a cabeça aqui.

De tudo que o Bruno já tinha me dito, este momento é quando mais sinto a sua ira.

— Cara, pega leve, ela é só uma garota. — Pedro tentou controlar o amigo, e novamente foi em vão.

— Me solta, Pedro.

— Allissa, vamos embora agora. — Gustavo, inquieto, já me puxa pelo braço.

— Eu não vou, Gustavo. Eu vim aqui pra ver um show, e eu vou ver o show, mesmo que quem vá se apresentar seja tão mesquinho e nem tão talentoso assim.

— Nem tão talentoso? Quem foi que tomou banho de chuva apenas pra me ver tocar?

— Você e sua prepotência de novo, não é mesmo, Bruno?

— Os seus olhos brilharam pra mim aquela noite, Allissa. Tanto ou mais do que como você olhou para o seu noivo quando ele estava colocando esse colarzinho no seu pescoço. E agora vai mesmo negar que é apenas uma riquinha mimada e fútil? Que se encanta com joias?

Nessa hora, ele realmente me irrita, e eu não vejo mais nada. Ele pode me xingar, ele pode falar o que for de mim, ele pode me ofender o tanto que quiser, mas, ao falar do meu colar, aquele do qual ele não conhece a história, eu perco todo o meu senso. Então eu soco a mão na cara dele.

— Allissa! — Cecília tenta me chamar para a realidade, mas já é tarde demais. Eu perdi todo o meu controle neste instante.

— Olha aqui, seu garoto insuportável e metido a júri, você se sente o dono da razão, acha que sabe tudo sobre mim, mas você não sabe de nada da minha história. Quer me chamar de riquinha mimada, fútil, que dorme com o chefe só para se sobressair, de princesinha de Boston e de todas as merdas que você já disse até agora? Fique à vontade, mas pense duas vezes antes de falar do meu colar.

— Só porque foi o seu noivo que te deu?

— Isso não é da sua conta.

— Como eu já esperava, você está se mostrando exatamente o que penso. Fútil. E sabe, Allissa? O que mais me decepciona é que aquela garota da praça, a garota daquela noite, sentada no chão comendo algodão-doce, ela era outra garota.

— Você também era outro tipo de garoto aquela noite.

— Hoje eu estou te conhecendo de verdade, a Allissa real. A garota que, além de tudo o que eu já disse, ainda compra um imóvel, que pra ela só vai ser mais um bem. Sua sede por dinheiro não acaba, não?

— Que merda você está dizendo agora? Que imóvel que eu comprei?

— A casa de repouso, o casarão do beco.

— Eu não faço ideia do que você está dizendo, Bruno.

— Vai continuar se fazendo de sonsa?

— Espera, você está se referindo ao presente de casamento da Patrícia pra Alli? — Neste momento, Gustavo intervém na discussão.

— Gustavo, que pergunta é essa? O que é que o meu presente tem a ver com o casarão do beco?

— Qual foi, doutor? O colar aí não foi o suficiente? Precisava mesmo do casarão? Pra qual finalidade? Vai montar a casa da Barbie pra ela?

— Allissa, de onde é que você conhece esse cara?

— Ela me conhece dessa mesma praça, doutor, e infelizmente eu descobri isso tarde demais, especificamente depois de apresentá-la ao meu lugar preferido desta cidade, o mesmo que a mãe dela tinha comprado horas antes.

— A Patrícia o quê?

— O que você queria aquela noite, Allissa? Qual era o seu show? Tripudiar sobre a vitória?

— Olha, Bruno, você entendeu tudo errado — Gustavo tenta justificar algo que, para mim, começa a fazer sentido.

— Espera, ela é a dona da casa velha da sua família? — Agora o Pedro é quem parece saber do que é que eles estão falando.

— Sério, Pedro, você também vai entrar na onda do seu amigo otário?

— Você não sabe o que significa aquela casa, Cecília.

— Para, para, para todo mundo. Bruno, você está querendo me dizer que, esse tempo todo, você vem me tratando como um lixo porque você acha que eu fui a responsável pela compra da casa onde você cresceu? É isso mesmo? Ou eu estou ficando louca?

— E não foi você a responsável?

— Só pode ser brincadeira mesmo.

— Qual é a graça, Allissa?

— A graça é que você me julgou errado, e eu não tenho nada a ver com a compra do casarão.

— Como não?

— Não, seu idiota, ela não tem nada a ver. — Nesta hora, o Gustavo já não está mais tão composto e dispara a falar: — A Allissa não tinha ideia de que a Patrícia iria comprar o imóvel. Era uma surpresa para o aniversário dela, uma surpresa que ela não recebeu porque fugiu na noite da festa de aniversário, logo após eu pedi-la em casamento, pedido este que ela recusou. Ela só ficou sabendo da compra da casa hoje de manhã, e ela nem sequer sabe onde fica localizado o imóvel, pelo menos não até agora.

— Que droga!

Neste instante, parece que Bruno é acordado de um frenesi, cai em si com relação a tudo o que fez até agora e percebe que tomou decisões equivocadas.

— A ideia surgiu porque Allissa é voluntária em muitos projetos, e a mãe dela queria que ela tivesse um lugar onde se sentisse bem e pudesse ajudar os outros. Foi por isso que Patrícia comprou o imóvel. A casa estava abandonada, o dono era cliente da Patrícia, e o vendeu com gosto. Agora ela vai ser reformada e será uma extensão da Clínica da Consolação.

— Gu, por que é que você está perdendo o seu tempo explicando tudo pra ele? Está na cara que ele não se importa.

— Allissa, eu não fazia ideia.

Nessa hora, depois de tudo que já aconteceu, é a primeira vez que sinto que as palavras do Bruno estão sendo sinceras.

— Você não faz ideia de muitas coisas, Bruno. Gu, me leva pra casa, por favor.

— Não, não mesmo. Você veio aqui pra se divertir, Alli — Cecília tenta me convencer, e eu sei que ela quer que eu me divirta, mas, como sempre, um novo encontro com o Bruno só me deixa mal novamente.

— Desculpa, Ceci, desculpa mesmo por toda essa confusão, mas estar no mesmo lugar que esse cara me dá vontade de vomitar. Desculpa, Pedro, eu sinto muito mesmo.

— Tudo bem, Alli, eu que peço desculpas. Não fazia a menor ideia de que você era você.

— Alli, espera. — Segurando meu braço, Bruno tenta ganhar um minuto da minha atenção.

— Meu nome é Allissa. Allissa Covaldo, como você gosta de me lembrar, Bruno. A Alli que você conheceu ficou nessa mesma praça. E eu não tenho a menor vontade de escutar seja lá o que for que vai sair da sua boca. Por favor, saia da minha frente.

— Só me dê um minuto, por favor.

— Olha, Bruno, eu espero de verdade que nunca mais eu tenha o desprazer de cruzar com essa sua cara por aí. Gustavo, por favor, me leva embora.

— Espera, eu vou com vocês até o carro.

E, dizendo isso, Cecília, eu e Gustavo vamos para o outro lado da praça, para que o Gustavo ligue para o segurança trazer seu carro.

***

Ainda na Praça do Musgo

— Que merda foi essa, Bruno?

— Eu fiz tudo errado, Pedro, tudo errado.

— Isso eu já entendi, mas sério? Com tantas pessoas no mundo, você vai causar problemas com a melhor amiga da Cecília?

— Eu só queria uma chance, pra ela entender os meus motivos.

— Ah, é claro, porque você entendeu todos os dela, não é mesmo? Quantas chances você deu a ela antes de ofendê-la?

— Eu estava puto, Pedro, eu não pensei em nada.

— Esse é seu problema, cara, você nunca pensa. Eu já te disse, mano, você precisa aprender a perdoar, e principalmente se perdoar. Esse seu ódio ainda vai te matar.

— Olha aqui, seu moleque inconsequente e desumano. — Cecília não deixa barato e volta para situar Bruno do tremendo equívoco que cometeu.

— Ceci, espera.

— Não, Pedro, você vai me desculpar, mas ele precisa entender tudo o que ele fez.

— Eu não tinha como saber que ela não sabia da compra da casa. Eu fiquei cego, está bem? Eu tinha ido na casa com ela, eu contei o quão importante era pra mim, aí, de repente, eu descubro que ela é a filha da mulher que comprou o imóvel do meu pai? Eu saí de mim.

— Os seus motivos são argumentativos, Bruno. Eu espero de verdade que você se convença com suas próprias justificativas, mas não a mim. A Allissa é, sim, uma Covaldo, mas ela não é filha biológica da Patrícia, e tampouco é parecida com a mãe. Ela é a pessoa mais humana, mais gentil e mais bondosa que eu conheço nessa vida. Tudo o que você disse pra ela, a forma como você a tratou, isso é imperdoável.

— Ceci...

— Eu ainda não terminei. Você é tão hipócrita, fala tanto de dinheiro, de mundo de luxo e tudo mais, mas vive nele. Aliás, mora no meu hotel. Para o seu pai ter negócios com a Patrícia, devem ser do mesmo meio, e você vem condenar a Alli por ser rica? Quem você acha que é? O que você acha que sabe dela? Ela caga para o dinheiro dos pais.

— Eu errei, Cecília.

— Errou, Bruno, e errou feio. Sabe o que é pior?

— Por favor, Cecília, eu já estou me sentindo péssimo o bastante.

— Não é o suficiente, você precisa ter no mínimo uma ideia da dimensão de erros que cometeu, e já que você não sabe, eu vou esclarecer mais uma coisa.

– Do que você está falando agora.

– Sobre o colar, Bruno. O colar sobre o qual você destilou o seu sarcasmo, achando que era um presente do Gustavo pra Alli. Ele é na realidade o colar que Verônica, a mãe biológica da Alli, deixou pra ela. Mãe esta que ela não conheceu, porque tinha câncer e teve a Allissa prematuramente. Então, de verdade, da próxima vez que você for julgar alguém, experimente ouvir todos os lados da história primeiro. Sinto muito, Pê, mas eu estou indo nessa também. Seu amigo não vale o show.

– Eu te acompanho até o ponto de táxi, Ceci. O Bruno não se importa de esperar.

– Cecí…

– Não quero ouvir mais nada de você, Bruno. E eu espero de verdade que você reflita sobre tudo o que você fez pra alguém que nunca te fez nada.

* * *

Na limusine do Gustavo

– Você quer me falar sobre esse cara?
– Não tem muito o que falar. Quando eu saí a primeira noite sozinha, no dia da chuva, eu o vi na praça. Ele estava tocando sax, eu parei pra escutar e ofereci dinheiro, porque achei que fosse uma apresentação igual a desses artistas de rua. Mas ele não aceitou, então entendi que estava ali apenas por diversão.
– Ele não disse de quem era filho?
– Não deu tempo, logo começou a chuva. Ele foi embora, e eu fui pra casa.
– O pai dele está tentando firmar sociedade com a sua mãe, Alli, há muito tempo. Eu entendi quem era logo que ele mencionou o casarão do beco.

— É claro que está.

— E sobre a noite passada que ele disse?

— Quando eu fugi do meu aniversário, eu vim parar aqui nessa praça. Eu não sei por que, mas aqui eu me senti em paz, livre, então fiquei parada por uns instantes. Ele chegou, me reconheceu, e ficamos conversando. Conversamos por horas. Ele me convidou pra conhecer um lugar, fomos até lá, e tinha uma banda reunida, tocando para convidados seletos. Era a antiga casa de repouso.

— A que a sua mãe comprou pra você?

— Sim, mas eu não sabia.

— Ele sabia que você era filha da Patrícia?

— Não, ele só ficou sabendo porque ele me convidou pra ver o nascer do sol em um lugar, e esse lugar era o hotel dos pais da Cecília, onde os meus pais estavam me esperando. Então ele descobriu de quem eu era filha e imaginou que eu fizesse parte de alguma conspiração pra algo que eu não entendi até esse momento.

— Como você aceita ir pra um lugar com um estranho de quem você não conhece a procedência, Alli?

— Sério? Você vai me julgar?

— Não tô te julgando, mas não é à toa que sua mãe tem que colocar seguranças na sua cola. Você é muito inconsequente.

— Você fala de mim como se a gente nunca tivesse feito algumas merdas juntos, Gustavo.

— Nós crescemos, Allissa. Aliás, eu cresci, você continua a mesma.

— Prefiro continuar a mesma a ter que me tornar uma adulta politicamente responsável e chata.

— É isso o que você acha de mim?

— Pra falar bem a verdade, eu não sei mais o que eu acho. Um dia, você me pede em casamento, no outro, você parece ter recobrado os sentidos e volta a ser o meu melhor amigo, aquele da vida toda, e agora está parecendo a Patrícia.

— Talvez, se você tentasse seguir as regras, eu não precisasse me parecer tanto com ela.

— Regras? Que merda de regras são essas?

— Primeira de todas, não sair com estranhos. Segunda, não ir pra lugares como aquele com estranhos. O que você esperava encontrar lá?

— Algo que eu talvez ainda não tenha encontrado.

— Olha, quer saber? Vamos para o japa que eu te falei. Sou cliente da casa há anos, podemos pegar uma reserva de última hora, pedir um bom vinho e esquecer essa noite e esses amigos de que não precisamos.

— Diego, para o carro agora.

— Senhorita?

— Para o carro agora, Diego. — O pobre motorista não entendia nada, mas em silêncio começou a procurar um lugar para estacionar.

— O que você está fazendo? Diego, não para, não.

— Diego, ou você para essa merda de carro agora, ou eu juro que me jogo daqui com ele em movimento. Eu estou descendo, Gustavo, e eu espero que você não me siga, porque eu juro que não vou responder por mim.

— Allissa.

— Chega, chega. Eu não quero ouvir mais nada que saia da sua boca, eu quero simplesmente que você me deixe em paz. Quando eu quiser, escute bem, quando eu quiser, eu te procuro. Até lá, me erra.

Desço do carro sem rumo. Tudo em mim dói. Os últimos dias têm sido os piores da minha vida. Toda a confusão, todos querendo saber o que é melhor para mim. Eu estou cansada do julgamento, estou cansada das decisões pesadas, eu estou cansada de ser a melhor amiga, o modelo de namorada perfeita e a filha que meus pais sempre quiseram que eu fosse. Eu estou cansada de ser a porra de uma personagem na minha própria vida. Eu ainda estou com muito ódio do Bruno. Todas as acusações, todas as imposições. Ele se parece mais com todos ali do que ele quer parecer. Eu cansei de todos, cansei de viver essa vida pragmática e calculada. Eu só quero deixar Boston para trás.

Não, eu não vou fugir. Eu apenas vou começar a viver do meu jeito, e quem quiser que me acompanhe. Chega de ser monitorada por decisões. A vida é minha, e somente a minha pele sabe a intensidade de cada escolha. Vou andando até minha casa. Assim que chego na portaria, um dos guardas me acompanha até a entrada.

— Allissa, pelo amor de Deus, por que você está a pé? E com os sapatos nas mãos? Aconteceu algo? Você está bem?

— Eu só estou cansada, Bah, eu só estou cansada. Por favor, me deixa sozinha.

— O menino Gustavo está ligando pra cá desenfreadamente. Ele ligou para os seus pais. Ambos estão ligando pra cá sem parar. O que aconteceu, Allissa?

— Se o menino Gustavo ligar de novo, manda ele ir à merda. Se minha mãe ligar, manda ela ir cuidar dos negócios dela e diz que estou indo para o Brasil. E se meu pai ligar, diga pra ele que eu chego para o jantar. Boa noite, Bah. Te vejo daqui a duas horas.

ME AVISA QUANDO CHEGAR EM CASA, QUERO SABER SE ESTÁ TUDO BEM.

CHEGUEI AGORA. VIM CAMINHANDO, POR ISSO A DEMORA.

> CAMINHANDO? CADÊ O GUSTAVO?

>> MANDEI ELE À MERDA.

> COMO ASSIM?

>> CANSEI DE TODOS TOMAREM DECISÕES POR MIM.

> TÁ ME DEIXANDO PREOCUPADA. VOU TE LIGAR.

E ela liga mesmo. Cecília sempre foi preocupada. Enquanto todos os outros falam que eu sou inconsequente e egoísta, ela é a única que para e me ouve de verdade. Ela quer saber o porquê e o pra quê. Ela não quer o superficial, ela quer detalhe por detalhe de todas as minhas decisões. Ela quer saber não para se meter em minha vida, mas para se certificar de que eu estou, sim, escolhendo certo. E ela escuta atentamente toda a minha conversa com o Gustavo e a decisão que eu tomei sobre ele.

Sim, eu estou uma bagunça, isso é fato. E neste momento, eu precisava do apoio do meu melhor amigo, aquele que prometeu continuar sendo meu melhor amigo, antes mesmo de ser o meu namorado, mas eu não tive esse apoio. Pelo contrário. Ele me julgou, ele brigou comigo e tentou impor um cenário que obviamente eu não seguiria.

Cecília, pelo contrário, não me recebe com pedras e julgamentos. Tudo que importa pra ela é: "Você está feliz?". No final de mais uma conversa, como sempre, ela me devolve a paz de que eu preciso e me acalma. E eu posso jogar para fora toda a minha indignação com o Bruno e toda a minha frustração com o Gustavo.

O tempo da ligação dura o mesmo tempo que eu tinha para dormir. Assim que desligamos, eu fico presa em uma nuvem de pensamentos. Antes da praça, antes do Bruno, antes do papo da madrugada e das experiências negativas que vieram depois do pedido de casamento, eu estava apenas seguindo um roteiro. Mas a questão é que eu nunca fui de seguir roteiros, eu sempre fui de me jogar no acaso – algumas vezes inconsequentemente, o que acarretava alguns sermões de Cecília, outras vezes apenas para ter histórias para contar para os meus filhos, se um dia eu realmente quisesse ser mãe.

E então percebo que estou tão habituada a uma rotina, que eu estou presa nela e não estou feliz. Justo eu, que sempre coloquei a felicidade como coisa suprema, estou aqui, apenas coexistindo em uma história feita de vontades alheias. Eu não quero mais me perder em decisões que nem são minhas apenas para seguir um plano que meus pais esperam que eu siga. Eu amo o Gustavo, mas não como ele merece. Ele é o tipo racional, eu quero adrenalina. Ele está preso em um mar de calmaria, e eu sempre fui tempestade. E eu sabia de tudo isso, apenas tinha medo de admitir para mim mesma. Falar em voz alta sobre os nossos medos parece dar muito mais poder a eles.

Mas as coisas não podem mais continuar desse modo, não depois do tsunami de emoções dos últimos dias. O meu voo para o Brasil é logo pela manhã, e tudo que eu quero é poder entrar naquele avião e encontrar definitivamente um momento de paz.

Ao escolher viver as minhas vontades, eu paguei um preço alto. Algumas pessoas decidiram se afastar, outras se aproximaram mais ainda, mas no final? No final era apenas eu e eu mesma, e foi quando notei que, fazendo as minhas ou fazendo as vontades alheias, quem arcaria com as consequências seria unicamente a minha pele. Então parei de me importar com todo o resto e submergi em desejos. Meus desejos, minhas consequências. Que desta vez seja por mim.

Coisas para não levar para suas férias

– Juízo.

Você quer curtir ou quer ser uma pessoa comum? Ninguém aqui está pedindo para que você seja irresponsável, mas para que você pare por um segundo e deixe para trás todas as complicações desnecessárias, as crises existenciais, os dramas familiares, ou aquela pessoa que só te procura quando precisa. Deixe para trás tudo que for torrar o seu saco.

– Mundo virtual.

Desconecte-se dele. *Hello!* Você está de férias, lembra? Esqueça o *like* que sua amiga ganhou na foto, procure encontrar cenários incríveis para explorar, esqueça de *stalkear* aquele menino de quem você sempre foi a fim e comece a prestar atenção nas pessoas novas que você pode encontrar nesse novo momento. Pare de registrar, comece a viver, jogue-se no off-line. Comece agora!

– O namorado que foi um babaca e que te pediu um tempo.

Esqueça-o. Tempo? Quem quer estar ao seu lado não precisa de tempo, e sim de novas memórias, mas isso só rola se estiverem juntos na mesma sintonia. Se for diferente, o tempo já está rolando mesmo que você não note. Não se prenda a alguém só pelo medo de se notar sozinha.

— **Autocrítica.**

Deixe-a no fundo do guarda-roupas. Você está saindo de férias, não está indo para um convento. Tome um porre, beije um estranho, ou vários estranhos, dance Hula, experimente uma comida exótica e não durma muito. Você tem dias a aproveitar, não gaste isso com horas de sono. Troque seu nome, se apresente como Carolina, mesmo que se chame Maju. Viva, mas viva intensamente.

— **Proibição.**

Sabe aqueles sonhos malucos dos quais os pais sempre te proíbem? Realize-os. Faça um piercing, uma tatuagem, um dread. Sente-se na areia da praia por um instante e finja que é uma nômade à deriva. Molhe seus pés, sinta a liberdade dançando com o vento, admire a paisagem e perca-se nela.

P.S.: São suas férias, mas, acima de tudo, são um reflexo da sua vida. Não podemos viver vinte e quatro horas como se estivéssemos no recreio, mas matar algumas aulas da vida adulta para ir brincar de ciranda faz bem para a pele e não nos deixa esquecer de que a vida é um sopro. A qualquer momento, ela pode nos deixar, e, no final, o modo como as pessoas vão se lembrar de você define o tipo de vida que você realmente viveu.

P.S. 2: Eu quero ser lembrada como a estranha que nunca teve medo de viver.

* * *

Leituras que salvam o dia:

"Você não precisa resolver a sua vida antes do 30. Você só precisa ser feliz.

A primeira vez que ouvi alguém comentar sobre seus planos até completar 30 anos, eu fiquei atordoado. Eu mal havia completado vinte e, de repente, descobri que, em menos de uma década, eu deveria estar com o meu castelo todo de pé; com uma sólida formação acadêmica, com um emprego que me pagasse uma quantia de dinheiro muito maior do que eu realmente precisava, com uma casa própria, um ou dois carros na garagem... Porra! Eu tinha apenas 20 anos de idade. Vinte anos. O que uma pessoa tão nova pode decidir em relação ao seu futuro? Por que não dar mais tempo? Por que eu não podia seguir um caminho diferente do que os outros seguiam? Por que não sair da zona de conforto?

E para todas essas perguntas, a resposta era sempre a mesma: 'Porque não'.

'Porque não' significava a lembrança de algo que não deu certo com um familiar, doze anos atrás. 'Porque não' significava o medo de não fazer Engenharia, Medicina ou Direito e dificilmente conseguir arrumar um bom emprego no futuro. 'Porque não' significava — para os meus pais — o medo de não poder olhar nos olhos dos demais familiares e dizer: 'Viu só aonde o meu filho chegou?'. Porém, com 20 anos, eu já estava decidido a não ser mais um 'porque não'.

Apesar de minha pouca idade, eu já carregava uma vontade de viver que me impedia de seguir por uma direção que não me arrancasse um sorriso a cada passo dado. E o que eu fiz dali em diante foi me tornar um 'porque sim' para todas as coisas que faziam o meu coração bater mais forte. Foi então que eu desisti de pessoas.

Abandonei cursos de graduação quase completos. Me desapeguei de sonhos que nunca foram meus. Mudei as minhas amizades. Perdoei todas as pessoas que me magoaram de alguma forma. Me livrei de pessoas tóxicas. Comecei a dar menos valor às coisas materiais. E principalmente, comecei uma história de amor com a pessoa mais importante da minha vida: eu. Hoje em dia, apesar de estar quase na casa dos 30, ninguém mais me pergunta se a minha vida está resolvida.

Pois agora eles sabem que ser feliz é a minha única preocupação. E isso eu já venho fazendo desde os meus vinte anos de idade."

Neto Alves
@ressacaimoral

"Quanto tempo você passa fingindo ser feliz?

Invalidar o amor dos outros. Torcer o nariz para cada definição de afeto. Gritar aos sete ventos que você é que sabe verdadeiramente das coisas. Quem mostra segurança o tempo todo assina o atestado público de que é muito inseguro.

Quem mostra segurança o tempo todo perde a oportunidade de conhecer a magia que mora dentro de um sorriso empático. Teu ódio gritado, repetido, ruminado e mastigado provoca em mim um único desejo. O de perguntar, do fundo do meu coração, algo que possa te ajudar a pensar em si mesmo:

Quanto tempo você passa fingindo ser feliz?

Assuma suas tristezas. Viva sua dor. Admita que você não pode ser forte sempre. Isso não te faz um fraco. Faz com que você seja, simplesmente, uma pessoa crível. Alguém de verdade dá vontade de ser amigo, dá vontade de se aproximar e entender quais fantasmas lhe afligem para que esse alguém também nos ajude com os nossos.

Você não é uma máquina. Se tentar ser, em algum momento, dará defeito como todas elas. Se questione, ao menos por um instante, se toda essa raiva do mundo não é mais de dentro para fora do que de fora para dentro. Eu sei que é difícil. Eu sei que demonstrar segurança a qualquer custo é um processo tão automático, que a gente nem se dá conta. Mas tente se questionar. Se libertar das amarras da perfeição e do instinto de negação quando o desconhecido chega é um processo de alívio inacreditável.

Veja beleza no amor dos outros. Entenda que cada demonstração de afeto é parte de um sentimento muito pessoal. Grite aos sete ventos que você, definitivamente, sabe muito pouco. Parar de julgar é uma carta de alforria que a vida te dá. Isso te ajuda a aprender. Isso te ajuda a ser melhor. Acima de tudo, te ajuda a ser quem você sempre foi, mas esqueceu que era. Talvez só passando por isso a gente seja capaz de se dar conta de quanto tempo fingiu ser feliz só pra não expor a própria essência para o mundo."

Júnior Ghesla
@juniorghesla

"Aproveite essa fase da sua vida!

Se você me perguntasse qual conselho eu te daria baseado em tudo o que vivi, com certeza minha resposta seria: 'Aproveite essa fase da sua vida'. Sério, eu passei muito tempo planejando meu futuro, onde iria morar, o que iria cursar, quem iria fazer parte desse futuro e principalmente o rumo que a minha vida iria tomar. Mas se tem uma coisa que aprendi é que a vida não segue roteiros. Hoje eu estou em uma fase da vida que nem imaginava. Há uns dois anos, meus planos para o 'hoje' eram totalmente outros. 'Ah, mas então você falhou, Letícia. Seus planos não saíram como o esperado.' Não, eu não falhei, as coisas só seguiram um roteiro diferente do meu. E quer saber? Tá tudo bem! A gente precisa aprender que nem sempre existe uma única forma de ser feliz. O nosso erro, na maioria das vezes, é pensar 'eu só serei feliz se eu alcançar esse objetivo', 'eu só serei feliz se eu fizer esse curso', mas a verdade é que existem inúmeras outras formas de você ser feliz.

Não estou dizendo para você desistir do seu objetivo, do seu tão sonhado curso. Estou dizendo apenas para não passar sua vida inteira esperando que algo aconteça para então ser feliz.

Sério, seja feliz hoje, aproveite a fase da vida em que você está. Tudo serve de aprendizado. Eu nunca imaginei que minha vida iria tomar tantos rumos diferentes dos que planejei, mas ela tomou e tem me ensinado muito. No primeiro dia do ano, eu estava conversando com um amigo e disse a ele: 'Esse vai ser o meu ano!'.

E eu tenho certeza de que será, talvez não da forma que planejei, mas talvez de uma forma muito melhor. Tudo acontece quando tem que acontecer, tudo é aprendizado, e o melhor que a gente pode fazer é aproveitar o momento e ser grato por tudo isso. Afinal, cada momento é a vida nos ensinando a ser pessoas melhores!"

Letícia Barbosa

CAPÍTULO 9

Finalmente férias

"Por favor, senhores passageiros, apertem o cinto de segurança, estamos aterrissando neste mesmo instante. Agradecemos a todos pela confiança e desejamos uma boa estadia."

Acordo ao ouvir que já estou no Brasil. Passar a viagem lendo meus autores preferidos da internet sempre traz muita paz, e paz é tudo o que busco nessas férias. A última vez que vim para o Brasil foi no ano passado, quando meu pai ia receber um prêmio no teatro. Eu lembro que queria ficar mais, mas as aulas me impediram. Agora, definitivamente eu estou de férias e quero aproveitar ao máximo a minha estadia por aqui.

Chego ao aeroporto na expectativa de que meu pai esteja me esperando, ou então a Beca, a minha madrasta. Mas me deparo com um estranho segurando uma plaquinha com meu nome. Um completo estranho, mas um estranho muito bonito, vestindo shorts jeans de tom pastel e uma regata branca, que mostra os seus músculos muito bem definidos.

— Oi?

— Oi, você deve ser a Allissa, né?

— Sim, eu sou, e você é quem?

— Eu sou o Eduardo, sou amigo do seu pai. Ele pediu para que eu viesse te buscar.

— Prazer, Eduardo. Você sabe por que o meu pai não pôde vir me buscar? Ou a Beca?

— Bom, eles estão em teste no teatro. O seu pai pediu para que eu dissesse que ele sente muito por não ter sido ele, mas que ele recompensaria com comida japonesa.

— Ele realmente sabe meu ponto fraco.

— É, eu acho que sabe.

— Hein, me diz, você sabe se ele ainda está magoado comigo? Tipo, que grau de amizade é o de vocês mesmo? Ele fala sobre os problemas com a filha?

— Nós somos muito amigos. Ele é meu único amigo, na realidade, e você é realmente igualzinha ao que ele descreveu.

— Ah, sou, é?

— Sim, falante, curiosa e muito bonita. Com todo respeito, é claro. Eu sei que você tem um noivo.

— Gustavo, sim. Bom, obrigada pelo elogio, mas ele não é meu noivo, Eduardo, ele é o meu namorado. Quero dizer, não sei bem o que somos. Não mais.

— Isso o seu pai não me disse. Desculpa por ser invasivo.

— Relaxa, ele não tinha como saber. Mas e aí? Nós vamos pra casa ou não?

— Claro que sim. Deixa que eu te ajudo com as malas. O Lucas está lá fora nos esperando.

— Lucas? Quem é Lucas?

— O seu segurança.

— Isso só pode ser brincadeira. Eu saio de Boston, mas parece que as coisas não mudam.

— O seu pai me avisou que você poderia ficar brava.

— Tem algo sobre mim que ele não disse?

— Allissa, eu sei que você está vindo para o Brasil pra aproveitar as suas férias, então fica tranquila quanto ao Lucas. Ele não é um segurança tradicional como os da Patrícia.

— E o que o torna tão excepcional?

— Veja por si mesma. Lucas, essa é a senhorita Allissa.

— E aí, Allissa, como é que você está? Fez uma boa viagem? Está com fome? Podemos parar no meio do caminho se você quiser. Eu conheço um recanto que vende um açaí que é de comer rezando. É sério, minha filha, você vai amar.

De repente, eu sou invadida por um furacão de perguntas vindo de um senhor de meia-idade que tinha jeito de Papai Noel, extremamente alegre e comunicativo, de roupas coloridas e chinelo Havaianas nos pés. O Eduardo não mentiu quando disse que ele não é um segurança comum.

— Está mais tranquila?

— Acho que sim. Quem é ele? Digo, de verdade.

— Ele é da companhia de teatro e também é amigo do seu pai. É um dos melhores guias turísticos aqui do Rio. Seu pai achou que seria legal se tivesse alguém para te levar nos lugares para que você se divirta, enquanto ele trabalha.

— Mas eu achei que você estaria aqui pra isso.

— Bom, pra isso eu acho que vou ter que conseguir folga com o chefe.

— E quem é o seu chefe? Aliás, onde você trabalha?

— Realmente curiosa, né?

— Apenas gosto de saber com quem estou dividindo meu tempo, só isso.

— Eu trabalho no circo, Allissa. Eu sou aquele que joga facas nas pessoas e não as machuca.

— Meu Deus, então é do circo que sua amizade com meu pai surgiu?

— Foi tipo isso, sim.

— Estou começando a me sentir em casa.

— E é exatamente essa sensação que gostaríamos que você tivesse.

O Brasil é muito lindo. Eu tinha me esquecido do quanto me sinto livre neste lugar. É o cheiro do mar, o sotaque dos cariocas, o circo, estar em casa – em uma casa que não parece uma fortaleza, mas um pedacinho do paraíso –, de pés na areia, acordando ao som das gaivotas ou do cheiro delicioso do café da Beca. Ah, como eu amo esse lugar!

– Finalmente em paz.
– Falou comigo?
– Não, apenas pensei alto.
– E chegamos.
– Valeu, amigão, agora me ajude tirar as malas da senhorita.
– Eu posso ajudar.
– Na realidade, você poderia abrir a porta pra gente. A chave está debaixo do tapete.
– Meu pai não perde a mania de deixar tudo apagado, né?
– Ele saiu cedo, acho que deve ter esquecido.
– Pronto, achei a chaves. Agora é só abrir a porta e achar o interruptor.
– Surpresa!
– Ai, meu Deus!
– Filha!
– Papai, mas o que é isso?
– Uma festa de boas-vindas, o que mais seria?
– Papai, que saudades.
– Eu também senti, meu amor.
– Eu achei que esse dia não chegaria nunca.
– Mas agora você está aqui, está em casa. Vem cá, me dá mais um abraço.
– Será que tem lugar pra mais um nesse abraço?
– Beca, que saudades suas.
– Alli, o que estão te dando pra comer lá em Boston? Você está muito magrinha.
– Essa juventude só pensa em ser fitness e viver de dietas mirabolantes, amor.

— Papai.
— Estou mentindo, Allissa?
— A vida em Boston é muito corrida. A gente come quando dá, Beca.
— Fica tranquila, porque aqui iremos te engordar.
— Por favor, Beca, estou morrendo de saudades da sua caçarola.
— E você acha que tem o quê para o jantar?
— Você realmente é a melhor.
— Vem, vamos entrar.

E então eu fui surpreendida. Meu pai e Beca tinham preparado uma festa de boas-vindas para mim, com direito a caçarola, bexigas, bolo, piadas de me fazer perder o fôlego vindas do Lucas, a companhia do Eduardo e muitos abraços do meu pai.

Fazia muito tempo que eu não sentia essa leveza, essa naturalidade de não ter que me atentar a horários, a regras, mas simplesmente viver. E só quando eu estou aqui eu me questiono: por que foi que eu fiquei em Boston? Eu era tão pequena. O mais correto seria ter ido com meu pai, mas tinha algo na Patrícia que me puxava, era tipo um ímã. Não é que eu esteja arrependida de minha escolha. Em Boston eu tenho Cecília, a Bah, o Gustavo. Mas eu fico me perguntando: o que é que eu teria se eu tivesse ficado no Brasil?

— Um caramelo pelos seus pensamentos.
— Pai!
— Vem, vamos sentar ali fora, no balanço.
— Eu tenho que ajudar a Beca com a louça.
— O Eduardo ajuda. Tudo certo aí, né, campeão?
— Sim, senhor.
— E o Lucas? Vai deixá-lo sozinho?
— Ele é de casa.
— Minha jovem, leve esse velho para ver as estrelas. Eu e a tela plana dele, aqui, iremos conversar sobre o placar do Botafogo.

— Viu só?

— Tá bem, pai, vamos lá pra fora.

— O céu parece que sabia que você iria chegar e separou as mais lindas estrelas pra você.

— Eu senti tanta falta daqui.

— Você só nota essa falta quando está aqui, não é mesmo, filha?

— Pai, eu não quero mais ir embora. — Digo isso já me debulhando em lágrimas.

— Ei, ei, ei, calma, não precisa chorar. Você está em casa, e vamos ter tempo de organizar todos esses sentimentos aí dentro, está bem?

— Apenas me deixa aqui pra sempre.

— E o que seria "para sempre" pra você, meu amor?

— Uma felicidade sem fim?

— Você? Logo você me pedindo um único cenário, com uma só música? É sério isso?

— Tá bom, você tem razão. Mas é que, sabe? Eu tô realmente confusa.

— Mas pra isso é que servem as férias, filha, pra você tirar o peso das decisões sérias e se jogar nessa calmaria.

— Quando eu tô aqui, nessa casa, na praia, afastada de todo o resto, eu chego a imaginar, sabe?

— Imaginar o que, Allissa?

— Como teria sido minha vida sendo criada aqui, com você, com a Beca, com o circo, com o teatro.

— Você teria os mesmos sonhos, a mesma intensidade. Com certeza algo aqui a incomodaria, porque, sim, você se adapta fácil ao cenário, Alli, mas você não gosta que ele seja comum. E essa vida, a vida do circo, do teatro, tem lá sua beleza, mas não acredito que seja o suficiente para o tanto de sonhos que tem aí, em você.

— Você fala como se soubesse das escolhas que eu tenho para o futuro, papai.

— Eu não sei, filha, mas você se parece tanto com ela, que eu chego a apostar quais serão essas escolhas.

— Você está falando da Patrícia?

— Não, estou falando da Verônica.

— Por que o senhor insiste em nunca falar dela, papai?

— Eu amei a sua mãe, Allissa, amei a Verônica de uma forma tão intensa, tão pura, e eu nunca cheguei a amar a Patrícia assim. Quando a morte a tirou de mim, eu me senti culpado, culpado por ter traído a Patrícia. Era como se a morte da Verônica fosse a minha sentença.

— Eu nunca te ouvi falar dessa forma.

— Eu morro de saudades dela, filha. Verônica era alegre, era cheia de sonhos, queria ser bailarina, se jogar no mundo da dança. Os pais não apoiavam o sonho dela, então ela fugiu com o circo, nós nos conhecemos, namoramos, e logo eu tive certeza de que queria ela pra sempre. Eu estava em turnê, mas tinha que voltar pra casa. Patrícia e eu já estávamos em uma das nossas crises, então eu voltei, contei tudo pra ela, ela me mandou embora, e eu vim sem pensar em nada. Meses depois de estar com a sua mãe, aqui, nessa casa, a nossa primeira casa juntos, ela descobriu que estava grávida de você. E exatamente dez dias depois, descobrimos que ela estava com câncer. Foram os dias mais intensos do nosso relacionamento.

— O que você fez quando descobriu que poderia perdê-la, papai?

— Olha que irônico. Eu liguei pra Patrícia.

— Pra Patrícia? Isso é sério?

— Sim, eu liguei pra ela, contei tudo e não precisei pedir ajuda. Ela pediu que fôssemos para Boston.

— Ela fez o quê?

— Sim, Patrícia abriu a casa, nos hospedou lá e então se mudou para Londres. Ela vinha uma vez ou outra pra checar como estávamos, mas ela estava cada vez mais distante, e eu não a julgava. Afinal, o errado tinha sido eu.

— Papai, você se apaixonou pela Verônica, não foi premeditado.

— Sim, o coração tem uma forma engraçada de brincar com nossas vontades. Verônica e eu procuramos os melhores tratamentos, tudo que desse o mínimo de certeza de que ela não precisaria interromper a gravidez. Então, um certo dia, sua mãe passou muito mal. Nós a levamos para o hospital, e o médico deu cinco meses pra ela. Em cinco meses, eu poderia perder o amor da minha vida e a minha filha.

— Papai, eu sinto muito.

— Eu sei que sente, filha, eu sei que sente. Todos nós sentimos. Patrícia então nos surpreendeu mais uma vez. Quando pegamos o diagnóstico nas mãos, ela deixou o escritório de Londres nas mãos da Claire e voltou para Boston. Ela foi a nossa tábua da salvação, cuidou da Verônica dia e noite, assim como a Bah. Então, um certo dia, quando ela entrou na última semana do sexto mês, a doença não perdoou, a jogou na cama do hospital, lá na Clínica da Consolação, e os médicos prolongaram a vida dela o máximo que conseguiram. Quando o médico tinha certeza de que teríamos que optar pela cesariana, porque ela não teria mais forças para te dar à luz, ela chamou a Patrícia, deu a posse da guarda pra ela e a fez jurar que ela te amaria como se fosse dela.

— Eu sempre soube que não era filha da Patrícia e que minha mãe morreu por ter câncer, mas eu nunca soube dos detalhes. Eu sempre quis saber, mas tanto você quanto a Patrícia pareciam ter medo de me falar.

— Eu tentei, filha, eu tentei por diversas vezes, mas você me lembra tanto ela, e isso dói tanto. E a Patrícia, bom, ela tinha muitos motivos para não falar sobre isso.

— Como a Patrícia reagiu ao pedido da Verônica?

— Patrícia já era apaixonada por você, antes mesmo do seu nascimento. Ela já tinha te concebido em seu coração, então ela preparou os papéis e, quando Verônica deu à luz você, você automaticamente recebeu o nome de Allissa Covaldo.

— O meu nome?

— Foi Verônica quem te deu. E ela te deixou a carta e o seu colar de estrela.

— Eu queria tanto que ela estivesse aqui, papai.

— Eu sei que sim, filha, eu sei que sim, mas você não tem do que reclamar. Patrícia foi uma mãe incrível, e ela ainda é.

— Sim, ela é, sempre foi. Mesmo sabendo que eu não nasci dela, ainda assim a amo tanto!

— Então por que é que você vive prolongando esse sofrimento, filha? Por que veio pra cá em vez de ir pra lá?

— Ela precisa confiar nas minhas decisões, papai. Você confia, não confia?

— Eu confio, mas é diferente. Ela tem medo de te perder.

— Mas por que ela me perderia?

— Quando a Verônica estava grávida de você, filha, a cada novo enjoo, a cada nova ida ao médico, uma queda de pressão que fosse, ou qualquer coisa do tipo, achávamos que você não iria sobreviver. A gente sofria muito, mas a Patrícia sofria tanto ou até mais que a gente. Eu sabia que, se eu perdesse a sua mãe, eu teria você. E, por mais doído que fosse, se eu chegasse a perder vocês duas, ainda assim eu teria o amor que vivi ao lado da Verônica. Mas a Patrícia já tinha perdido tudo. Ela tinha perdido o nosso casamento, quando no final éramos dois estranhos morando sob o mesmo teto, e por ela ser estéril já sofria por não poder gerar os próprios filhos. Então receber a possibilidade de ter você, mas ao mesmo tempo não saber se iríamos mesmo ter você, foi completamente estarrecedor. Ela sofria todos os dias a dor da perda de algo que não pertencia a ela.

— E agora eu vou e digo pra ela que o sangue fala mais forte que o amor. Que merda eu fiz, papai?

— Todos erramos, filha, fica tranquila. Você magoou ela, ela te magoou, todos nos magoamos, mas você está aqui hoje, não tá?

— Sim.

— Então, logo, logo você estará com ela também, mas pra isso você precisa realmente abrir o seu coração pra que sua mãe possa te escutar, assim como você a ela.

— Obrigada, papai.

— Obrigado pelo quê, Alli?

— Por me mostrar o quanto eu sou abençoada por ter vocês três como pais.

— Você é nossa maior riqueza, filha, não se esqueça disso.

— Prometo não me esquecer.

— Agora eu gostaria de conversar com você sobre outro assunto.

— E qual seria, papai?

— O Eduardo.

— O que é que tem ele?

— O Eduardo está morando com a gente.

— Está? Desde quando?

— Tem uns seis meses. Eu ia te contar quando estava em Boston, mas, quando tudo foi acontecendo e saindo do controle, não tive como.

— E por que ele está aqui?

— Bom, filha, o Eduardo, até seis meses atrás, morava em um reformatório. Ele cresceu em lares adotivos, não conheceu os pais e não sabe de onde vem, apenas que foi largado para trás. Ele é um garoto bom, mas se meteu em algumas confusões. Um velho amigo meu disse que o garoto tinha completado os 18 anos, que sairia dali pra rua. Ele estava com dó, porque ele tinha potencial pra ser alguém de bem, e, como o circo vive acolhendo as pessoas que passam, ele queria saber se tinha um lugar pra ele.

— E você, com o velho e bom coração, não resistiu.

— A princípio, ele ficou no circo. Ensinei alguns truques, depois passei o trabalho pesado. E, bom, seis meses depois, ele ainda está aqui, e eu tenho a sensação de que não vai mais embora.

— Ele me parece ser legal, pai.

— Eu adoraria que você se desse bem com ele, filha. Pra mim seria importante.

— Sabe, pai? Recentemente eu conheci um garoto e, bom, eu descobri que não sou muito boa em fazer amizades, mas eu prometo que vou tentar.

— Um garoto que não seja o Gustavo?

— Um garoto que não deveria estar na pauta dessa conversa. Ele é um babaca.

— Sabe o que a Beca me disse quando nos conhecemos?

— O quê?

— Que eu era um babaca que engolia fogo.

— Papai!

— Bom, esse babaca conquistou o amor daquela mulher, e estamos juntos há nove anos.

— Você ama a Beca como amou a mamãe? Ou a Verônica?

— Filha, eu sempre vou amar a Patrícia, já te disse isso, eu aprendi a amá-la muito mais quando nos separamos do que quando estávamos juntos.

— Isso foi pelo que ela fez pela Verônica?

— Foi exatamente por ela não ter sido obrigada a fazer isso, mas a forma com que ela te aceitou, bem, isso mudou tudo.

— E a Beca? A Beca foi aquele amor juvenil, aquele amor que eu não esperava. A voracidade dela, a paixão pelo circo, a forma com que se emocionava com a poesia, o canto, a juventude, tudo nela era convidativo. Desde o primeiro beijo, eu tive certeza de que nunca mais queria outra pessoa que não fosse ela ao meu lado.

— E a Verônica?

— Ela será o meu eterno "e se", filha. Ela vai ser aquela pessoa em que eu vou sempre pensar com carinho e morrer de saudades de tudo aquilo que a gente não viveu.

— O amor é engraçado, né, pai? Você continua amando as três mulheres da sua vida, mesmo que cada uma tenha tido o seu tempo. Todas tiveram e sempre vão ter o seu coração.

— Você fala do amor como se ele não existisse, Allissa. Esse foi um dos motivos que levaram você a não querer se casar com o Gustavo?

— Papai, o Gu é meu melhor amigo. Ele vai ser pra sempre o meu melhor amigo, pelo menos eu espero que ele seja. Mas, amor? Eu não sei se já senti isso ou algo parecido com isso por ele.

— E como você sabe que não?

— É simples, eu nunca tive essa cumplicidade com ele. Ele é minha referência pras coisas que já vivi, mas ele não me faz sonhar, papai. Aliás, ele é extremamente racional, prático, com toda a vida planejada, e isso me entedia. Gosto mais do Gustavo de quando éramos crianças do que do Gustavo adulto e responsável que ele tem se tornado.

— Será que essa confusão de sentimentos não é por causa de um certo babaca?

— Papai, por favor, não me venha com essa. Esse garoto é alguém que eu espero não encontrar nunca mais.

— Ok, ok, não está mais aqui quem falou. Não quero brigar com você, está bem? Eu apenas estou feliz por você estar em casa.

— Eu também estou, papai.

— E, falando em estar em casa, você avisou a sua mãe que você já está aqui?

— Não foi você que falou há cinco segundos que não queria brigas? Por favor, não vamos estragar o clima está bem?

— Algumas coisas não mudam mesmo, né, Allissa?

— Sou sua filha, não sou? Então não mudam mesmo, papai.

Estar em casa é definitivamente muito bom. É como se eu estivesse com todas as minhas energias recarregadas novamente. O aconchego, o carinho da Beca, ver o amor que ela e meu pai têm um pelo outro. Tem tanta coisa que eu quero fazer por aqui, mas uma o que eu não vejo a hora mesmo é rever a minha casa na árvore. Lá eu tenho tantas memórias. Então deixo meu pai no nosso balanço na área e vou para o fundo do quintal. De longe eu noto que parece ter algumas mudanças, assim como uma luz.

— Ei, tem alguém aí em cima?

— Oi, Allissa, sou eu, o Eduardo. Vou jogar o elevador pra você subir.

— Meu Deus, quando que modernizaram isso aqui?

— Eu sou o culpado. Desculpa, mas mantemos a escada ainda. O elevador é apenas uma adaptação pra poder subir mais coisas ao mesmo tempo.

— Você está morando aqui?

— Por favor, entre, sinta-se em casa.

— Uau! Ficou tudo muito lindo, Eduardo.

— Apenas coloquei uma rede, fiz mais uma janela, coloquei a prateleira para os livros e a cama de almofadas. Esse é um dos meus lugares preferidos no mundo, sabia?

— Ele sempre foi o meu também.

— O seu pai me contou. Ele e a Verônica construíram essa casa juntos pra você. Espero que você não se importe que eu fique aqui, porque, se tiver problemas, eu posso...

— Não, fica tranquilo, você é da família, e eu fico feliz que tenha alguém morando aqui. É como se ela ganhasse vida novamente.

— O seu pai quis me dar um quarto, mas eu sempre vivi preso, Allissa. Eu queria poder me sentir em casa, então, quando eu a vi, sabia que era o melhor quarto que eu poderia ter. É claro, eu ainda tomo banho e uso o banheiro de dentro, mas todas as minhas coisas estão aqui.

— Fico feliz por você ter encontrado o meu pai.

— Na realidade, foi ele quem me encontrou, e eu também sou muito grato por isso. Ele me salvou, sabe?

— Eu acho que ambos se salvaram. O meu pai sofreu muito quando escolhi ficar em Boston. Mesmo com a Beca, o circo, as peças no teatro, ele sentia a minha falta. Eu procurava vir sempre pra cá, mas nunca foi a mesma coisa.

— Desde que me mudei pra cá, ele não fala em outra coisa que não sejam suas férias e o quanto ele queria que você estivesse aqui com a gente.

— E por que é que você não foi pra Boston com ele? Por que não foi para o meu aniversário?

— Sinceramente?

— Claro, pode falar.

— Eu tive medo.

— Medo? De voar?

— Não, medo de Boston, medo de você, medo da Patrícia.

— Eduardo, eu sei que a Patrícia parece esse monstro do Lago Ness, como todos pintam, inclusive eu, mas posso garantir que ela é uma pessoa incrível quando se conhece. E eu, bom, eu sou a ovelha negra da família, então espero que você tenha alguns podres na manga.

— Você é divertida, Allissa. Fico feliz por você ser exatamente como o seu pai descreveu. Agora eu me sinto preparado para conhecer Boston, agora eu sei que me sentiria em casa.

— Eu também tenho essa sensação com você. Eu não costumo me abrir demais, mas, sei lá, você me dá uma sensação de leveza.

— Eu acho que isso aí é coisa do mar. Nessas horas, ele fica alto, e o vento traz a maresia pra cá. É como se a gente realmente estivesse lá.

— E a gente pode estar, é só ir.

— A essa hora?

— E desde quando tem hora para se jogar no mar, garoto? Para de ser molenga, vamos lá. E, por favor, não me venha com elevador. Nada é mais delicioso do que escorregar pelo cano.

— Como você preferir. Primeiro as damas.

Como pode um estranho ser tão parecido com a gente, e alguém que está aqui há anos se transformar em um completo estranho? De repente, me sinto com 12 anos. É como se Gustavo e eu tivéssemos ido para o Brasil de férias — a casa na árvore, a praia, o banho de mar, as fogueiras comendo marshmallow —, mas quem está aqui comigo não é o Gustavo, mas sim o Eduardo. Um moreno de olhos verdes, cabelo preto e com um sorriso tímido, mas que é extremamente divertido. Nadamos, caímos na areia, conversamos, olhamos as estrelas, falamos sobre a vida, sobre música, seriados e fazemos um itinerário para as férias. Como a vida está calma. Eu já estou novamente com o coração leve, sem as dúvidas, sem o medo e sem a raiva. Principalmente sem a raiva.

O novo parece ser assustador até darmos a primeira oportunidade de ele se apresentar. E então é como se sempre tivesse feito parte de nós, apenas esperando uma nova chance de nos reencontrar.

CAPÍTULO 10

Abrindo o coração

— Alli? Posso entrar?
— Oi, Beca, claro que sim.
— Desculpa, te acordei?
— Não, na verdade eu estou acordada faz tempo. Até vi o sol nascer.
— Está ruim a adaptação do horário?
— Não, acho que estou com a cabeça um pouco cheia, aí isso acaba atrapalhando o sono. Mas, me diga, você precisa de algo?
— Na realidade, eu ia te convidar para dar uma volta. Eu sei o quanto ama o nascer do sol, e a praia sempre foi seu lugar preferido. Aí, quem sabe, sei lá, conversar um pouco, depois tomar um café no cais?
— Já adorei, Beca. Deixa só eu tomar um banho e já podemos ir.

Estar no Brasil é bom, mas eu sinto muito a falta da Cecília. E se algo me impede de me mudar de vez para cá, esse algo é justamente ter que ficar longe dela. Mas, quando eu estou com a Beca, é como se eu estivesse perto da minha melhor amiga. Ela ama tanto o meu pai, e todo esse amor transborda e respinga em mim. Saímos então para uma caminhada matinal, coisa que eu já sou habituada a fazer com meu pai desde pequena.

— Esse é meu lugar de paz no mundo, sabe, Allissa?

— Toda vez que eu venho pra cá, eu realmente me pergunto por que foi que eu não vim para o Brasil com o meu pai. Teria sido tão mais fácil.

— Eu sei que a Patrícia é difícil.

— Difícil? Beca, você está sendo gentil. A Patrícia é muito complexa.

— Mas toda complexidade se desfaz perto do amor dela por você.

— Beca, eu nunca perguntei isso para o papai, porque pra mim sempre pareceu muito óbvio. Mas, já que tocou no assunto, como é a sua relação com a Patrícia? Ou, pelo menos, como é que foi quando vocês decidiram se casar?

— Seu pai sempre foi apaixonante, Allissa. Ele ganhou meu coração no primeiro momento. Eu era uma menina cheia de sonhos, estava lutando contra os meus próprios medos, querendo minha independência, fui procurar emprego no circo e me apaixonei.

— Quando eu vejo meu pai falar de você, ou quando vejo você falar dele, é tudo tão simples, tão cheio de sentimentos, que dá vontade de me jogar em algo assim.

— Você é nova, Allissa, e acredite: se não for com o Gustavo, ainda vai aparecer esse alguém para te fazer ter os sentimentos mais lindos.

— Mas dizem que o amor não faz sentir só coisas boas. Isso é verdade?

— Allissa, você já parou pra pensar o que seria de uma vida se existisse só a praia?

— Bom, eu me adaptaria facilmente.

— Se engana, minha querida. A adaptação viria apenas momentaneamente, mas chegaria o momento em que você desejaria mais coisas, e isso aqui se tornaria enfadonho.

— Não consigo imaginar a praia como um lugar assim.

— É assim com o amor. Quando nos apaixonamos, pensamos que os momentos ruins nunca irão aparecer, mas é só quando eles aparecem que vemos se realmente amamos alguém.

— Porque permanecemos ao lado dessa pessoa, independentemente do momento ruim?

— Não, porque amamos em dobro no momento ruim. Não adianta só permanecer, tem que aprender a amar de novo, como se todos os momentos bons não tivessem existido.

— É um desafio e tanto.

— Por isso se chama "momento difícil". Só permanece ao nosso lado quem realmente é de verdade.

— Então, se tudo fosse praia pra sempre, e chegassem os dias enfadonhos, eu só amaria de verdade a praia se eu suportasse viver nela para sempre, como se nunca antes houvesse existido outro cenário?

— Exatamente isso. Só descobrimos que amamos algo quando de fato conhecemos a sua versão ruim e, mesmo assim, escolhemos permanecer ali.

— É triste, mas é muito lindo isso que você disse, Beca.

— Você consegue imaginar a sua mãe sendo alguém de bons sentimentos?

— Estamos falando de qual mãe? Da Patrícia ou da Verônica?

— Da Patrícia, é claro.

— Bom, é meio difícil, tanto quanto achar o mar enfadonho.

— Então chegamos ao ponto que eu gostaria. A sua mãe parece ser esse destino incerto, esse do qual a gente enjoaria de cara, mas, se você se permitir, ela pode ser o seu lugar de paz no mundo.

— Desculpa, Beca, mas tomou algum chá diferenciado hoje?

— Me leva a sério, Alli. Você está magoada, é óbvio que está. São suas escolhas, seus sonhos, e ela e até mesmo o seu pai se perderam no caminho, mas tudo o que eles fizeram foi pensando que estavam acertando. E, bem, nem todo mundo acerta sempre. Eles erraram, e esse erro quase custou a sua relação com ambos.

— Beca, eu juro que estou tentando me acertar com a Patrícia.

— Alli, não me entenda errado, eu te amo como se fosse minha menininha. Depois de tudo o que você passou, que seu pai passou e até mesmo que a Patrícia passou, acredito que vocês merecem mais do que tentar fazer dar certo. Vocês três são família e sempre vão ser. Os seus pais tentam fazer o melhor por você, e eles vão errar muito ainda. Eu só espero, de verdade, que você não desista deles no processo, mas que, ao conhecer o lado ruim, permaneça amando ainda mais.

— Eu não pretendo desistir.

— Se você viesse morar no Brasil hoje, Alli, eu ficaria muito feliz, porém saberia que a Patrícia sofreria demais. Então pense que a pessoa que mais te ama é a que mais errou, mas que todos os erros foram na tentativa de acertar.

— Posso perguntar por que você está defendendo a Patrícia?

— Você me perguntou como é que foi e ainda é a minha relação com a Patrícia. Bom, não posso dizer que foi fácil, porque, se alguém amou o seu pai, foi aquela mulher. A vida pode ter deixado tudo bagunçado, mas, depois que o Henrique perdeu a Verônica, quem cuidou dele foi ela. O amor deles se sobressaiu ao ódio e voltou a ser amizade. As mágoas cederam espaço ao perdão, e um recomeço aconteceu. Quando eu entrei na vida do seu pai, Patrícia foi meio que uma espécie de irmã mais velha e me alertou que, se eu estivesse brincando com os sentimentos dele, eu não iria querer estar viva para acertar as contas.

— Realmente, isso parece muito com ela.

— Ela só o estava protegendo, e hoje eu a agradeço por isso. Porque, depois da perda da Verônica, foi ela quem impediu que ele desmoronasse. Então, Alli, eu devo muito à Patrícia, porque ela salvou o amor da minha vida.

— Obrigada, Beca.

— Obrigada por que, Alli?

— Por me mostrar esse lado dela. Não tem noção do quanto me deixa feliz.

— Ela é mais do que um final de férias. Como eu disse, ela pode ser o seu lugar de paz no mundo. Basta você dar a atenção que ela precisa para te convidar a conhecê-la de verdade.

— Eu realmente quero dar essa chance.

— Eu sei que quer e também sei que vai conseguir, minha boneca. Dê tempo ao tempo, e logo vocês estarão definitivamente com as arestas aparadas.

Depois disso, permanecemos em silêncio por alguns minutos, observamos o mar, e eu posso me sentir invadida por um sentimento tão leve, que parece que Patrícia está aqui junto comigo e que, definitivamente, vir para o Brasil não nos afastou como eu imaginava, mas nos aproximou mais ainda, apesar de ter um oceano entre nós.

* * *

Quinze dias depois
Quando estamos nos divertindo, o tempo realmente voa

— Limpem-se antes de entrar em casa, por favor.

— Qual é, Beca? Um pouco de areia não faz mal pra ninguém.

— A não ser que a senhorita queira tomar banho na mangueira, é melhor deixar essa terra aí fora.

Dizendo isso, ela entra para preparar o nosso almoço, enquanto Eduardo e eu tentamos tirar um pouco da areia da praia de nosso corpo.

— Olha, quando a Beca fala, é melhor a gente obedecer, Alli.

— Eu disse pra você que, se destruísse o meu castelo de areia, teria consequências, né?

— Sim, você disse, mas eu não imaginei que você fosse tacar areia pra cima, sua maluca.

— Você pagou pra ver.

— E aí, quais serão os planos pra hoje? Nós já esgotamos os pontos turísticos que o Lucas tinha pra gente.

— Antes de fazermos qualquer coisa hoje, eu preciso fazer uma ligação.

— Achei que você nunca iria fazer isso.

— Me diverti tanto com você esses dias, que, bom, Cecília era a única com quem eu tinha vontade de falar e ela está tão longe.

— Parece que conheço a Cecília há anos, de tanto que me falou sobre ela, de ver as vídeo-chamadas de vocês e de escutar os áudios gigantescos.

— Se eu for falar da Ceci, Edu, eu sinto que ainda me falta palavras, sabe?

— Acho que sei como é.

— Ela era tão diferente de mim, e ao mesmo tempo eu me via totalmente nela. Aqueles furinhos em seu rosto, os olhos arregalados em forma de jabuticabas e aquelas infinitas palavras que ela matracava sem se cansar, definitivamente ela foi notada assim que entrou na minha sala. Geminiana como ela só, com um humor meio camaleão e todos os sonhos do mundo no coração, olhos puxados, totalmente mestiça e de pele morena. Quem diria que esses seriam os traços da minha melhor amiga?

— Eu queria poder ter alguém assim aqui.

— Ei, você tem a mim.

— Mas sua vida não é aqui, Alli.

— Mas sempre serei parte de você e, mesmo que demore, eu volto. E você também pode ir pra Boston.

– Agora mais do que nunca, eu vou mesmo.
– Acho bom você manter essa promessa.
– Mas, vai, continua falando da Cecília.
– Se me contassem, anos atrás, que seríamos amigas, eu duvidaria. Como é que um gênio daquele se encaixaria com o meu? Pois bem, não apenas se encaixou, como nos tornamos família. De uma simples estranha, ela passou a ser a irmã que o destino me apresentou.
– Quem nunca teve esses encontros de alma não sabe o que é que está perdendo.
– Sim, ela é definitivamente o meu pacote completo. Ela me atura e não surta, às vezes até surta, mas depois me ama novamente. Mentira, ela nunca deixa de me amar, mesmo quando quer me matar, e isso é o que mais amo nela, saca? Ela é a guria mais inteligente e incrível que eu conheço. Como eu queria que o mundo inteiro a conhecesse também, sério. Por que todo mundo não pode ter uma Cecília na vida?
– Se você perguntar pra mim, eu vou dizer que você tem sido a minha Cecília durante esses dias.
– Mas se a gente perguntasse isso pra ela, sabe o que ela responderia?
– O quê?
– Iria me dizer, ou o lado leão do seu mapa astral gritaria: "É simples, eu não sou amiga de qualquer pessoa". De fato ela não é. E nesse momento eu digo: "Que sorte da minha vida ter nela o meu lar".
– Ela realmente me parece muito divertida.
– E sabe, Edu?
– Diz.
– Ela é aquela que me livrou de todas as minhas escolhas ruins e amizades tóxicas, me ensinou a me olhar verdadeiramente, a me amar como eu sou e com todos os defeitos que

eu tenho. Ela nunca pediu pra que eu mudasse, que deixasse de ser tão eu. Ela transformou todos meus defeitos em qualidades, me fez ver o lado bom da coisa ruim. Foi ela quem me deu asas quando eu estava começando a aprender a andar. Ela comemora todas as minhas vitórias como se fossem dela, não sente inveja e não tem ciúmes, sabe?

— Isso é o que amigos de verdade fazem, cuidam do outro como a si próprio.

— E ela cuida mesmo, não cobra minhas amizades. Muitas vezes, eu sinto que nós duas somos uma só, nós e nossos sonhos. Ela tem a risada mais sincera, a amizade mais leal, e definitivamente eu me sinto invencível ao lado dela. É como se, juntas, fosse o mundo quem tivesse que se cuidar, porque, de fato, ao lado dela eu posso ser quem eu quiser.

— Você já pensou em, sei lá, escrever? Eu digo, escrever histórias. Ia ajudar muitas pessoas, e eu garanto que só a sua amizade com a Cecília ajudaria muitas pessoas. Mostraria como ter uma amizade de verdade. Afinal, todo mundo tem a sua pessoa tóxica, né?

— E como tem! Depois que eu conheci a Cecília, eu aprendi que nem todo mundo que chegava até mim realmente queria o meu bem. E sobre escrever...

— O que é que tem?

— Bom, eu escrevo, só não gosto muito de mostrar. Ela sempre lê minhas coisas, até fez um blog pra mim, mas eu ainda não me sinto preparada pra me mostrar ao mundo.

— Sério? Ah, Alli, por favor. Mostra, vai. Garanto que você vai amar se jogar nesse meio.

— Eu meio que já me jogo. Eu converso com alguns poucos leitores que me seguem e me sinto feliz por isso, por ser dessa forma, por ser simples. Um dia, quem sabe.

— O que a Cecília diria se estivesse aqui?

— Ela com certeza diria que era pra eu largar o drama e me jogar. Ela sempre foi assim, de falar: "O que é que você está esperando, garota?". E eu com certeza iria rir e agradecer, agradecer por ela ser a minha melhor versão e por nunca desistir de mim.

— Tomara que sejam sempre assim.

— Essa é uma das poucas certezas que eu tenho na vida, Edu. Eu e ela, a gente vai ser, pra sempre, sempre assim, pacote completo.

— É muito bom poder definir uma amizade assim.

— Tem um trecho de um texto da Giselle F que eu amo, e eu decorei ele pela Ceci.

— Giselle quem?

— Giselle Ferreira. Seu nome artístico é Giselle F. Ela é escritora na internet e manda muito bem, e um dos meus textos preferidos dela é sobre amizade. Ela descreve o que eu realmente acredito.

— Recita ele pra mim?

— Claro! Recito, sim: "Amizade! Nada tem a ver com concordar o tempo todo ou dividir as mesmas paixões. Não é sobre ter os mesmos gostos musicais ou o mesmo apetite. Nem é sobre semelhança física, experiências de vida ou objetivos. Amizade é reconhecer no outro todas as diferenças e defeitos, mas, ainda assim, o querer perto, bem, feliz e realizado. É sobre empatia e humildade. É dar bronca sabendo tomar cuidado com as palavras e comemorar sem contar tudo pro mundo. Não é sobre conhecer, é sobre reconhecer-se também no outro." @gisellef.ig

— Que intenso.

— Pra mim, é muito verdadeiro, e eu só descobri o quanto essas palavras são reais quando conheci a Ceci. Antes eu já tinha tido algumas amizades, mas foi com ela que eu aprendi como ser uma amiga de verdade.

— E hoje você me ensina um pouco também.

— É, eu acho que ensino.
— Ei, vocês dois, ainda estão aí fora?
— Depois da sua ameaça, Beca, preferi continuar aqui.
— O papo com a Allissa voa, Beca. A gente começa a falar sobre o tempo e, quando vamos ver, já estamos falando de teorias mirabolantes e sobre o nosso eu do futuro.
— Ele está exagerando, é que ele sempre tem um papo a mais. Quando dou por mim, já estamos viajando na maionese.
— E o que vocês vão fazer hoje?
— Estávamos definindo isso, mas nada programado ainda.
— Eu acho que podíamos ir na cafeteria do cais, aí eu como aquele donuts maravilhoso e depois pegamos praia de novo.
— Você não cansa de praia, garota?
— Nem um pouco, e você?
— De forma alguma.
— Então praia de novo.
— Praia de novo.
— Tá, só preciso fazer aquela ligação que te disse.
— Vai ligar pra Cecília, Alli?
— Queria que fosse fácil assim, Beca, mas já falei com a Ceci agora há pouco na praia. Agora vou falar com a Patrícia mesmo. Ela tem me ligado bastante, acho que está na hora de encarar a fera.
— Boa sorte então e, Alli...
— Oi.
— Lembra do mar.
— Obrigada, Beca, vou me lembrar. Hein, cadê meu pai?
— Ele está no circo. Amanhã é a estreia da nova temporada e, bom, ele só vem pra casa depois que tiver repassado todas as apresentações.
— Ei, Edu, você não tinha que estar lá? Não quero problemas com meu pai.

— Não, na realidade estou sem número. A menina que fica na tábua está com meningite e tirou umas férias forçadas do circo.

— Ah, eu posso substituí-la.

— Você está louca, é?

— Ué, Beca, por que não?

— É, Beca, qual o problema?

— Como se o seu pai fosse permitir algo assim.

— Ah, seria hipocrisia demais, não seria? Ele é o dono do circo.

— Bom, não digam que não avisei. Estou indo fazer compras, o almoço está pronto, vão se lavar para comer, a gente se vê no jantar.

— Obrigado pelo almoço, mas vamos comer no cais, assim a Alli come os donuts.

— Tchau, Beca, até a noite.

— Ei, Alli, enquanto você liga pra sua mãe, eu vou tomar banho. Depois você fica com a casa só pra você.

— Tá bom. Obrigada, Edu.

* * *

— Alô!

— Mãe?

— Allissa, que bom ouvir sua voz.

— Está tudo bem? Você que atendeu seu telefone.

— Está, sim. Na realidade, eu estava te ligando, aí você ligou. Como você está?

— Estou bem. E também estou com saudades.

— Estou com muitas saudades, até cogitei ir para o Brasil.

— Você, no Brasil?

— Se aí é onde você está, então, sim, é aí que eu quero estar.

— Mãe, eu sei que ultimamente não temos nos falado muito e, bom, esses últimos dias aqui, eles têm sido fantásticos.

— Eu não tenho a menor dúvida, filha. A Beca e o seu pai sempre te mimaram.

— Mãe, você está realmente bem? Tá começando a me assustar.

— Estou sim, filha. Se assustando por quê?

— Você se referindo à Beca como "Beca" e concordando comigo em uma mesma frase. De verdade, nem parece você.

— Filha, eu estou bem, fica tranquila. Aliás, há muito tempo não me sentia tão bem. A briga com você, sua escolha de ir para o Brasil, tudo me fez pensar. São quase vinte dias, Alli. Quase vinte dias sem te ver, sem nos falarmos. Eu odeio essa distância, odeio brigar com você, odeio tudo isso, está bem? E sobre a carta, ignora a parte em que eu digo que não sou sua mãe. Eu sou, sim, e você é minha filha.

— Mãe, é sério, fica tranquila. Eu também te amo e acho que esse tempo foi bom pra nós duas. Prometo que, no final de semana, eu vou pra Londres. Só preciso passar em casa antes e ver o Gustavo, então sigo viagem, aí conversamos, está bem?

— Está bem, filha, e não esquece: eu te amo demais.

— Eu também te amo, mamãe.

Meu Deus, será que vai rolar uma chuva de meteoros, ou a minha mãe realmente está levantando a bandeira da paz? Tudo bem, eu sei. Depois de tanto tempo longe, e com a gente sem se falar, ela deve mesmo estar sentindo minha falta e ter repensado as próprias atitudes. E eu fico muito feliz por isso, pela gente.

— Alli, estou indo pra casa da árvore. Fica à vontade pra usar o banheiro.

— Tá, já vou, daqui a pouco estou pronta.

Assim que termino o meu banho e me arrumo, vou atrás do Eduardo. Já é minha última semana de férias e ainda tem muita coisa que eu quero fazer, mas antes de sairmos eu ainda tenho que fazer mais uma ligação.

— Alli?

— Oi, Gu, como você está?

— Alli, como é bom ouvir sua voz. Estou bem, apenas com muitas saudades.

— Também estou com saudades suas.

— Estou amando as suas fotos. O Brasil realmente te faz bem.

— Faz, sim, eu amo esse lugar.

— Eu sei bem disso.

— Você deveria vir pra cá, dar uma pausa na vida adulta, vir relembrar um pouco as nossas férias de quando éramos crianças.

— Nada me deixaria mais feliz.

— Então por que não vem? É minha última semana, sei lá, a gente poderia aproveitar juntos, tentar nos encontrar de novo, depois voltamos pra Boston.

— Eu estou substituindo um aluno na clínica, Alli, não dá. Estou fazendo carga extra.

— É claro que está.

— Calma, não fica brava, estou organizando uma recepção pra você.

— Gustavo, pelo amor de todos os deuses, eu odeio surpresas, e você sabe disso.

— Fica calma. Depois da última, eu aprendi a lição. Estou reservando um final de semana naquele resort em que sempre programamos ir, mas nunca fomos. Aí vai ser um final de semana só meu e seu, sem celular, sem agenda, sem compromissos.

— Eu e você em um resort? Isso me parece maravilhoso, tanto quanto irreal. Logo você, que não desgruda das responsabilidades.

— Prometo que vou dedicar meu tempo exclusivamente pra você, e aí podemos conversar. Eu sei que você foi para o Brasil muito magoada comigo.

— Eu tive tempo para colocar os sentimentos no lugar, Gu.

— Fico feliz por isso, Alli, porque eu também. E, mais do que nunca, eu quero muito fazer a gente dar certo. Não aguento mais conversar só por mensagens.

— Então tá, eu vou desligar. O Eduardo já está me esperando, vamos no cais comer algo e depois pegar mais praia. À noite te mando mensagem, tá bem?

— Tá bem, Alli, manda um abraço pro meu mais novo cunhado.

— Ele não é meu irmão, Gustavo.

— É como se fosse, não é?

— Tipo isso, mas não é.

— Tá bom, Alli, vai lá. E tomara que essa semana passe logo, estou com muitas saudades mesmo.

— Beijo, Gu.

— Eu te amo demais, Alli. Beijos.

Dizem que as férias têm por meio trazer o equilíbrio. É como se déssemos uma pausa na vida, fôssemos rascunhar o que iríamos querer dali para frente e só depois colocar em prática. Estar de novo bem com minha mãe, estar longe mas perceber que o Gustavo me faz falta, e ao mesmo tempo notar que essa falta é uma nova porta que se abre para novos sentimentos que vão se despertando em mim, tudo me deixa muito confusa.

Eu quero, sim, me acertar com o Gustavo. Nunca tínhamos ficado tanto tempo sem nos ver ou nos falar e, desde que vim para o Brasil, limitei o nosso contato a mensagens diárias. Eu noto, cada segundo mais, o quanto ele tem certeza dos próprios sentimentos, enquanto eu ainda sou uma grande bagunça.

Eu nunca pensei em como seria a minha primeira vez, eu só quero que seja com ele, o cara que me viu crescer e em que eu confiei a minha vida. Esse final de semana que ele está preparando para a gente pode acender a chama para isso, por que não? Primeiro a gente conversaria, acertaria os nossos ponteiros e poderia iniciar uma nova fase no nosso relacionamento. Só que eu não entendo de nada disso, e esse é o tipo de assunto que eu só debateria com a Cecília, mas quero que seja pessoalmente, e eu só a verei daqui a alguns dias. Minha curiosidade é para agora. Sendo assim, eu acho que é melhor ler mais sobre o assunto. Google, me salva de novo?

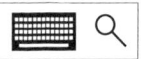

Google | Como ter uma primeira vez perfeita?

Como ter uma primeira vez perfeita?
Tudo sobre a primeira vez:
– Dói?
– Sangra?
– Como ter prazer?
– Brinquedos eróticos.

Sério? Só de ler esses títulos já tenho vontade de desistir. Se o Gustavo depender de que eu siga as regras, vou perder a minha virgindade aos 92 anos.

Google | Contos eróticos

Contos eróticos

Contos eróticos por Fábio Chap!

"Horário bom pra te imaginar entre meus dedos. Pra sussurrar segredos ao meu travesseiro. Horário bom pra me imaginar inteiro dentro. O movimento lento e forte. Lento e fundo. Marcar tua cintura com um profundo desejo. Te puxar pro beijo pela nuca. É agora ou nunca. Um horário bom pra te imaginar deitada, safada, sedenta. Abrindo a boca, engolindo até o talo. Sentindo até a alma. Despindo a tua calma, a tua carne. Horário bom pra torturar sua entrada. Pra bater, dar palmada. Te enfiar minha vontade, te dedar por trás enquanto teus lábios frontais se abrem e te enlouquecem. Se abrem e nos aquecem. Esse é um horário gostoso de verdade. O efeito na calcinha: você já sabe.

(...)

Agora tira a mão daí. Chupa o dedo. Tô mandando! Segura. Respira. Não pira.

Mais um pouco. Xô te contar. Eu também tô louco. Mela ele todo. Agora põe pra dentro. Aproveita esse momento e rebola. E rebola. E rebola.

Minha safada, aproveita tudo agora. Porque amanhã é o último dia de trabalho e cê não pode perder a hora."

"Primeiro foram seus olhos. Neles entrei. Enxerguei paz e tentação ao mesmo tempo. Depois foi a sua boca. Ao te ouvir, sabia que havia ali uma mulher essencial. Dessas que trazem uma essência muito

além da tradicional que tanto me entedia. Aí veio a sua cintura. Que loucura. Você era a pintura que eu queria colorir. Me fez surgir um calor, uma vontade. Ia e voltava; eram movimentos de pura maldade. Então a sua mão. Quando ela encostou na minha eu senti uma coisa, sabe? Uma parada meio difícil de explicar. Homem feito pirar ao encostar nas mãos de uma mulher? Não era possível, mas foi. Não era cedo. Era tarde. Mais de uma da manhã, eu chuto. E prolongou-se pela noite. Nossos olhos se cruzavam e era possível ler desejo latente. Nossos óleos se trocavam e escorregavam pela gente. Bocas que se bebiam e, ali, no escuro, se conheciam. Mas foi a minha mão na tua cintura que mudou tudo. Que nos deixou mudos por uns segundos. Te puxei mesmo. Forte. Que era pra você ficar colada no meu quadril e sentir minha temperatura, minha vontade dura e intensa. Suas mãos, propensas ao tesão, não hesitaram. Seguraram forte. Massagearam, abriram zíper, me deixaram ofegante. E você subia com a mão. Descia com a mão. Seu dedão fazia uma dança que só quem tá ligado é que tá ligado. Pecado. Ali. No banheiro do bar. O diabo é que não paro de lembrar. Do que veio depois de o garçom nos expulsar.
– São três da manhã. Vão procurar outro lugar.
Então procuramos. Então achamos. Ali – naquele motel barato – eu acabara de mudar todos meus planos. O estrago estava feito. Por anos."
Fábio Chap
@chapfabio

Meu Deus do céu!

Eu estou confusa, muito confusa. Ele descreve o sexo de uma forma que parece até sacro, se não fosse irônico. Eu sou virgem, mas sinto a intensidade de cada desejo, de cada encontro, de cada entrega. Eu sei que não é vendo pornô ou lendo erótico que vou saber como fazer. E se eu bem conheço o Gustavo, bom, ele vai preparar tudo com a maior riqueza de detalhes e com muito romantismo. Mas eu realmente quero sentir, sentir nem que seja um pouco do que a personagem do Chap sente ao ser tocada.

— Alli?

Droga, esqueci o Eduardo.

— Edu, estou aqui no balanço, desculpa.

— Tá tudo bem?

— Tá, sim, eu estava aqui pesquisando umas coisas.

— Que coisas?

— Algumas tatuagens. — Finjo que são tatuagens. Jamais eu diria o que realmente estava pesquisando.

— Tatuagens?

— Sim. Você conhece algum tatuador por aqui?

— Vai virar uma rebelde sem causa mesmo?

— Eu sempre quis fazer algo pra Verônica, acho que esse é o melhor momento. E depois, queria que me acompanhasse até um lugar.

— Deixa pra fazer a tatuagem no último dia de praia, senão vai perder o lual. Afinal, não dá pra ficar tomando sol.

— É verdade, mas é algo que quero muito fazer antes de voltar pra casa.

— Tudo bem, como você quiser. Alli, está tudo bem com sua mãe?

— Tá, sim. Pelo que entendi, ela caiu em si e só está com saudades.

— Que bom, fico feliz por vocês. E o Gustavo?

— Depois da última briga e da minha viagem aqui para o Brasil, as coisas ficaram mais frias com o Gustavo, Edu. Ele achava que eu estava sendo infantil, e eu, bem, eu só queria que ele entendesse os meus sentimentos. Mas hoje eu senti saudades.

— E ele?

— Continua o mesmo Gustavo, atolado em serviço, mas está programando um final de semana romântico pra gente, pra quando eu voltar pra casa.

— Isso é bom, né?

— É, eu acho que é, sim. Mas, vamos, paremos com o papo furado, vamos para o café nos embriagar de donuts.

— Tá, vamos lá, o Lucas já está lá fora esperando a gente.

— O Lucas sempre salvando a gente.

Algo que, com toda a certeza, eu sentiria falta do Brasil era a simplicidade de ser. Aqui eu ainda sou a Allissa Covaldo, eu ainda tenho um segurança, mas é muito mais leve. Sem falar na companhia do Eduardo. Como eu queria trazer partes de Boston para o Brasil, ou então levar o Brasil junto comigo para Boston. Tudo aqui me faz questionar se realmente eu quero voltar pra casa. Afinal, eu já me sinto em casa e me sinto completa. É aquela sensação maluca de se experimentar, eu sei, mas realmente o Brasil não seria má escolha. Mas é como o meu pai sempre me diz: mesmo que eu fique no Brasil, eu ainda vou querer mais da vida e irei atrás disso, eu sempre irei.

— Chegamos. Obrigado pela carona, Lucas. Nos vemos amanhã no circo.

— Obrigada pela carona, Lucas.

— Divirtam-se, crianças.

— Vamos pegar aquela mesa do canto, assim a gente conversa mais em paz.

— Ei, garçom, traz alguns donuts pra essa senhorita aqui. Com muito caramelo, por favor.

— Você está me deixando muito mal-acostumada.

— Para, é o mínimo que posso fazer por você estar alegrando os meus dias.

— Tá, corta essa. A galera do circo te adora, você tem amigos por lá.

— Sim, eu tenho, mas com você é diferente, Alli.

— Eu sei. Também me sinto assim com você.

— Você e o Gustavo, quando vinham para o Brasil, faziam tudo o que a gente faz? Tipo, desculpa parecer curioso, mas é que ele faz parte da sua vida e, assim como a Cecília, eu queria conhecer mais também, apesar de você sempre falar mais dela.

— Edu, o Gustavo é uma criança tentando ser adulta. Ele recebeu responsabilidades muito grandes e muito cedo, ele perdeu aquele brilho de adolescente, o brilho que me fazia enlouquecer por ele.

— Então você não o ama mais?

— Eu amo, ou acho que amo, não sei. Sinceramente eu esperava descobrir nessa viagem, eu esperava que a distância, a quebra da rotina, tudo isso fosse me fazer sentir falta de Boston, da gente.

— E não sente?

— Pra falar a verdade? Eu sinto saudades dele, sinto vontade de estar com ele, mas eu queria que ele estivesse aqui, e não naquela nossa bolha de Boston. Sinto falta da Cecília, sinto falta das minhas coisas, até da Patrícia, mas do Gustavo? É como se, durante esses dias, ele não fizesse parte da minha vida. E eu odeio esse sentimento, porque prometemos que, acima de tudo, continuaríamos a ser amigos.

— Você acredita em relacionamento de amizade quando você já amou uma pessoa?

— Acredito. Meus pais são a prova viva disso. Meu pai e a Patrícia continuam amigos, e a maior prova de amor que a Patrícia poderia ter dado ao meu pai foi a cumplicidade quando a Verônica descobriu sobre a doença. Mesmo ele tendo a traído, ela superou e o apoiou no momento mais difícil. Então, sim, eu acredito que, mesmo que o Gustavo e eu não fiquemos juntos, podemos ser amigos. Mas eu confesso que a tenho medo.
— Medo do que exatamente?
— De que ele se transforme em uma versão que não me faça mais querer nem a amizade.
— As pessoas mudam, Alli.
— Sim, eu sei. A Ceci vive me dizendo isso, mas, poxa, eu já mudei tanto e nem por isso perdi os meus valores, ou deixei de dar valor ao que realmente importa, à família e a tudo aquilo que o dinheiro não pode comprar. Mas ele? Ele tem se tornado frio e ambicioso. Eu sei que são os ossos da profissão, mas, mesmo assim, isso me frustra.
— Eu acho que só você olhando de verdade nos olhos dele, e sendo franca sobre o que quer, é que vai descobrir.
— Aí é que está. Ele nunca está disposto para essa conversa, ele acha que é perda de tempo, que é drama, que estou fazendo tempestade em tampinha de xampu. É o mesmo caso com a minha mãe. Eles acham que, por me darem de "tudo", não precisam estar aqui, sabe? Eu queria que ele viesse pra cá, ficasse comigo essa última semana, que tentássemos resgatar a Alli e o Gu do começo de tudo.
— Mas ele não pode vir, não é mesmo?
— Não, ele não pode.
— E o que realmente você precisa é o que está causando toda a confusão.
— Sim, porque eu não quero que ele sinta minha falta, ou que a Patrícia sinta a minha falta. Eu só queria que eles

valorizassem esse tempo em que não estamos juntos, mas é como se de fato eu não fizesse tanta falta assim. Ou, se faço, eles demonstram com cobranças ou a exigência de que eu cresça e assuma responsabilidades.

— Mas você sabe que as responsabilidades fazem parte do processo de crescimento, né?

— Sim, eu não estou dizendo que não quero ser responsável, arcar com as consequências das minhas escolhas, nem que quero viver de férias pra sempre. Eu só queria que, nesse meu processo de amadurecimento, eles se fizessem presentes com apoio, não com cobranças. Eles querem uma versão que não posso oferecer.

— Desculpa ter entrado nesse assunto, não queria que você ficasse chateada.

— Não estou. É bom falar em voz alta, me deixa mais leve. E, bom, de qualquer forma, quando eu voltar pra Boston, eu vou ter essa conversa com eles. Pelo menos agora tenho mais certeza do que eu quero.

— Quer mais alguma coisa?

— Na realidade, não. Lembra que eu te disse que queria ir em mais um lugar?

— Lembro, sim.

— Então, eu gostaria de levar flores ao túmulo da Verônica. É meio que uma tradição, sabe? Eu vou lá, fico conversando. É como se ela estivesse me escutando.

— Mas ela está. De alguma forma, ela está.

— É, meu pai diz a mesma coisa.

— Então vamos lá. Vou pedir um táxi.

Outra coisa que eu amo no Brasil é que, sempre que eu me sinto confusa, eu posso ter meu pai, ou então eu posso ir ao cemitério. Não é a mesma coisa que falar pessoalmente com ela, mas isso, de alguma certa forma, me traz paz. Eu sento ali por algum tempo, converso sobre meu dia, meu momento e deixo transbordar a minha saudade – como diria o meu pai, saudade de tudo aquilo que não vivemos, saudade do que poderíamos ter sido como mãe e filha. E é nesse momento, em mais uma conversa minha comigo mesma, em frente ao túmulo da minha mãe, que eu paro para refletir: mas e se ela estivesse aqui?

Eu perderia a Patrícia e, por um segundo, eu me sinto com uma vontade enorme de correr para os braços dela. Eu sei que ter as duas seria algo impossível. E, bem, eu queria muito tirar esse pensamento da bolha dos sonhos e transformá-lo em realidade, mas não posso. Então, ali, eu entendo que a vida tem o seu propósito, e nós devemos valorizar esses momentos. No meu caso, eu tive, sim, uma mãe que me amou, mas que por algo alheio à nossa vontade não está mais aqui. Mas, ao mesmo tempo, eu ainda tenho uma mãe. Ela está em Londres e, bem, eu não quero mais ficar nem longe, tampouco brigada com ela. Mais uma vez, como sempre, mesmo não estando comigo fisicamente, a Verônica continua a me ajudar nas questões mais complexas.

– Está se sentindo melhor?

– Eu sempre me sinto melhor. Quando venho aqui, é como se realmente todos os problemas do mundo sumissem.

– E agora? Quer ir pra praia ainda?

– Praia sempre.

– Então, vamos. Assim você pega seu sol, e eu caio no mar.

– Estou pronta, vamos?

Saímos dali, caminhamos pela orla, vemos o sol se pôr, fazemos e desfazemos castelos de areia. Falamos sobre Eduardo, sobre seus traumas, sobre seus problemas em fazer amizades, sobre sua vontade de estudar teatro. Ele me escuta durante horas sobre o Gustavo, e finalizamos a noite com banho de mar.

— Você é maluca. Só você pra me fazer entrar na água a uma hora dessas.

— Para de choramingar, a gente combinou que ia entrar na água.

— Sim, mas com o sol lá em cima ainda. Agora a água está um gelo.

— Vai, vamos sair e pegar nossas roupas antes que congelemos aqui de vez.

— Coloca minha camiseta, assim você não pega friagem. Vem cá, eu te ajudo.

Nesse momento, eu posso sentir a mão dele segurando o meu cabelo enquanto eu tiro a areia das nossas roupas. Suas mãos fortes e seguras ao tocar a minha pele fazem com que corra uma eletricidade boa em mim, então eu esqueço as roupas e sorrio. E quando dou por mim, ele sorri de volta, e então nos beijamos. É um beijo terno, demorado, um beijo quente e ao mesmo tempo um beijo que me faz querer nunca mais parar de beijá-lo.

— Alli.

— Psiu, não fala nada, tá? Eu não quero perder a magia desse momento.

— A gente tem que ir pra casa. Seu pai já está ligando pela segunda vez.

— Tá, então vamos.

— Mas, antes, quero mais um beijo.

E nos beijamos, beijamos e nos beijamos. E como é bom beijar aquela boca. Não que eu tenha muita experiência em beijos. Antes do Gustavo, eu tive apenas dois namoricos de adolescente, mas estar ali com o Eduardo, depois de dias ao seu lado, dias de cumplicidade e momentos tão mágicos, me faz querer que este momento nunca mais termine, e o beijo veio para complementar o que já estava bom. Voltamos para casa, jantamos, lavamos a louça e escutamos os velhos vinis do meu pai enquanto jogamos xadrez na sala.

— Alli, a Beca disse que você estava se oferecendo pra ir na tábua amanhã.

— Pai, antes que você surte, eu confio no Eduardo, tá? E outra, você mesmo pode avaliar se ele é um profissional competente ou não.

— Alli, eu não vou surtar, eu confio nele também. E confio em você. Se você quer fazer isso, então não vou impedi-la.

— Você está falando sério?

— Se é isso que você quer mesmo, eu não vejo problemas.

— É por isso que você é o melhor pai do mundo.

— Te ver no circo é algo que me deixaria muito feliz.

— E algo que deixaria a mamãe completamente senil.

— Ainda bem que ela não está por aqui.

— É, isso é verdade.

— Falando nela, a Beca disse que vocês conversaram hoje. Está tudo bem entre vocês?

— Tá sim, pai, ela só queria confirmar o dia em que chego em Londres.

— Eu nem acredito que você já vai embora.

— Eu preciso mesmo ir, pai?

— Filha, nada me deixaria mais feliz do que você aqui, mas, realmente, quem tem que decidir isso é apenas você. Se ficar aqui, bom, sempre vai ter sua casa, e somos sua família, temos faculdade e estágio por aqui também. Mas é realmente a sua melhor escolha?

— Seria simples, me faria bem. Eu me sentiria viva e, principalmente, em paz.

— E o que faltaria?

— Além da mamãe, do Gustavo e da Cecília? Bom, eu acho que seria fácil demais. É como se eu já tivesse o meu lugar no mundo, alguém já tivesse preparado o meu caminho.

— E, no final do dia, você se sentiria culpada por ter escolhido o lado mais fácil.

— Pai, estar aqui todos esses dias, conhecer o Eduardo, conviver com o circo, tudo isso realmente me faz bem, mas também me faz ver que tem muita coisa que eu ainda quero pra mim. Não que o Brasil seja uma escolha ruim, mas é como eu disse: eu viveria com a sensação de estar sempre de férias.

— É, pelo jeito, você já conhece a sua resposta, como sempre.

— Pai, é possível que eu me apaixone por uma pessoa e continue querendo outra?

— Estamos falando de quem em questão?

— Bom, hipoteticamente falando, é claro.

— É claro.

— O Gustavo tem sido frio comigo, distante, sempre coloca a culpa no trabalho, na faculdade. É como se tivesse um abismo entre nós. Por outro lado, eu tenho vontade de viver coisas novas e conhecer pessoas novas, mas tenho medo da escolha ser precipitada.

— Filha, já falamos sobre escolhas, e eu já dei o exemplo de você pequenininha decidindo que roupa usar no zoológico. Você sempre seguiu o seu ritmo, as suas vontades. Nunca duvidei que você soubesse o que é melhor pra você, porque você sempre procurou pelo melhor. Por que é que você começaria questionar isso agora?

— Não sei, pai, me sinto tão confusa.

— Tire pelo Brasil.

— Pelo Brasil?

— Sim, Alli. Você poderia ter ido para Londres, mas veio pra cá. E essa escolha não foi acertada?

— Sim, foi muito, mas quem me garante que as outras serão também?

— Não tem como saber, Allissa. Mas, se eu puder te dar um conselho, será o mesmo da vida toda: confie no seu coração. Eu acredito que você sempre buscará o caminho que te leve à felicidade. Sendo assim, eu fico em paz.

— E se esse caminho me levar pra longe do Gustavo?

— Se vocês se amam, como eu sei que se amam, vocês nunca vão se perder. Mesmo que não estejam mais juntos, a vida sempre encaminhará vocês para o mesmo lado. Pode levar tempo, mas acabarão se reencontrando.

— Obrigada, pai, vou acreditar nisso e seguir meu coração. Falar com você é sempre muito bom.

— Estarei sempre aqui por você, filha!

— Agora vou procurar o Eduardo, preciso falar com ele.

— Filha, apenas te peço uma coisa.

— O que é, pai?

— Quando você sentir, quando esse sentimento brotar aí, não tenha medo. Porque ele é tão simples, que você pode se cegar a ponto de achar que não o merece. Não tenha medo de ser feliz.

— Eu não vou ter.

Trair é algo visto como o fim do mundo. Peço desculpas a quem pensa diferente de mim, mas acho o maior hipócrita quem escolhe agradar o outro antes da sua própria vontade. Afinal, a pior traição é aquela que praticamos contra nós mesmos: manter-se em algo apenas para que o outro se sinta bem. Eu já traí e me senti como se estivesse dando novos primeiros passos ao provar sentimentos que desconhecia. A meu ver, não foi traição, foi liberdade.

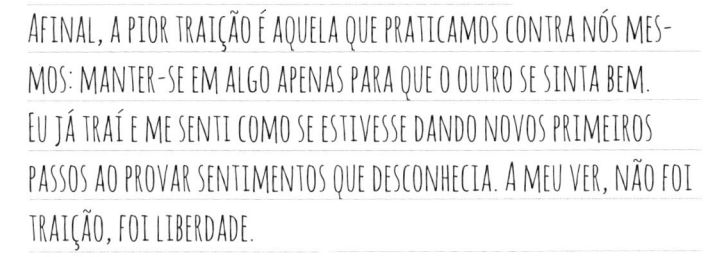

CAPÍTULO 11

O peso de uma escolha

Quando o vento toca nossa face, temos o poder de escolher prender o cabelo para que ele permaneça intacto, ou podemos escolher que ele permaneça solto e que o vento bagunce tudo. Mas o que realmente vai ter valor é senti-lo por todo nosso corpo e poder contemplar a lembrança que um simples vento nos traz: a delícia que é viver. Assim como a organização e a bagunça do vento, é o nosso coração. Muitas vezes, estacionamos no comodismo unicamente para evitar futuras dores de cabeça ou novas cicatrizes, mas o que não notamos é que, em meio à bagunça, em meio ao caos, nos reconectamos com nosso íntimo e voltamos a sorrir sem abrir mão de nós mesmos para que os desejos alheios sejam realizados antes dos nossos.

Das certezas que eu tenho neste momento, uma é a de que eu amo o Gustavo. Claro que eu amo, mas eu sei que é um amor fadado ao fracasso, porque estamos estagnados no passado, nas crianças felizes que fomos um dia, em todos os sonhos que tivemos desde então. Hoje, quando a realidade entra em colapso, ela nos mostra que sempre iremos ter a referência dessas crianças, mas que, infelizmente, elas já não existem mais, e nem mesmo um final de semana em um resort mudará isso.

Já com o Eduardo, eu sinto essa fome de desejo, uma vontade de me jogar, uma vontade de viver tudo o que tivermos para viver – em vinte e quatro horas que fossem, mas viver. Já são meus últimos momentos no Rio e, depois disso, eu terei que voltar para a realidade, a realidade de libertar o Gustavo do compromisso de um relacionamento que deixou de ter a importância que tinha quando tudo começou.

– Edu.

– Vou descer o elevador pra você subir, Alli.

– Te procurei pela casa. A Beca disse que você já tinha vindo se deitar.

– Eu vi que você estava conversando com seu pai, preferi te deixar à vontade.

– Eu preciso te dizer algo.

– Pode falar, Alli.

– Eu não entendo o que está acontecendo aqui, e eu não sei o que vem depois, mas tudo que eu sei é que eu não quero me sentir culpada. Culpada por não ter arriscado, culpada por não ter me jogado, culpada porque eu desejei algo.

– Do que é que você está falando?

– Eu quero você, Eduardo. Na realidade, eu acho que te quis desde o primeiro momento. Eu sei que minha vida é uma bagunça, e a última coisa que eu quero é bagunçar a sua. Quando estávamos na praia hoje, quando nos beijamos, eu percebi que eu nunca tinha experimentado algo sequer parecido. Você conseguiu me fazer enxergar o quanto o Gustavo e eu estamos quebrados, mas que nem eu e nem ele falamos isso em voz alta por medo, medo de deixarmos o outro partir. Medo de nos perdermos das crianças que fomos um dia.

– Alli…

– O que eu quero dizer, Edu, é que eu quero viver, viver intensamente. Eu não posso te prometer o amanhã, mas hoje? Hoje eu quero poder aproveitar até o último segundo ao seu lado. Eu sei que é egoísta te dizer isso tudo, mas…

— Psiu, não fala mais nada, tá?

E assim que eu termino de falar, ele me beija. Esse beijo me conecta a um frenesi intenso e que eu daria qualquer coisa para que dure. Então deixo o momento nos guiar, me sinto feliz. Eu quero este momento, eu quero este desejo, e então desejo, desejo ser o desejo dele e neste desejo me render. Desejo essa pele nua e minhas mãos, desejo tocá-lo, desejo com o seu desejo me lambuzar. Quero o gosto de um sexo intenso, mesmo sem saber por onde começar. Desejo paixão e alguém que não venha a me julgar. Desejo um beijo demorado e posso sentir sua adrenalina ao me pegar no colo.

Antes mesmo de desejar qualquer outra coisa, nossas roupas já estão no chão, e então eu me entrego a ele. É uma noite de intenso prazer e carinhos contínuos, e posso desfrutar do sentimento que muitos descrevem como amar. Neste instante, posso comprovar que sentir é a melhor opção e que, definitivamente, eu não tenho sentido nada como isso aqui.

— Alli.

— Oi.

— Eu...

— Não precisa falar nada, está bem? Eu quis tanto quanto você.

— Você é realmente fantástica.

— E agora você vai mesmo ser pra sempre uma parte de mim, Edu.

— Promete que não vai me esquecer?

— Prometo não te prometer nada e prometo que, quando eu quiser prometer algo, eu pego o primeiro avião e venho te ver.

— Pra mim está perfeito.

— Eu aprendi tanto com você durante esses dias.

— Você me devolveu a esperança de poder encontrar sentimentos bons por aí, sabia, Alli?

— Mas por que procurar tão longe, se eles estão todos dentro de você, Edu?

— Talvez porque ninguém além do seu pai ou da Beca tenha me dado um pouco desse carinho. E agora, com você, tudo está intensificado.

— Me sinto intensificada também. É como se eu estivesse na arquibancada, sendo espectadora da minha própria vida.

— E o que você está vendo de lá?

— Coisas boas. E eu fico feliz, porque, mesmo que não tenha planejado te conhecer, eu não consigo imaginar pessoa melhor com quem viver este momento.

Então ele me beija, e a paixão que estava procurando fôlego retoma o lugar entre a vitalidade de nosso corpo e o desejo de experimentar tudo de novo. Aconteceu, não tem mais como voltar atrás, e tampouco eu quero. É novamente a vida me mostrando que nada seria dentro da cartilha. Eu estou transbordando desejo, e o Eduardo é o responsável por aflorar o meu lado de mulher. E eu, que sempre me imaginei com o Gustavo, que seria em uma noite romântica à luz de velas e com um pouco de timidez, me vejo tendo minha primeira vez com um garoto de outro país, com o qual eu vivi um dos melhores verões da minha vida.

Foram quase vinte dias entre as aventuras de conhecer a cidade maravilhosa, as praias, as fogueiras, as noites de violão na casinha da árvore, os jogos de xadrez com meu pai, e até de apresentação circense eu participei.

Deus! Como eu amo este lugar, como é difícil me despedir, mas ainda existem algumas coisas que eu quero fazer antes de voltar à realidade e encarar todos os meus problemas.

Último dia no Brasil

— Edu, desce daí, vai. Acorda logo, dorminhoco.
— Ei, menina, que bicho te mordeu? Ainda são sete horas da manhã.
— Por favor, para de enrolar. Temos muitas coisas pra fazer, e eu não quero perder tempo dormindo. Vamos, eu quero fazer a tatuagem.
— Quando você encasqueta com algo, nem Cristo te faz mudar de ideia, não é mesmo?
— Ainda bem que você já me conhece.
— Tá, já estou descendo.
— Vem logo.
— Filha? Bom dia. Que *converseiro* é esse logo pela manhã?
— Desculpa, papai, não queria te acordar. Eu estava tentando derrubar o Edu da casa da árvore, eu quero ir à cidade.
— A essa hora, Allissa? Achei que, depois do espetáculo de ontem, você estaria muito cansada.
— Pai, eu estou de férias. Tudo que eu fiz durante o verão foi descansar e andar de um lado para o outro. Por favor, né?
— Tá, mas aonde vocês vão com tanta pressa, logo pela manhã?
— Eu quero fazer uma tatuagem, papai, quero fazer uma estrela na costela, uma estrela d'alva.

Eu sei que ele entende, e o silêncio só me faz querer mais ainda a tatuagem. Os seus olhos brilham quando eu falo sobre a estrela. Ele sabe que é para ela, eu sei que é para ela e, mesmo sem dizer uma palavra, ambos sabemos o quanto este momento é importante.

— Vai, eu vou me arrumar, vou com vocês dois e depois podemos almoçar juntos no cais.
— Não teria como ser mais perfeito, papai.

E assim vamos. Seguimos para o estúdio, faço a estrela d'alva na costela, e meu pai faz a mesma estrela no braço. Agora temos mais que o laço de sangue que nos une, temos também um laço de saudades. Saudades essas que jamais passariam, assim como nosso amor por Verônica.

Aproveitamos o dia juntos, almoçamos no cais, vamos ver as gaivotas e passamos pelo lual. Posso me despedir do mar e ainda tenho o prazer de contemplar o pôr do sol. Meu pai volta para buscar as minhas malas em casa e, neste instante, como em tantos outros instantes, estamos eu, o Eduardo e o céu.

— Eu fiz algo pra você, Alli.

— Edu!

— Eu sei, eu sei, você vai dizer que não precisava, mas eu quis mesmo assim.

Então ele tira uma pulseira de seu bolso, feita de conchinhas do mar. E também uma carta.

— Meu Deus, ela é linda!

— Assim você também vai ter algo meu, pertinho de você. E a carta é pra ler só quando estiver voando.

— Você sabe que pode vir me visitar quando quiser, né? E que eu volto antes mesmo do que você imagina.

— Eu sei disso, mas eu sei que, antes desse nosso reencontro acontecer, você precisa resolver suas questões internas, essas de que você vem fugindo.

— Eu cansei de fugir.

— Eu sei. Eu acredito demais em você e sei que você é capaz não só de sonhar, mas também de realizar todos os seus sonhos.

Fico em silêncio por alguns minutos, aproveitando os últimos instantes de paz antes de voltar para o caos que é a minha vida. Mas, ao contrário de como eu cheguei, agora eu sei por onde recomeçar. Eu preciso conversar com o Gustavo, preciso explicar que não podemos mais continuar juntos, que, mesmo gostando muito dele, devemos seguir em outros caminhos por um tempo. Eu quero contar sobre o Brasil, sobre o Eduardo, e eu sei que ele pode não entender, mas eu preciso dividir essa experiência com ele. Afinal, eu vim uma Allissa e estou voltando outra, completamente diferente.

E aqui, na praia, me despeço do Eduardo. Ele prefere não ir com a gente até o aeroporto, o que me deixa ainda mais dividida. Ele tem uma teoria de que as coisas não podem terminar onde começaram. Nos encontramos no aeroporto e nos despedimos na praia, então, em um futuro breve, nos reencontraríamos nesta mesma praia e poderíamos ser os mesmos jovens cheios de sonhos, que tiveram a experiência mais verdadeira e cheia de sentimentos indefinidos para carregar na pele, até que viesse o próximo encontro.

E enquanto ele não chega? Eu tenho as conchinhas do mar como um lembrete dos dias incríveis que vivi ao lado dele e de finalmente ter sentido algo em mim.

No aeroporto

— Eu odeio despedidas.
— Beca, vem cá, você não tem noção do quanto eu amei as nossas férias.
— Vê se não demora para voltar, Alli.
— Eu prometo não demorar, tá? E você, vê se cuida bem dos nossos garotos.
— Eu prometo tentar.
— Filha, eu vou morrer de saudades.
— A gente vive por saudades, pai. Vê se não demora pra ir pra Boston, e leva o Edu contigo.

— Antes das suas aulas começarem, a gente vai, mas agora está na hora de você fazer as pazes com a sua mãe e resolver as coisas com você sabe quem.
— Eu prometo enviar um relatório assim que possível.
— Vou cobrar isso. Agora vai, antes que perca seu avião.
— Tchau, pessoal, eu amo vocês!

Carta de Eduardo para Alli! P.S.: Leia somente no avião!
Querida *Allisa*, esta é a primeira de muitas cartas que espero que possamos trocar. Gostaria de dizer que vou continuar o mesmo depois que você se for, mas ambos sabemos que isso não será completamente possível. Você, com seu jeito único, transformou muitas coisas por aqui, fez com que o meu medo de me relacionar com as pessoas se acabasse. Eu queria dizer que não vou sentir sua falta, mas a realidade é que vai ser difícil voltar pra velha rotina, tão preta e branca, depois de todas as suas cores. Mas não entenda isso como tristeza, porque, depois de você, a última coisa que sinto é tristeza. E é exatamente por isso que estou te escrevendo.

Você trouxe uma paz e uma vontade de viver novamente pra minha vida. E eu gostaria de retribuir de alguma forma. Então, se eu puder te dizer algo, é que estou torcendo para que você se jogue, assim como você se jogou naquela noite. Abra seu coração para que as pessoas possam ver o tamanho de empatia que existe dentro de você. Não se mantenha presa a sonhos alheios, rompa as barreiras e tudo o que não aceite a sua liberdade — ela faz parte da sua pele e, se você se boicotar, chegará uma hora que a vida vai se tornar um fardo. Permita-se errar, não se culpe, não se julgue, não se cobre por tais erros — talvez eles a levem a um garoto solitário, em um país qualquer, e de dias ao lado dele possa nascer uma linda amizade.

Cuide do seu coração, e isso não é um pedido, é uma ordem. Reveja as suas decisões e não tenha medo de fazer novas escolhas. Gustavo pode ser o amor da sua vida para sempre, mas ele não precisa necessariamente ser o amor que a irá acompanhar até os dias futuros. Ele pode ser aquele que vai te preparar para que, quando o amor real chegar, você esteja pronta para deixá-lo fazer morada. Então recomece sem medo. Suas escolhas podem dizer que é ele, mas com certeza a sua pele diz outra coisa. Confie nos seus instintos, orgulhe-se de quem você se tornou. E que, no nosso próximo encontro, você tenha em você esse mesmo brilho no olhar e a intensidade em ser feliz.

Obrigado por tornar meus últimos dias alguns dos melhores da minha vida. Obrigado por dividir comigo o peso do seu coração. Gostaria que soubesse que, graças a você, estou indo atrás dos meus sonhos. E se algum dia você quiser se aventurar pelo Brasil, saiba que minha companhia estará à distância de uma carta, ou de um avião. Foi um prazer esse encontro, e que o tempo voe, e que novos encontros possam acontecer. Até breve.

Att, o garoto do Brasil.

O amor faz alarde, ele derruba todas as prateleiras de cristais. Ele não é sutil, ele pode vir envolto em um abraço, um sorriso desinibido, um olhar, ou até mesmo por meio daquelas férias. Não sei como ele chegará até você, mas, acredite, você vai saber que é amor quando, independentemente de qual seja o cenário, no final você se lembre de ser grato unicamente por poder senti-lo.

CAPÍTULO 12
De volta à realidade

Leituras que salvam o dia

"Eu te guardei num potinho com água e glitter azul. Pote da calma. Pra lembrar a calmaria que você transmitia sempre que eu explodia. Vou chacoalhar toda vez que eu precisar explicar minhas angústias a mim mesma.

Eu te guardei dentro do bolso do meu casaco de lã. Pra lembrar de procurar abrigo no frio, porque era no meu bolso que nossas mãos descansavam enquanto se aninhavam, esquentando tudo lá dentro, me fazendo esquecer o frio que fazia do lado de fora.

Eu te guardei num quadro com moldura de bambu. Pra lembrar que os melhores presentes não custam caro e nem precisam. Que presentes, como fazia você, artesanais ou não, só têm valor quando são dados de coração.

Eu te guardei na esquina da minha casa. Pra lembrar que eu realmente não sei andar de salto alto e que eu devo mesmo usar tênis, pelo menos pra passar naquela esquina, onde eu sempre tropeçava e você me segurava.

Eu te guardei na gaveta do trabalho, rabiscado num papel rascunho. Pra lembrar de tomar água toda vez que eu abrir a gaveta procurando um doce. Também te guardei no porta-luvas do carro. Pra lembrar de ter sempre lenços, porque minha alergia não tem hora pra me atacar.

Eu te guardei na minha playlist. Pra lembrar que não preciso trocar de música quando a nossa música tocar. Ela me traz sorrisos. Você também tá guardado na minha TV. Pra lembrar que eu não preciso aprender a gostar de uma série nova. Posso continuar vendo a série que víamos juntos, sem você. E tá tudo bem.

Eu te guardei com doses extras de gratidão na alma. Pra lembrar o bem que me fez e que falar mal de ex é coisa de gente pequena. Que ser grata por pessoas que passaram na minha vida, deixando estrago ou conserto, deixa aprendizado. E isso me faz ser mais leve.

Eu te guardei num órgão muscular, dentro de uma caixa torácica, embrulhado com um laço bonito. Pra lembrar que coração não existe só pra bombear sangue, existe pra guardar o que nos faz bem.

Eu guardei você."

Ana Carolina da Mata
@anacdamata

"A beleza e a dor de um abraço de rodoviária.

Puta que pariu. Com tanto dia pra você ir embora, tinha que ser logo hoje? A saudade já não precisa de muito pra contar vantagem em cima de mim, e tu resolve ir embora justo no dia dela? Isso é sacanagem.

É sacanagem eu saber que em poucas horas cê vai estar longe pra caralho, e eu vou ter que me contentar com essas lembranças que ficaram. Das risadas e das brincadeiras tão nossas, e tudo que a gente viveu.

"Porra, se tem um sentimento cruel, é a saudade. Porque ela se mistura com o amor e faz esses trocentos mil quilômetros parecerem fichinha, mas na real não são. Não são porque, quando o peito apertar, não vai dar pra ir correndo te pedir colo. Ainda não tem uma caralha de linha de metrô, trem ou a puta que pariu que for pra me ligar até você. Aí eu te ligo, mas não é a mesma coisa.

Você tá indo embora, mas tá deixando a saudade no seu lugar, de mala e cuia, até você voltar. Você vai e ela fica, como acontece toda vez.

O fio de cabelo comprido na blusa, eu vou entender que foi um brinde. Um pedacinho de você que ficou em mim, sabe?

Os beijos de aeroporto têm seu encanto, mas a beleza e a dor de um abraço de rodoviária são foda demais. Porque serão longas horas revivendo poucos minutos que, infelizmente, vão demorar pra se repetir.

Desculpa não ter te esperado entrar no ônibus pra me despedir. É que hoje tá foda: frio, chuva e saudade é coisas demais pra eu lidar, e tenho certeza que eu ia desabar de chorar.

Guarda esse último beijo. Só abre quando a saudade dormir.

Boa viagem."

Diego Henrique
@diegohenrique.ssn

"Você tem todo direito de não saber o que quer pra sua vida ainda, ou para onde ir, mas é imprescindível que saiba o que não quer, o que não admite mais e para onde não quer voltar."

Rah Rocco
@bemmequerah

> "Quem aceita um amor que não faz bem ama mais o outro do que a si mesmo."
>
> Fernando Suhet
> @fernandosuhet

Se esses escritores da internet soubessem o quanto eles me fazem bem, eles nunca parariam de escrever. É sério, eu não canso de ler e reler todos eles. São a extensão de mim mesma transformada em palavras.

Ao voltar da casa do meu pai, eu tenho duas certezas. Uma é a de que eu tenho que ser sincera com o Gustavo sobre o futuro da nossa relação, e a outra é a de que eu tenho que, antes mesmo de desfazer as malas, refazê-las para ir para Londres. São dois passos importantes para mim, mas, antes de tudo isso, antes de enfrentar os problemas reais, eu não posso perder a inauguração de mais uma largada de temporada no hotel dos pais da Cecília.

Todo final de verão, eles dão uma festa aos novos hóspedes e também aos residentes. A festa é glamorosa e badalada e, este ano, Cecília é quem está à frente de toda a organização. Com as férias, Ceci se jogou no hotel para aprender um pouco mais dos negócios. Ao contrário de mim, ela tem um plano de vida e o executa muito bem. Assim que terminarmos o colegial, ela irá cursar Turismo. Ela é louca por esse universo e tem a fotografia como profissão, mas ela vê isso mesmo como um hobby.

Cecília falava que queria conhecer outros lugares, outras comidas, outros idiomas e, nas férias passadas, ela passou um mês fazendo mochilão. Visitou vários lugares, culturas diferentes e voltou mais apaixonada ainda por esse universo. Então comunicou aos pais o seu sonho, e eles prontamente a apoiaram. Ela quer ter o seu próprio hotel, mas quer que seja com seus esforços, não porque os pais podem dar a ela.

Por isso ela já vem aprendendo todo o funcional de um hotel, desde o atendimento até fiscalizar a cozinha, recepcionar os hóspedes e também a parte administrativa. Ela sempre foi nota A e uma filha que, com toda a certeza, Patrícia desejaria ter. Esse será seu primeiro evento oficial, e ela está nervosa. Passamos as últimas vinte e quatro horas revisando todo o evento, e eu não vejo a hora de chegar em Boston para poder encontrá-la e dizer o quanto eu estou orgulhosa.

Tem algo nesta noite que me incomoda: o fato de o Bruno ser um dos moradores. Ele poderia estar na festa, e isso, sim, me irrita muito. Por mais maravilhosos que tivessem sido esses dias no Brasil, não foram o suficiente para que eu esquecesse tudo que ele tinha me dito. E eu torço com todas as minhas forças para não cruzar com ele.

> OI, PRINCESA, BEM-VINDA DE VOLTA. QUER QUE EU TE ESPERE NO AEROPORTO?

> NÃO, TE ENCONTRO NA RECEPÇÃO DA CECÍLIA. VOU DIRETO PARA O HOTEL.

> POSSO TE ENCONTRAR DEPOIS DA FESTA? HOJE VOU PODER ASSISTIR A UMA CIRURGIA INCRÍVEL, UM TRANSPLANTE DE CORAÇÃO.

> VOCÊ SABE O QUANTO VAI SER IMPORTANTE PRA ELA QUE VOCÊ VÁ, NÃO SABE, GUSTAVO?

Já mandei flores e um cartão, ela entendeu.

Sério isso, Gustavo?

Por favor, Alli. Você estava fora, estou morrendo de saudades, e a última coisa que quero é uma briga. Já conversei com a Ceci, e ela entendeu. Eu sei que é um grande passo pra ela, mas pra isso você estará lá.

Tudo bem, te vejo assim que sair de lá. E por favor, não desmarca, precisamos conversar.

Precisamos?

Sim.

Tá. Assim que você sair, me avisa.

O que mais me assusta na conversa com o Gustavo é imaginar o futuro sem ele. Estamos juntos há tanto tempo e foram tantos momentos: ele foi o primeiro a saber do meu primeiro beijo, foi ele quem me encobriu quando eu matei aula, ele sempre me deixava ganhar na corrida quando eu queria andar de patins, ele sempre me protegeu e comprou minhas brigas – e como eu era briguenta! –, ele deixou de acompanhar a rainha da primavera para poder ser meu par no baile, foi meu príncipe aos 15 anos e é meu melhor amigo desde que eu consiga me lembrar.

E de repente a vida adulta está nos afastando. Estamos em uma constante metamorfose, e isso não é ruim. Eu sabia que um dia iríamos mudar, eu só não queria perdê-lo no processo, mesmo sabendo que, depois do Brasil, nada mais seria igual. Eu sempre imaginei que seria com ele que eu perderia a minha virgindade. No entanto, foi com outro, outro que me conhecia havia dias, com quem eu não tinha anos de companheirismo. Não me arrependo de como as coisas aconteceram. Eu estava me sentindo pronta – coisa que eu ainda não sentia ao lado do Gustavo –, mas sei que esse passo foi o nosso divisor de águas.

Fui para o Brasil para tentar me entender, descobrir meus verdadeiros sentimentos, e voltei de lá como se algo aqui dentro houvesse mudado. E essa mudança me assusta, porque eu sei o que perderei por causa dela.

– Boa noite, senhorita Allissa. Bem-vinda de volta.
– Boa noite, Bernardo. Onde está a Ceci?
– Ela está no apartamento, subiu tem alguns instantes.
– Obrigada, eu vou até lá.

Apartamento da Cecília

– Alli. Se tivesse falado que tinha chegado, eu tinha mandado alguém te buscar
– Fica tranquila, Ceci, peguei um táxi e sobrevivi.
– Vem cá, que eu tô morrendo de saudades.
– Você me fez tanta falta, que da próxima vez te levo na mala.
– Você fez muita falta por aqui também, acredite.

— Eu acredito. Afinal, o que seria da sua vida sem mim?
— Seria o contrário, não?
— Paspalha!
— Mas, me diga, já com saudades do Brasil? Ou de um certo brasileiro em questão?
— Ceci, estou. Confesso que estou.
— Ai, meu Deus, será que é ele?
— Não, não é ele.
— E como você sabe?
— Aí é que tá. Eu acho que, se fosse, eu saberia.
— Sério? Logo você, que só vê as coisas uma década depois?
— Ei, não fala assim comigo, tá, menina?
— Allissa, você perdeu sua virgindade com o cara. No mínimo, ele deve ter algo de especial.
— Ele tem, Ceci. Ele é engraçado, ele me faz bem, ele não liga para o que eu quero da vida ou onde será meu jantar, ele não se importa se estou usando um Valentino ou se estou de Havaianas. Ele não se importa com quem eu sou, apenas com como é leve e divertido. Ele se preocupava se eu tinha passado o protetor, se eu estava com fome, se tinha alergia a algum fruto do mar. Ele era simples.
— E nem isso te conquistou?
— Ele me faz bem, mas eu sinto que não estamos na mesma história.
— Como assim?
— Bom, rolou tudo o que você sabe que rolou, mas eu saberia se eu estivesse apaixonada pelo Eduardo. Aliás, ele era apaixonante, mas ainda não é ele.
— E o Gustavo?
— Gustavo, Gustavo, Gustavo. Essa viagem foi tão esclarecedora, Ceci.
— Já sabe o que vai fazer em relação a ele?

— Sim, eu pretendo falar ainda hoje à noite. Vou contar sobre o Eduardo.

— Ele vai te odiar.

— Eu sei, eu me odiaria, mas eu preciso ser sincera com ele.

— Eu sei que precisa, mas tem certeza de que precisa ser agora?

— Ceci, até esses dias ele planejava se casar comigo. Ele tem sonhos, projetos para o futuro, e eu não me vejo em nenhum deles. Eu não quero ser a senhora Allissa, eu só quero terminar o colégio, fazer a viagem dos meus sonhos, voltar, ser contratada pela sua mãe, me jogar na faculdade e, sei lá, viver.

— Parece que você tem um plano, e olha que você odeia planos.

— Eu não sei se tenho um plano, mas eu sei o que eu quero. E se teve algo que o Brasil me deu, foi coragem. Coragem para lutar pelo que eu quero, coragem pra terminar o meu relacionamento, coragem pra admitir que Gustavo e eu somos mais amigos do que namorados, coragem pra poder deixar ele seguir o caminho dele, mesmo que não seja ao meu lado, mesmo que ele me odeie por isso. Achei a coragem que preciso para enfrentar a minha mãe, para dizer pra ela que preciso de novas escolhas, que preciso seguir meu caminho. Vou quebrar a cara? Talvez sim, mas talvez não. Essas serão coisas que eu só vou descobrir tentando, e eu preciso tentar.

— E você não sabe o quanto estou orgulhosa de você, sério. Você está certinha, todas essas decisões são as mais acertadas.

— Agora, vamos parar de falar de mim, ok? Vamos falar de você. Meu Deus, Ceci, lá embaixo está um escândalo de lindo, eu simplesmente amei.

— Gostou mesmo?

— Não estou surpresa, porque sei o tamanho da sua competência e porque você já tinha me mandado cada detalhe antes. Mas, sim, eu estou apaixonada por todo esse resultado, está tudo muito incrível.

— Estou nervosa, Alli.

— Não sei por quê. Seu trabalho foi incrível, a festa será esplendorosa, e você só vai trazer mais e mais orgulho para os seus pais.

— Assim eu espero. E pensar que logo a gente volta pra escola, quando eu já me sinto tão adulta.

— Logo menos, Ceci, logo menos estaremos de vez imersas na vida adulta.

— É, estaremos!

Estar com Cecília é a mesma coisa que comer torta de chocolate com chantilly e morangos, uma das coisas que eu mais amo. Ela me deixa calma, me faz sonhar mais alto. Ela nunca me olhou para dizer que o que eu sonho é insano, pelo contrário. Ela me dá todo o apoio que eu preciso para seguir por esse sonho. E de repente estamos aqui, sonhando juntas e realizando o primeiro de muitos sonhos, um evento organizado inteiramente por ela. Chegada a hora, descemos para o salão do hotel, onde ela vai recepcionar os convidados, e eu fico observando tudo com muito orgulho.

— Será que posso tirar uma foto sua?

— Claro que sim, por favor.

— Prontinho, aqui está meu cartão. As fotos sairão no site em vinte e quatro horas. Obrigado.

— Ei, espera, seu nome é Luan Birckoff?

— Eu acho que é esse que está no cartão, não é mesmo?

— É inacreditável.

— O que é inacreditável?

— Você é o fotógrafo que fez aquela reportagem do mês passado.

— Desculpa, senhorita, mas eu faço muitas reportagens. Você poderia ser mais específica?

— Aquela em que você me fotografou sem permissão e disse que me encontrou em uma praça hostil em plena madrugada. Escuta aqui, você não tem mais o que fazer, não?

— Ah, sim, agora me recordo. Bom, respondendo à sua pergunta, sim, eu tenho o que fazer. Inclusive, eu fiz o meu trabalho. Você é uma figura pública, Allissa, eu apenas registrei o momento. Aliás, eu estou neste exato instante tentando fazer o mesmo, então se você me der licença...

— Não, não mesmo. Eu não vou te dar licença coisa nenhuma, eu quero saber quem foi que te contratou.

— Eu trabalho em todos os eventos deste hotel, não é o meu primeiro e não sei o quão relevante seria saber quem me contratou.

— Pois será o seu último. Eu aposto que, quando eu falar pra Cecília o que você fez, ela te demitirá. Isso se você conseguir terminar as fotos de hoje.

— É claro, porque uma riquinha como você acha que tem todos na ponta do talão de cheques, assim como a sua mãe. A propósito, mande notícias a ela. Diga que tentar comprar a revista não foi eficiente, eu continuo lá.

Quando ele diz isso, eu entendo que eu estou me transformando na mesma versão que eu abomino. Patrícia, sim, quando algo não sai do seu agrado, ela move céus e terras para mudar e fazer com que saia como o planejado, mesmo que tenha que gastar um rio de dinheiro para isso. Mas eu? Eu nem leio a coluna de fofocas. Eu ter ficado brava naquela noite não foi por causa da fotografia, mas por problemas com a Patrícia, e realmente ele só estava fazendo o trabalho dele.

— Ei, desculpa, por favor. Eu não tenho nada a ver com as decisões da minha mãe.

— Sério? Porque a sua ameaça aqui foi bem real.

— Desculpa, de verdade, eu odeio esse egocentrismo dela. E sinceramente? A única coisa que não gostei daquela reportagem foi que você disse que a praça é hostil. E de hostil ela não tem nada.

— Me disseram que lá tem uma vizinhança não tão privilegiada.

— Quem te passou essa informação provavelmente é uma pessoa velha e que não sabe se divertir.

— Na realidade, foi o meu chefe, mas ele cabe nas suas descrições.

— Por favor, de verdade. Desculpa, tá? Aquela noite, ou hoje, não tem nada a ver com você. Esquece o que eu disse, você realmente só estava fazendo o seu trabalho. Espero que minha mãe não o tenha prejudicado.

— Não prejudicou, ela apenas quis pagar para que eu tirasse a matéria do ar, mas não deu muito certo, porque eu rasguei o cheque na frente dela.

— Meu Deus, eu pagaria pra ver essa cena.

— Vocês não se dão bem?

— Isso é oficial ou extraoficial?

— Extraoficial, eu prometo.

— Bom, nós temos os nossos bons e maus momentos, mas ultimamente temos tido mais maus do que bons.

— Poxa vida, eu sinto muito.

— É, eu também sinto, estou tentando resolver isso.

— Espero que consiga, Allissa.

— Obrigada, Luan.

— Alli, aí está você. Meu Deus, eu já tinha procurado você em toda parte.

— Eu estava aqui conversando com o fotógrafo. Aliás, Ceci, você fez uma ótima escolha, as fotos dele são muito boas.

— Que é isso, é apenas o meu trabalho. A senhorita Allissa está sendo exagerada.

— E você, completamente modesto.

— Bom, eu acredito na opinião da senhorita Allissa e prometo que irei olhar com calma essas fotos depois do evento. Se forem tão boas assim, prometo te fazer uma proposta de emprego.

— Isso é sério?

— Mas é claro que é. Eu não sei se você sabe, Luan, mas eu sou fotógrafa também e, bom, estou começando a minha própria empresa, independente da dos meus pais. Tenho alguns contatos, um fotógrafo a mais me ajudaria muito.

— Seria uma grande honra, senhorita Marquês.

— Jesus, garoto, me chama de Cecília. Odeio formalidades.

— Tudo bem, Cecília.

— Bom, mas agora eu preciso roubar essa jovem aqui, se você não se importar.

— Claro, fique à vontade. Foi um prazer, Allissa.

— Igualmente, Luan.

— Ora, ora, ora, o que temos aqui?

— Não começa, Ceci.

— Sério, eu acho que o Gustavo tem sérios problemas, e não é apenas pelo brasileiro.

— Eu falei para não começar.

— Para de ser dura consigo mesma, está bem? Você está presa em uma história que não te faz mais feliz, chega de olhar sempre pra mesma direção. A vida tá aí, e ela é só uma e está repleta de opções.

— Eu não estou procurando ninguém. Apenas coincidiu que ele veio fazer a minha foto e descobri que ele é o mesmo fotógrafo da reportagem da madrugada.

— Meu Deus, a matéria da confusão?

— Sim, ela mesma.

— E você não quis matar ele?

— Quis, mas então eu me olhei no espelho por cinco minutos e não gostei do que vi no reflexo. Voltei algumas casas e dei uma nova chance a ele e, no final, ele só estava fazendo o seu trabalho. Patrícia que surtou desnecessariamente, como sempre.

— Meu Deus, Allissa, você está muito evoluída mesmo.

— Tá bom, Cecília, deixemos o sarcasmo de lado. Pra onde estamos indo?

— Eu quero te apresentar novamente ao Pedro.

— Você convidou ele mesmo?

— Claro que sim e, bom, eu acho que a gente está namorando.

— Ai, que coisa maravilhosa, Ceci. Mas, espera, quando é que você ia me contar a novidade?

— Estou te contando agora, tá bom? E não é como se eu tivesse escondido algo de você.

— Como não? Eu não sabia que já estavam nesse estágio.

— Bom, ele queria que a gente desse um passo a mais, e começamos a nos ver bem mais. Então estamos aqui. Eu te contava sempre que via ele, Alli, não se finja de louca.

— Estou te enchendo, bobinha. Eu estou é muito feliz.

— Eu também estou. Agora vem, ele está bem ali. Pedro, encontrei a Alli.

— Oi, Allissa, tudo bem?

— Oi, Pedro, tudo bem, sim. Pelo que vi, hoje você está em melhor companhia do que da última vez que nos encontramos.

— Allissa!

— Ué, só estou comentando, Ceci.

— Tranquilo, amor. A Alli tem razão, o Bruno foi um babaca aquela noite.

— Ah, ele foi mesmo.

— Mas pode ficar tranquila, ele não está aqui. Está viajando, então a chance de vocês se encontrarem é zero.

— Ótimo, eu não quero estragar a minha noite.

— E que tal irmos beber algo?

— Eu quero.

Cecília, como sempre, consegue sair de uma situação tensa com muita *finesse*. Então vamos atrás de algo para fazermos o brinde da noite, e ela realmente merece todos os brindes possíveis. Está tudo perfeito, os convidados satisfeitos, os pais de Cecília tão orgulhosos, e ela radiante. E o que mais me deixa feliz é que está na cara que Pedro faz bem para ela. Fico aqui por mais um tempo e, quando já se passaram as principais solenidades e estão abrindo espaço para a sobremesa, eu peço licença para Cecília, porque para mim a noite ainda está começando. Eu ainda tenho que conversar com o Gustavo.

A SUA PRESENÇA ME DESPERTA
PARA A PAZ E O TORMENTO.
A INTENSIDADE DO SENTIMENTO SE ETERNIZA COM O
TOQUE DA PELE. DE VEZ EM QUANDO ME FAZ TRANSBOR-
DAR DESEJOS E EM OUTRAS ME TORNA ABRIGO PARA O
SEU AMOR DEPOSITAR.

CAPÍTULO 13

Chegou a hora de encarar o espelho. E eu escolhi a mim!

— Amor, desculpe o atraso. Eu acabei me enrolando após a cirurgia.

— Tudo bem, eu aproveitei para colocar o papo em dia com sua mãe.

— Vocês vão querer alguma coisa?

— Não, senhora Marina, estamos bem.

— Bom, então eu vou deixar vocês dois a sós. Fiquem à vontade. Boa noite, filho. Alli, entregue lembranças à sua mãe.

— Boa noite, mamãe.

— Boa noite, senhora Marina, serão entregues.

— Ei, você está muito linda. Que saudades de você.

— Também senti sua falta, Gu.

— E seu pai? Deve ter sentido muito quando você veio, né?

— Ele sentiu, sim. Quando eu vou pra lá, é como se de fato eu nunca tivesse morado em outro lugar.

— Mas mora, e ainda bem que você ficou aqui, porque senão a gente nunca teria se encontrado.

— Construímos muitas memórias, não é mesmo?

— Infinitas.

— Acho que não consigo me lembrar de algum momento da minha vida em que você não estivesse presente.

— Eu também me sinto assim, Alli.

— Gu, você lembra daquela promessa? Quando eu te fiz jurar que sempre iríamos ser sinceros um com o outro.

— Claro que me lembro. Por que você está falando dela agora? Por acaso se apaixonou por alguém na viagem?

— Gustavo, eu não sou mais virgem.

Eu não tinha programado assim. Juro que tinha ensaiado de todas as formas possíveis para que ele entendesse que não foi uma simples transa, que eu não escolhi apenas traí-lo. O que eu senti com o Eduardo, eu nunca tinha sentido antes, foi algo realmente de uma única vez na vida. E eu sei que, se eu não tivesse vivido aquele momento, eu iria me arrepender.

— Você o que, Allissa? Isso é algum tipo de brincadeira?

— Eu quero te contar como foi, eu quero que você entenda.

— Você quer que eu entenda o quê? Que você se deitou com o primeiro que apareceu e ainda quer dividir os detalhes comigo? É isso?

— Gustavo.

— Não chega perto de mim, eu não sei o que sou capaz de fazer.

— Você precisa entender.

— Entender o que, Allissa? Entender que aquela garotinha que eu vi crescer, aquela com quem eu fiz planos pra uma vida toda, aquela minha amiga da infância, aquela que eu pedi em casamento e surtou porque não se sentia preparada pra um passo desses, aquela que vivia me dizendo pra eu ter paciência, que ela só se entregaria depois do casamento, essa mesma garotinha perdeu a virgindade com um outro cara? É isso mesmo?

— Eu não sou mais aquela garotinha. Eu venho tentando te dizer isso há séculos, só faltou eu desenhar, mas você, Gu…

— Ah, agora a culpa é minha?

— Não, não existem culpados, é isso que estou tentando te dizer. Eu mudei, eu venho mudando há meses, e você também está mudado.

— Isso se chama responsabilidade, Allissa. Isso se chama crescer, isso se chama vida adulta. Você deveria experimentar qualquer hora.

— Esse é o problema, Gustavo. Você se idealiza um adulto modelo, você quer ser perfeito, e eu não sou perfeita. Eu não tenho um plano de vida traçado, eu nem sei o que eu quero fazer na faculdade. Você planeja os filhos, a casa, a nossa vida daqui a uma década, mas eu não estou no mesmo ritmo que você.

— Mas eu achei que estivéssemos melhorando, que você iria para o Brasil, teria um tempo para poder sentir saudades, que iria ver que sou eu quem você quer ao seu lado.

— Mas eu quero você ao meu lado, Gu, só não como você espera. Pelo menos não nesse momento.

— E você imagina o quê? Que agora você chega aqui, fala que deu pra outro cara e que não quer mais ser minha namorada, que tá apaixonada, mas que espera que sejamos amigos? É isso mesmo?

— Não, não, não. Pelo amor de Deus, não foi assim que as coisas aconteceram.

— Então, me diga, Allissa. Como foram? Porque, sinceramente, eu não sei o que você quer de mim.

— Quando eu fui para o Brasil, nós dois já estávamos estremecidos. Eu tentei conversar com você, mas você desviava do assunto, você não queria me escutar. Eu fui para o Brasil, eu conheci o Eduardo, eu passei dias lá e nada aconteceu. Não foi premeditado, não foi uma simples transa, mas eu também não estou apaixonada, Gustavo. Eu nem sei se sei o que é estar apaixonada.

— Você está se escutando, Allissa? Você está jogando anos da nossa história na lata do lixo por uma aventura que não vai dar em nada. E ainda diz que não sabe o que é estar apaixonada?

— Você era meu melhor amigo, depois começamos a namorar. Eu sei que te amo, mas eu também sei que esse amor não é o que você merece, tampouco é o amor que me faz voar.

— Você romantiza demais, Allissa. Hoje em dia, os amores que você descreve não existem, eles são banalizados pelo capitalismo. Você precisa de status, precisa de segurança, precisa de estabilidade. Você não vai encontrar isso em um cara de uma noite só. Eu tenho projetos, planos para o nosso futuro. Eu vou ser um médico capacitado, eu vou poder te dar uma vida de princesa.

— Quanto mais eu te escuto, menos eu te reconheço.

— Eu é que não te reconheço. Essa briga com sua mãe, sua resistência em ir pra Harvard, agora um namorico de verão?

— Eu vou embora.

— Ah, mas não vai mesmo. Precisamos sentar aqui e arrumar as coisas.

— Será que você não consegue entender que não tem o que arrumar? Eu não sou um brinquedo, Gustavo. Não dá pra me consertar, porque eu não estou quebrada. Eu sou como eu sou, eu cresci, você cresceu, eu me tornei uma pessoa, e você outra. E sinceramente? Eu prefiro ficar sozinha do que estar com alguém que seja apenas um status, um passe para uma vida planejada. Não foi isso que prometemos a nós mesmos.

— As crianças que fizeram aquelas promessas, Allissa, estão lá no passado. Nós precisamos encarar os fatos como eles são agora.

— Eu odeio os fatos e odeio a nossa atual versão.

— É claro que odeia. Você não sabe o que quer pra vida.

— E você sabe demais, isso me dá tédio.

— Então vai, Allissa, vai atrás do que quer. Saia por aí dando para o primeiro que aparece.

— Quer saber? É exatamente isso o que eu vou fazer: apenas o que eu quero. E você? Faz um favor pra mim. Quando o Gustavo, o meu melhor amigo, o cara pra quem eu contei sobre o meu primeiro beijo, o que esteve ao meu lado nos bons e maus momentos em todos esses anos, quando aquele cara aparecer, você me chama pra conversar. Porque desse Gustavo de agora, eu só quero distância.

— Se você sair por essa porta, por favor, eu espero que você não me ligue mais. Nosso namoro acaba aqui, e eu quero que você esqueça que eu existo. Eu estou cansado das suas infantilidades, Allissa Covaldo. Se você quiser sentar, tentar ver como podemos ficar depois desse episódio do Brasil, a gente tenta. Se você escolher sair por aquela porta, você morre pra mim.

— Pode deixar. Amanhã peço para eles entregarem uma coroa de flores em minha memória. Até mais, Gustavo.

CECI, ACABOU...

LÊ DOIS TEXTOS QUE VOU TE MANDAR E DEPOIS A GENTE CONVERSA.

TEXTOS?

SIM, TEXTOS. DE TANTO VOCÊ ME FALAR DESSES ESCRITORES DA INTERNET, ESTOU APAIXONADA. LI DOIS AGORA, DA GISELLE F. E DO APAIXONOEL. ACHO QUE VÃO TE FAZER BEM.

TÁ, MANDA.

"Uma vez, ouvi de alguém uma dessas historinhas cheias de moral e filosofia, algo sobre uma madeira cheia de pregos que foram colocados em momentos de raiva e depois retirados em um momento de calma. A tal madeira nunca mais foi a mesma, mesmo que os pregos tenham sido removidos. As marcas feitas por eles continuarão ali para sempre e blá-blá-blá... Deu pra entender, né? O lance é que, por mais boba que seja, ela faz sentido. A gente muda constantemente, e cada erro que cometemos ou que cometem conosco nos marca um pouco. O que faremos depois disso é o que ditará quem somos.

Você passou por uma decepção gigante? Marcou. Alguém traiu sua confiança? Marcou. Te deram as costas quando você mais precisava? Marcou. Te disseram palavras amargas e desnecessárias? Marcou. Você agiu por impulso e se arrependeu? Marcou. Cometeu um erro? Marcou. Cada pequeno ou grande gesto vai ficar marcado, e você, aos poucos, vai ter que lidar com cada uma dessas cicatrizes, cada uma dessas lembranças de tombos passados. É difícil, sim, não vou mentir nem dourar a pílula. É difícil pra caramba voltar a caminhar depois de te quebrarem as pernas. É difícil conseguir sorrir depois de quebrar a cara. É mais difícil ainda acreditar nas pessoas depois de ter sua confiança estraçalhada em mil pedaços, mas nada disso é mais difícil do que se permitir.

Sabe, um dos maiores "golpes" que levei quase custou a minha própria vida. Me tiraram o chão, e a sensação era a de que todos os ossos do meu corpo haviam sido triturados. Foi como se tivessem me largado num abismo qualquer, em queda livre. Livre, essa palavra ecoa...

Eu deveria focar na liberdade e ser feliz, certo? Certo, mas não é assim, do dia para a noite, que a gente passa por cima de uma história, de uma relação, de momentos, afetos e até mesmo os desafetos vividos. Não é na próxima esquina que você vai ser pegar sorrindo, feliz e confiante de que a vida é maravilhosa e de que tudo que você precisa é olhar para o lado bom das coisas. Seria lindo, mas é utopia para a maior parte das pessoas. Ilusão pura, mágica, faz de conta que, quando não acontece, te deixa ainda pior do que a certeza da tragédia.

Primeiro vai ter dor. Muita. Pra caralho! Vai ter choro e saudade. Vai ter mágoa, provavelmente. Vai ter falta e abstinência, principalmente quando falamos de quebra de relações. Só que o tempo, melhor dos remédios, vai passar, o mundo vai girar, as estações irão colorir e descolorir o céu, e você vai passar por cima do que quer que seja. Você vai conhecer outras pessoas. Você vai ser feliz de novo, sim, apesar de não acreditar muito nisso agora. Você vai, inclusive, se assim escolher, amar de novo. Não igual, não melhor ou pior, apenas de novo. Você vai superar, acredite. Só que tudo isso só vai acontecer se você se permitir.

Respeite todos os seus machucados, lamba suas feridas e depois cuide de cada uma no seu tempo, dure ele quanto durar. Não aceite curativos malfeitos, que só irão prolongar seu sofrimento. Não aceite que determinem se esse tempo é longo ou curto demais, porque ninguém te conhece melhor do que você. Converse com o espelho, chore o quanto quiser, decline quantos convites achar que deve, não encare nada que não queira e não deixe que te tomem as rédeas da sua vida. Nunca mais. A liberdade você já tem, mas as asas é você quem vai construir. E depois, quando estiver pronta, voe, menina. O mundo é teu!"

Giselle F.
@gisellef.ig

"Cady sem Regina George

Ex-namorada, ex-namorado, coisa e tal são sinônimos de tristeza pra muita gente, e até mesmo algo odiável, que merece não ser lembrado nem em datas festivas. Mas eu, como um apaixonado e louco que sou, confesso que amaria ter alguém pra eu chamar de meu ex, minha ex, pois acredito que isso é melhor do que ter um ex-amigo na minha lista de decepções. E, quando digo ex-amigo, falo de pessoas por quem ainda guardo amor — não rancor —, embora elas tenham me decepcionado e dado um jeito de me fazer chorar. Pelo menos alguma vez.

Experiência em namoros eu não tenho, porém, em amizades eu tenho tanta que dá até pra eu escrever um livro melancólico. E, cá pra nós... Uma relação de amizade é tão importante quanto a relação de um casal de namorados. Vão me chamar de trouxa, coisa e tal, mas eu hei de confessar um negócio: eu trato meus amigos com uma atenção que não meço, nem quando eu mesmo preciso de mais tempo para mim. E nessa atenção que dou, entram juntos o respeito, a sinceridade e o amor. E, mesmo assim, o amor que deveria ser recíproco acaba virando amor de um ex-amigo, no caso, eu. Mania chata essa de amar quem não merece, né?

Piu-piu sem Frajola, avião sem asa, fogueira sem brasa e até Romeu sem Julieta poderiam condizer com o meu estado sem algum ex-amigo meu. Eu, entretanto, tô mais para Cady sem Regina George, pois me livrei de pessoas que só eram amigas quando precisavam ter seus caprichos realizados pelo cara que não sabia dizer "não", nem quando necessitava dizer.

Me livrei de gente que criava picuinha atrás de picuinha só pra chamar atenção, e, embora eu sinta um pouquinho de falta dessa gente, pois vez ou outra essa gente sabia ser amiga — ou pelo menos fingia, sei lá —, eu sei que um dia não sentirei mais nada, já que ex-amigo não é o pior inimigo, ele é só uma sombra que sumirá do meu passado.

Doeria menos se toda essa decepção não tivesse acontecido, óbvio... Pro meu coração e para mim, era preferível que nenhuma amizade acabasse. É preferível namorar alguém, terminar e sofrer, do que criar um laço quase que sanguíneo com um amigo para depois ele se mostrar um verdadeiro ceifador. Porém, eu não sou o decisor do meu destino, não escolho meus amigos, nem quem vou amar, nem com quem vou me decepcionar.

Minha reputação, hoje, é a de que tenho pouquíssimos amigos na minha roda de amizades... Mas é melhor eu ter poucos amigos — mas de verdade e coração — do que um amigo que só segurará minhas mãos se for pra me pendurar num precipício.

Emanoel Freire
@apaixonoel

Obrigada pelos textos.

Está se sentindo melhor?

Estou me sentindo tão perdida.

É claro que está. Não foi só um namoro, né?

Foi mais que um namoro, Ceci, foi uma vida. Eu perdi meu melhor amigo.

> Alli, aí é que está, você está sofrendo porque você sabe que não tinha mais como consertar. Agora me diz, vale a pena se machucar mais ainda? Continuar mentindo pra você, pra ele, pra todos, apenas por medo de se ver sem ele?

> Eu só não queria perdê-lo Ceci.

> Você não vai perdê-lo, tá? Eu juro que essa dor vai passar. Uma hora ele vai ver que foi o melhor pra vocês dois.

> Quando?

> Sinto muito, Alli, mas aí vai demorar. Ele precisa de um tempo, foi muita informação de uma única vez.

> Eu só queria que ele não sofresse. Ou que não me odiasse.

> Isso é inevitável, Alli. Ele te ama, do jeito dele, mas ama. Então ele vai ter que sofrer pra depois recomeçar, mas eu não acredito que ele seja capaz de te odiar.

> Você tinha que ter visto como ele me olhou, Ceci. Ele estava decepcionado.

> Dá um tempo pra ele, tá? Não liga, não manda mensagem, deixa ele respirar. Depois que você vier de Londres, depois que você resolver suas coisas com a sua mãe, aí, sim, você tenta uma aproximação. Vocês têm muitos vínculos juntos, não são coisas que se desfazem do dia para a noite.

É, eu acho que sim.

> Quer vir aqui pra casa?

Não, eu já estou deitada. O Luiz me buscou.

> Não sei se consigo ir até o aeroporto amanhã. Vou ter uma reunião com os fornecedores logo cedo.

Fica tranquila, eu vou ficar bem. Assim que eu estiver em Londres, te aviso.

> Tá, faça uma boa viagem e se cuida. Eu te amo.

Eu também te amo.

* * *

Diário, pág. 412

Chegou a hora de seguir o meu caminho. A dor é extremamente aguda, o corpo está paralisado, a mente presa no último sentimento da despedida. Eu não sei de onde tirei forças para simplesmente seguir em frente. Anos de uma história jogados no ralo, dor, saudade latente, medo e um bocado de incertezas sobre o futuro. Foram tantos momentos sonhando com a liberdade, que agora de fato eu me pergunto: o que vou fazer com ela?

A história já estava fadada a um final, as estações mudaram, o vento se tornou cortante, a solidão fez morada no meu quarto, e passei a senti-la veemente se espreitar sob minha pele. No final? Já não erámos as crianças de ontem, nem os amigos de sempre, tampouco mais namorados, apenas um acúmulo de perguntas sem respostas, uma rotina corriqueira e desenfreada, que dava abertura para pausas contadas no cronômetro para um beijo roubado ou um abraço no final do expediente. E no final isso não foi mais suficiente.

Minhas vontades foram ficando mais vorazes, tanto quanto a incapacidade dele de me entender. Minhas surpresas não roubavam mais sorrisos, e seus abraços não me davam mais a segurança de um lar. Eu quis gritar: "Ei! Me note", mas ele estava tão compenetrado em seu próprio mundo, que foi me deixando de lado. E ele não viu, ou tampouco me ouviu.

Eu programei a viagem de férias, ele ignorou todos os reais motivos por que era que eu precisava fugir dali. Ele entendeu tudo como se fosse apenas mais um desejo de uma menininha mimada. Eu tentei, Gustavo, eu juro que tentei. Lembro a minha última tentativa antes de tudo se desmoronar. Eu o surpreendi no hospital, o roubei e fomos jantar, escolhi a sobremesa mais deliciosa que um dia eu já experimentei. Ele ficou horas no celular, eu pedi para o garçom recolher o prato, e ele nem sequer titubeou. Eu queria andar de mãos dadas pela noite estrelada, enquanto ele me irritava com sua urgência de voltar para o hotel porque ainda tinha muito trabalho a fazer.

Eu sou um misto de incertezas e sonhos em ebulição, ele é um homem de negócios. Eu ainda tão guria, e ele completamente maduro. Eu querendo desbravar a América, e ele querendo ser presidente. Eu vou ao supermercado com pantufas de joaninha, enquanto ele tem um terno para cada dia da semana. Foi quando fui me desprendendo das suas mãos, e ele nem sequer notou. Eu já estava de partida, mesmo que ele estivesse de chegada.

Por mais que eu tentasse correr em sua direção, ele fugia pela tangente. Eu te amei, Gustavo, te amei mesmo não sabendo ou acreditando em nada sobre o amor. E no final? Eu amei por nós dois todo o tempo que meu coração conseguiu aguentar. Você ainda me ama, eu sei disso, mas está tão cego em seus próprios desejos, que não tem mais a calma de me olhar serenamente e perceber que não estou sorrindo para você. Essa é realmente a nossa despedida.

Quando duas pessoas se amam, mas não se encontram na mesma sintonia, o amor tudo faz. Ele se cria, recria, fere a pele e faz sangrar o coração. Ele grita por socorro até nos jogar em uma prisão sem sonhos e de tardes sem sol. E eu não saberia viver sem o sol, ou sem os sonhos. Eu te amo, mas desejo a liberdade. Morro a cada segundo, contemplando o mesmo sorriso que um dia roubou todo o meu amor não sendo mais suficiente para que eu fique por aqui. Eu te amo e talvez irei te amar para sempre, mas nossos mundos estão à beira de uma colisão. Antes que subam as estatísticas de danos fatais, me retiro dessa história. Aqui da arquibancada, irei sempre torcer pela sua felicidade, mesmo que não sejamos mais "nós", e sim apenas "eu". E acima de tudo, te desejo um amor que te faça se sentir vivo, mesmo que completamente dependente do amor de outra pessoa.

A graça não se encontra em ter uma pessoa, mas, sim, ser de outra pessoa. Amor não é posse, amor é complemento, é estar com alguém porque não existe outro lugar em que desejamos estar.

Quando o amor não basta, já deixamos de amar. Somente amor não é suficiente para salvar uma relação, ele é apenas o primeiro sentimento de muitos outros que podem surgir. Como descobri-los? Apenas amando e sobrevivendo a cada um deles. Sim, eu sei, parece contraditório, mas aí é que tá: só permanece até o final quem ama de verdade. Então voltamos ao início. Só amor não basta, e é por isso que deixamos de amar.

CAPÍTULO 14

Londres

Dormi em Boston, acordei em Londres. Como eu queria que os problemas sumissem com a mesma facilidade que eu tinha em dormir e acordar. Sim, algumas vezes o sono é mais pesado, em outras a falta dele é intensa, mas, assim como o ar, o sono é uma das certezas que eu possuo. Uma hora ele vem, vence o corpo e me embala em uma onda sincronizada, em que os meus sentidos ficam inertes e me rendo a um sentimento de sossego e relaxamento.

Acordo com a aeromoça avisando que iremos pousar em instantes. Meu coração está apertado, tenho um nó na garganta que não se desfaz e só quero estar no meu quarto, com tudo escuro, quietinha. Mas, ao contrário das minhas vontades, eu estou ali, ao alcance das decisões da Patrícia. Tudo que eu peço é para que finalmente nos acertemos. Eu estou cansada de brigar e, na realidade, neste instante, eu só quero minha mãe. É sério, eu quero poder deitar no seu colo, quero poder contar sobre o Eduardo, a crise com o Gustavo e até sobre o babaca do Bruno, quero dividir todo o peso que estou carregando aqui dentro. Peso este que, graças a Cecília, se torna mais fácil de suportar, mas a Cecília não é a minha mãe, e neste instante eu estou precisando de um colo de mãe.

CHEGUEI, JÁ DESEMBARQUEI. VOU PEGAR AS MALAS E VER QUEM É QUE VEM ME BUSCAR.

POR FAVOR, NÃO MATE A PATRÍCIA. APROVEITE A VIAGEM E SE CUIDE.

VOU TENTAR NÃO MATAR. TEM NOTÍCIAS DO GUSTAVO?

A MÃE DELE ME LIGOU, ALLI, PARECE QUE ELE QUEBROU UM MONTE DE COISAS DEPOIS QUE VOCÊ SAIU, ENTÃO SE TRANCOU NO QUARTO E NÃO QUIS VER MAIS NINGUÉM. MAS FICA TRANQUILA, ELE ESTÁ VIVO. VASO RUIM NÃO QUEBRA.

CECÍLIA!

É BRINCADEIRA. A MÃE DELE ESTÁ MONITORANDO, ELE ESTÁ VIVO. NÃO GRITA COMIGO!

ESTOU PREOCUPADA.

ALLISSA COVALDO, DEIXA O GUSTAVO CURTIR A FOSSA DELE. VOCÊ TAMBÉM NÃO ESTÁ NADA BEM, E ESSA SUA POSE DE DURONA NÃO ME CONVENCE, ENTÃO VAI RESOLVER A SUA VIDA COM SUA MÃE. DIZ LOGO PRA ELA

> QUE VOCÊ NÃO VAI FAZER DIREITO E QUE QUER ASSUMIR O CONTROLE DA SUA VIDA. VAI CUIDAR DE VOCÊ! OU EU VOU DAR NO MEIO DA SUA CARA.

> TÁ BOM. ASSIM QUE DER, MANDO MENSAGEM.

> TAMBÉM TE AMO.

> TE <3

Por mais que eu esteja triste por mim e pelo Gustavo, eu também estou me sentindo mais leve. E, sim, a Cecília tem razão. No final, precisávamos desse tempo. Quem sabe depois, com a cabeça mais fria, ele não aceite recomeçar, mesmo que seja a passos lentos? O foco agora é que já estou em Londres. Patrícia e eu estamos à beira de um colapso, e tudo que eu posso fazer é chegar com a bandeira da paz, até porque não posso piorar a situação mais do que ela já está.

E é com esse pensamento que continuo seguindo pelo grande aeroporto, então de longe começo a procurar alguém que esteja me esperando. É quando eu avisto uma pessoa segurando uma plaquinha com meu nome e, sinceramente, eu já estava esperando a Claire ou qualquer outro funcionário da minha mãe. Mas não, quem veio me buscar foi a própria Patrícia.

— Mãe.

— Alli, que saudades suas. — Ela já me abraça e me aperta como se não nos víssemos há uns dez anos.

E de repente eu me sinto invadida por um sentimento maravilhoso e reconfortante. Eu estou em casa, eu estou com ela e me sinto bem.

– Que surpresa, mãe. Achei que a Claire viesse me buscar.
– Eu quis te fazer uma surpresa, filha.
– E fez, e estou feliz por isso.
– Como foi a viagem? Foi tudo bem?
– Foi sim, foi tranquila.
– E o que você quer fazer agora? Está com fome, está cansada?
– Só fome, mãe.
– Então vamos comer alguma coisa, e assim podemos colocar a conversa em dia.
– Você não tem que trabalhar hoje?
– Desmarquei tudo pra poder passar o dia com você.

Já não conseguia mais esconder o quanto eu estava feliz por ela estar ali, e nem precisei dizer nada, ela também sentia isso, então nos abraçamos bem forte, e de repente tudo volta a ficar bem. Caminhamos um pouco, vamos para um restaurante onde podemos dividir experiências, emoções, felicidade e tristeza. De repente, eu tenho a minha mãe de volta e posso contar a ela todos os meus medos e todos os meus sentimentos bons, posso contar sobre o Brasil, sobre o Gustavo e tudo o que pesa o meu coração. E eu já não me sinto mais sozinha.

– Alli, sabe qual foi a pior parte ao me separar do seu pai?
– Qual?
– Saber que eu perderia você.
– Mãe...
– O meu relacionamento com o Henrique foi uma das melhores coisas que já me aconteceram na vida. Quando o conheci, eu já tinha uma vida toda planejada.

— Eu achei que você tivesse se jogado nessa vida depois da separação.
— Não, não. Eu não tive uma infância fácil. Os seus avós eram comerciantes do ramo de perfumes. Meu pai era alcoólatra, ele batia na minha mãe, e ela não tinha muita orientação por ser uma pessoa vinda de uma cidade muito pequena.
— Por que a gente nunca falou sobre isso?
— Eu tinha medo de te mostrar minhas imperfeições, me sentir vulnerável.
— Medo? De mim?
— Medo de que meu passado refletisse em suas escolhas.
— E em vez de conversar, você sempre decidiu tudo por mim.
— Puro mecanismo de defesa, filha. Quando eu saí de casa, meu pai tinha falecido. O álcool o consumiu por completo, mas, antes disso, ele perdeu tudo o que tínhamos em mesas de jogatina. Minha mãe voltou para a sua cidade natal, mas eu tinha todos os sonhos do mundo em mim. Eu não me contentava em apenas voltar pra casa e ter o destino que o acaso quisesse.
— E você deixou a vovó voltar sozinha?
— Ela não estaria sozinha, não por completo. Ela tinha uma irmã no vilarejo. Ambas faziam companhia uma para a outra, e eu me mudei para Boston.
— Você, tão jovem, em uma cidade como Boston, e sozinha, eu imagino que não tenha sido fácil.
— E não foi. Eu trabalhei em uma padaria por alguns anos, então a senhora da padaria, que gostava muito de mim, decidiu pagar os meus estudos. Eu trabalhava de dia e à noite eu estudava. Me apaixonei pelo Direito logo de cara.
— Essa senhora da padaria, ela não tinha filhos?
— Não, ela não tinha. Ela era viúva e tocava o negócio sozinha, então eu me formei e consegui meu primeiro emprego na área.

– Ela deve ter sentido a sua falta ao sair de lá.

– Não, filha. Com o meu primeiro emprego, eu fiz uma promessa pra ela. Que os anos poderiam passar, mas que eu jamais esqueceria o que ela fez por mim, e então eu a levaria comigo para onde eu fosse. Trabalhei durante algum tempo, passei muitas dificuldades, mas consolidei meu nome. Então tive o meu primeiro escritório, fechei a padaria dela e a trouxe para morar comigo. Tentei trazer a sua avó também, mas ela nunca quis sair daquele lugar.

– Mãe, espera, se essa senhora da padaria, a que te deu os estudos, morou com você e eu nunca fiquei sabendo disso, hoje ela já é morta?

– Não, Allissa, ela é viva. E você a conhece, hoje é ela quem cuida de você.

– A Bah?

– Sim, a Bah.

– E como é que eu nunca soube disso? Por que ela é uma criada da casa?

– Allissa, por favor, não entenda errado, tampouco fique brava. Estou abrindo meu coração pra você.

– Tudo bem, mas, por favor, me explica. Se ela foi uma pessoa importante na sua vida, por que escondê-la? – Eram tantas as informações que eu me sentia enjoada, não sei ao certo se é pela viagem, pela exaustão, pelos sentimentos misturados, ou se realmente era por conhecer um lado da Patrícia o qual eu desconhecia, um lado frágil, humano.

– Eu nunca tive a pretensão de esconder a Bah. Ela veio pra minha primeira casa comigo, eu cuidei dela, e ela se tornou a minha segunda mãe. Os anos se passaram, e eu conheci o seu pai. Ele vinha de família muito rica, mas era completamente entregue à arte. Foi isso o que fez eu me apaixonar por ele. Vivemos anos incríveis, até o ponto em que a minha carreira passou a ser mais importante do que meu próprio casamento.

— Você deixou ele em segundo plano.

— Sim, eu deixei. Eu queria ser responsável, eu queria ser alguém, eu não queria nunca mais passar necessidades, então eu lutei para subir na vida. Eu nunca ganhei nada de mãos beijadas, Allissa, então eu lutei pelo meu lugar ao sol. E o conquistei.

— E pagou um preço alto por isso.

— Altíssimo. Quando o seu pai voltou da turnê no Brasil, ele disse que tinha se apaixonado, que iria embora.

— Eu posso imaginar o quanto doeu.

— Doeu, mas eu não demonstrei. Eu fugi dos sentimentos, eu os abafei, não me permiti sentir nada além de indiferença, então me afundei mais e mais no trabalho. Então, meses depois, ele me ligou.

— Pra contar que a Verônica estava grávida.

— Não, eu já sabia da gravidez. Ele me ligou para dizer que ela tinha câncer, e isso doeu demais em mim.

— Por quê? Você deveria odiar a Verônica, não sentir pena.

— Alli, eu perdi o seu pai porque a minha ganância por poder foi maior do que o amor que tínhamos construído. Eu me casei muito nova, ele sempre quis ser pai, e eu descobri que era estéril. Essa foi a nossa primeira crise. Então a Verônica apareceu, e eu vi o quanto ele era feliz ao lado dela e me odiei por tê-lo magoado tanto. E ao ver ele correndo o risco de perder você e ela, eu engoli o meu orgulho e ofereci a minha amizade.

— Eu não imagino você sendo uma pessoa altruísta, mãe.

— Eu fui pelo seu pai. Eu amei o Henrique. Ele não tinha culpa dos meus erros, e eu não queria vê-lo sofrendo uma segunda vez. Então eu coloquei todos os meus contatos à disposição dele e da Verônica, eu abri a casa e desejei que ela se recuperasse.

— Mas ela não se recuperou.

— Não, infelizmente não houve dinheiro no mundo que devolvesse a saúde dela. Então você nasceu, e eu já te amava intensamente. Seu pai voltou a morar em Boston, fechou a casa no Brasil e ficou me ajudando a criar você. Eu larguei o escritório em Londres e me tornei mãe.

— Eu me lembro dessa época. Éramos tão felizes, e eu não fazia ideia de que não era sua filha.

— Quando tive que ter essa conversa com você, não foi fácil, mas você entendeu muito bem, e eu me senti aliviada por te contar a sua história.

— É isso que não entendo. Eu tinha 8 anos, meu pai ia sair de casa, ele iria de novo para o Brasil, tinha conhecido a Beca, e eu ia ficar com você. Tudo foi confuso, mas eu entendi. Por que então não me contar que a Bah não é nossa governanta, mas, sim, alguém que cuidou de você no passado?

— Porque essa não era uma parte da sua história, mas da minha. E reabrir feridas, Alli, não é nada fácil, ainda mais pra mim, que tinha uma chave pra cada cicatriz.

— Mamãe.

— A Bárbara nunca foi uma criada da nossa casa. Ela é como uma mãe pra mim e fez esse papel quando eu perdi a sua avó. Se eu tenho a personalidade forte, Allissa, se eu sou dura e racional, eu aprendi com ela e com seus sábios conselhos. Ela me transformou em uma mulher forte e guerreira, uma mulher de negócios, não uma passional. Ela me ensinou tudo que eu sei.

— Eu não consigo imaginar a Bah sendo essa pessoa.

— Quando você nasceu, ela já tinha visto tanto sofrimento em mim, que tentou me fazer ver que, pra sua vida, não levaríamos nada do passado. Que seria uma criança rodeada de amor e paz.

— E, todos esses meses, eu criando uma guerra por causa de uma escolha, e vocês duas tentando evitar que eu viesse a cometer erros.

— Não quero que você se sinta culpada, filha. Nós apenas queríamos facilitar pra você.

— Mas eu não facilito, não é mesmo?

— Eu te ensinei a lutar pelo que é seu por direito. Não poderia ser diferente.

— Algum dia você pretendia me contar sobre a Bah?

— Tínhamos planejado em lhe contar logo após o seu aniversário, mas aí tudo virou um dominó caído, e você sabe de todo o resto.

— O pedido de casamento.

— Sim, filha, o pedido de casamento que eu não deveria ter combinado com o Gustavo por trás de você.

— Todos erramos, mãe. Você, como sempre, só pensou que seria o melhor pra mim. Afinal, eu e o Gustavo éramos o casal perfeito, não é mesmo?

— Lembra da minha primeira pergunta, de agora há pouco, Allissa?

— Do quanto foi difícil a separação com o papai?

— Sim, o medo de perder você. Então, eu entendo um pouco dessa dor que você está sentindo, e não foi pelo que vivi com o seu pai.

— Não?

— Não. Quando o seu pai se apaixonou pela Verônica, eu me senti mal, porque eu ainda o amava, mas pra ele chegar ao ponto de me trair foi porque eu deixei de ser a mulher por quem ele se apaixonou um dia. Então, a princípio, eu senti raiva. Mas se eu realmente o amava, então eu tinha que desejar que ele fosse feliz, mesmo que não ao meu lado.

— O Gustavo nunca vai pensar assim, mamãe.

— Filha, pelo que você me contou, o que aconteceu com o Eduardo foi totalmente despretensioso, não foi?

— É claro que foi, eu nunca planejei trair o Gustavo. Eu lembro da época em que a Brunne foi para o Chile. Eu era só amiga dele e a odiei por ela fazê-lo sofrer. Eu jamais queria toda essa situação.

— Exatamente, Alli. Não machucamos quem amamos porque queremos assim, mas os sentimentos não são algo que se controla. Você se sentiu viva ao lado do Eduardo, e o Gustavo já não te fazia mais sonhar. Ele vai levar um tempo para perdoar, assim como eu levei, mas eu o conheço tanto quanto você. Sabemos que a amizade de vocês é maior do que o amor, e principalmente do que o próprio ódio.

— Está doendo demais, mamãe. Eu queria que ele tivesse ido para o Brasil, eu queria que esquecêssemos que somos namorados, eu queria que voltássemos a ser simples.

— Você está errada, filha.

— É errado querer que fique tudo bem?

— Não, mas é errado querer que tudo fique bem antes de fazer por merecer. Se o Gustavo fosse para o Brasil, a situação com o Eduardo não teria acontecido, então você não teria encontrado a força para terminar com o Gustavo. Isso, uma hora ou outra, iria te consumir e automaticamente iria magoá-lo de qualquer forma.

— Você tem razão.

— O melhor agora é que você rasgue a ferida, deixe sangrar. Quando ela virar cicatriz novamente, você vai conseguir encostar nela.

— Isso significa o quê?

— Que a hora em que o tempo fechar a dor e a mágoa, você e o Gustavo vão conseguir se olhar novamente com a mesma simplicidade que tiveram um dia, mas estarão muito mais evoluídos e prontos para recomeçar, seja como amigos ou como parceiros de uma vida.

— Mamãe, eu te amo tanto.

E depois dessas palavras, tudo o que eu quero é unicamente morar dentro do abraço da Patrícia.

— Agora precisamos conversar sobre mais dois assuntos.

— Qual o primeiro?

— Sua faculdade.

— Mãe, eu realmente quero fazer Moda.

— Então que seja Moda.

— Simples assim?

— Cansei de brigar com você, filha. Eu quero sua felicidade, e em tão poucos dias eu tenho visto você desabrochar de uma forma tão linda e tomar decisões tão corajosas, que não serei eu quem vai podar os seus sonhos. Se você quer Moda, então vai ser Moda.

— Você não sabe o quanto eu esperei para escutar isso, mamãe.

— Estou aprendendo há dezoito anos como ser mãe. Eu ainda vou errar muito, filha, mas eu prometo nunca desistir de você.

— E eu prometo a mesma coisa.

— Mas eu quero ter certeza da sua disciplina. Não é porque vai ser Moda, que a responsabilidade vai diminuir. Se você quer mesmo ser uma grande estilista e ter renome, vai ter que batalhar muito. Eu não admito notas baixas nem falta de empenho, estamos combinadas?

— Combinadíssimas.

— Sendo assim, eu mesma quero falar com a Dorote sobre o seu estágio.

— Mamãe, já que estamos sendo sinceras, posso te perguntar algo?

— Claro, o que quiser.

— Por que você nunca apoiou meu estágio na clínica, mesmo sabendo o que significava pra mim?

— Por puro egoísmo, filha.

— Egoísmo?

— Sim, eu queria que sua vida fosse perfeita. Eu sei que lidar com a morte é algo que reabre as suas feridas e eu sabia que conviver com aquelas crianças te transformaria. A dor muda quem somos, e eu queria preservar a sua essência. Se eu pudesse te colocar em uma redoma para que nunca sentisse medo, ou qualquer outro tipo de sentimento ruim, eu colocaria.

— Mas é com os erros que aprendemos.

— Sim, hoje eu sei disso. Eu sempre senti muito orgulho de você, e por isso dei o seu presente.

— Nem me fala desse presente.

— Por quê? Você não gostou?

— Não é isso, mamãe. É que tem umas coisas que ainda não te contei, mas deixamos pra outra hora, está bem? Não quero estragar o nosso almoço com esse assunto.

— Mas eu quero saber. Se tem algo que te chateia, eu quero muito saber.

— Prometo que a gente fala sobre isso depois, mas agora me conta primeiro: qual era o outro assunto que tínhamos pra conversar?

— O segundo assunto se chama, Victor.

— Victor?

— Estou apaixonada, Allissa.

— Hã, como assim?

— Eu sei que isso pode parecer estranho.

— Mamãe, por favor, é muito estranho. Não pelo fato de você estar apaixonada, mas porque eu nunca imaginaria você romanticamente com alguém.

— Isso te incomoda?

— Se me incomoda? É obvio que não. Estou surpresa, é claro, mas nunca incomodada. Eu só realmente não esperava. — E a realidade é exatamente essa, eu esperava Patrícia anunciar que ia se candidatar à presidência, que iria abrir novos escritórios, ou que então ia fazer uma viagem para a Lua, mas apaixonada? Essa realmente me surpreendeu.

— Eu fico muito aliviada por sua reação.

— Mamãe, sério que você achou que eu reprovaria?

— Tive medo de não entender que...

— Entender o quê? Que você decidiu refazer a sua vida? Olha, dona Patrícia, você já sofreu muito nessa vida, e eu fico feliz que você finalmente possa encontrar alguém que conquiste o seu coração. Eu estou é muito feliz por você.

— Obrigada, Alli, o seu apoio é fundamental, e ele realmente me faz muito bem, me sinto viva novamente.

— Não tem como ser diferente, mamãe. O meu pai encontrou a Beca, e eles são estupidamente felizes juntos. Nada mais justo do que você recomeçar e definitivamente deixar para trás todo o peso do passado, além de aprender a se perdoar também.

— Quando foi que você cresceu tanto, hein?

— Sabe que eu não sei?

— Eu quero muito que você o conheça.

— E eu quero muito conhecê-lo e saber de tudo. Desde quando vocês se conhecem, onde foi o primeiro encontro... Estou muito curiosa para saber quem é o misterioso Victor.

E terminando de dizer isso, caímos as duas na risada. Segurando a minha mão, Patrícia me olha profundamente e, sem me dizer nada, me diz muita coisa. Pedimos a conta e então vamos caminhar por Londres. Nós duas, abraçadas, contemplando as belezas deste lugar, falando de amores, da minha faculdade e do quanto é bom amadurecer. Finalmente a minha vida está nos eixos, e eu tenho a mesma sensação da noite de chuva na praça. Liberdade.

Eu cortei o cordão umbilical do meu relacionamento. Dói ficar longe do Gustavo, mas ambos precisamos desse rompimento. Tenho tantos planos para o último ano do colegial, depois para a faculdade, e agora tem o Eduardo que também faz parte da minha vida. Mas, de todas as sensações, uma incomparável é a de poder ser a filha da Patrícia. Esta mulher incrivelmente forte por fora e completamente humana por dentro. Eu posso finalmente entender muitos de seus motivos e também passo a admirá-la muito mais.

Depois de deixarmos as minhas malas no apartamento, decidimos ir até o escritório. Vamos buscar alguns documentos e depois ir ao teatro, onde encontraremos o Victor. Estou completamente ansiosa por esse encontro. E até o carro da firma vir nos buscar, eu resolvo registrar em meu diário mais um aprendizado.

DIÁRIO, PÁG. 562

Lições sobre as férias.

Às vezes precisamos nos perder para finalmente nos encontrar, errar para dar valor ao que é certo, ficar longe para finalmente desejar estar perto. Sonhos, desejos, gostos, sabores, memórias, lugares, estado de espírito... Como eu adoraria que tudo fosse registrado no filtro fotográfico do tempo, onde eu teria livre acesso apenas com o pensamento, sempre que quisesse. Mas nem tudo é assim, simples, fácil, à disposição de um querer.

Um dia, li uma frase que reverte exatamente naquilo que prezo ao moldar minhas experiências. Ela é mais ou menos assim:

"Ninguém entra no mesmo rio uma segunda vez, pois quando isto acontece já não se é mais o mesmo. Assim como as águas, que já serão outras." Esse pensamento de Heráclito me acompanha desde o segundo que conheci suas sábias palavras. Se formos parar para analisar: quantas coisas já possuímos, gostamos ou vivemos que hoje já não fazem mais parte de nossa rotina meramente organizada?

A pessoa de seu primeiro beijo se tornou o seu eterno amor? Você morreu depois daquele pé na bunda? Ainda reclama das espinhas que brotam em seu rosto? Senta no mesmo banco todo final de tarde para contemplar o pôr do sol? Gosta das mesmas músicas? Tem os mesmos amigos? Luta pelos mesmo sonhos? Ainda mora na mesma casa? Somos seres humanos, e nossa tendência é a de nos apegar a tudo que nos mantém vivos.

Porém, a verdadeira essência se encontra realmente no viver, não em ser apenas mais uma estatística de ponta solta por aí. Ao mesmo tempo em que me jogar no novo parece uma delícia, sempre que me sento no chão gelado da minha varanda e gasto alguns minutos vendo velhos álbuns de fotografia, ainda sinto o mesmo frio na espinha e o sorriso bobo de canto, como se aqueles momentos estivessem acontecendo novamente pela primeira vez.

A nostalgia é um soco na cara sem aviso prévio. Ela nos taca no colo do passado e nos preenche com um desejo insano de viver tudo outra vez. Metade de mim quer fechar essa parte e simplesmente seguir em frente: "Foram situações, deixe-as para lá", brada a minha consciência. E a outra metade de mim me puxa para a delícia de um momento que me fez vivenciar os mais indescritíveis sentimentos.

Manter-se fiel a uma lembrança só irá tirar de nós novas histórias. É tipo fotografia: registramos o momento, sentimos toda vez que vemos, mas as pessoas nela já não são mais as mesmas. Então a realidade ajusta meus ponteiros e me lembra de que sempre irei evoluir. E que bom já não ter mais os mesmos gostos ou referências — significa que a cada batida de meu coração, mais veloz ou menos desacelerada, eu estou finalmente vivenciando aquele momento, que um dia também será parte de um passado que irá sempre, e para sempre, fazer parte da minha essência.

Então que eu seja essa constante metamorfose ambulante a colecionar histórias por onde passar e que, vez ou outra, também possa ser a saudade onde alguém irá desejar habitar. Com toda essa onda de sentimentos gritantes, eu decido começar um novo ciclo, passar a deixar as dúvidas para lá e me jogar nas escolhas.

O Gustavo? Ele é uma das partes mais incríveis da minha vida. Dividimos tanto e, ao mesmo tempo, ele me deixou sem nada. Eu entendo que precisamos de tempo, eu entendo que o magoei, entendo que não será fácil o recomeço, mas sei que pode existir. É nessa fração de esperança que vou procurar me agarrar. Parei de viver antes que o momento realmente aconteça e decido fazer as pazes com meus demônios internos.

Eu tenho vontades, e elas me levaram a um garoto incrível. Sim, o Eduardo. Aquele garoto que me trouxe tantos sentimentos, aquele que também seria para sempre uma parte da minha história, mesmo que o futuro fosse de inconstantes incertezas. Eu sei que, de alguma forma, ele foi o maior responsável para a libertação real de todos os meus desejos, e por isso serei sempre grata a ele. Com tantos aprendizados e dores, sentimentos expostos e até as dúvidas sobre eu ser realmente capaz — vindas da minha mãe e do meu pai —, eu só posso tirar de tudo a mais sábia lição de todas: eu sou quem eu sou. Tentar me moldar em vontades alheias será o primeiro passo para a ruína da minha essência.

Então, deixo que falem, que pensem, que ironizem ou acreditem. Eu sou feita de sonhos, e é neles que irei me jogar.

* * *

— Filha, ainda está escrevendo?
— Estou, sim, mamãe.

— Você vai ter que dar um tempo aí, porque o nosso carro já está na portaria. Vamos para o escritório?

— Já estou terminando. Te encontro lá embaixo daqui a alguns segundos.

* * *

Bom, meu velho amigo diário, vou ter que encerrar por aqui esse capítulo. O final destas férias tem sido tão excitante quanto o começo delas. Estou orgulhosa das minhas escolhas pela primeira vez, sem julgamentos e arrependimentos, porque cada erro do começo me fez chegar aos acertos de agora. Se eu tivesse seguido a cartilha do politicamente correto, eu seria uma idosa de 18 anos com a canseira de uma de 95. A vida é uma só, e eu decidi que quero vivê-la.

Neste instante, segurando o meu colar de estrela, eu só paro pra pensar: será que a Verônica se orgulharia das minhas escolhas? Será que ela ficaria feliz pelo caminho que escolhi? Será que ele é realmente o certo? E pensar que a bola de neve começou por causa de uma fotografia, mas até que eu sou grata ao Luan Birckoff. Graças àquela matéria no jornal, pude começar um caminho que me trouxe até aqui. E agora, bom, isso a gente descobre mais tarde, porque estou atrasada como sempre. Eu e a Patrícia iremos ao teatro com o Victor, seu namorado.

* * *

Guardo o meu diário na cômoda e me dirijo ao elevador. Lembram aquele sentimento de paz que me circundava, minutos atrás? Pois bem, ele me abandona segundos depois que o elevador se abre.

— Eu não acredito no que estou vendo.
— Boa noite, Allissa.
— Bruno? O que é que você está fazendo aqui?
— Eu vim deixar alguns documentos para a sua mãe. Como ela não retornou ao escritório, eu vim trazer pessoalmente.
— Você o quê?
— Isso mesmo que você ouviu, Allissa. Eu trabalho para a senhora Covaldo, agora.

P.S.: Humor: estupidamente irritada!

Continua...

Posfácio

Chega um momento na vida que é quase um divisor de águas. Uma pergunta que fica martelando, constantemente, na cabeça e no coração: eu sou quem eu quero ser, ou eu sou o que esperam de mim? Essa dúvida é capaz de conturbar o sono até daqueles mais tranquilos e, confesso, já me conturbou tempo demais.

À medida que ia lendo a história de Allissa, sorri. Caiu no meu colo um orgulho gigante dessa jovem personagem, tão decidida nos seus 18 anos, tão cheia de personalidade e de garra para correr atrás daquilo que ela acredita, ainda que a família lhe diga para fazer o contrário. E me deu um punhado de vergonha por não ser como Alli, por não ter batido o pé quando eu tentei na primeira vez, por ter sido persuadida pelos pedidos de meus pais e ter seguido numa realidade que me era confortável, mas que não era minha. Allissa abraçou seus sonhos aos 18. Eu, aos 28.

A vida da Allissa vem para nos mostrar que não importa o que a sociedade julga mais correto, a gente deve sempre seguir o que o coração manda. Eu sei que nossos pais se preocupam e nos querem sempre bem e gostei desse voto de confiança que Allissa pede, consecutivamente, à mãe dela. Se Patrícia queria tanto que a filha confiasse sua vida às decisões ditadas pela mãe, por que a mãe não poderia confiar um pouco nas vontades da filha?

Acho que o livro, num todo, veio me mostrar que todo mundo merece uma carta branca, um incentivo e um pouco de confiança.

Porque Allissa, com toda aquela certeza que tem, ainda deve carregar aquele medo descomunal por detrás de uma pergunta ainda maior: eu estou mesmo no caminho certo? Cada decisão, ainda que tomada por nós, não é sempre repleta de "se?". Sabendo que tem apoio, fica mais fácil encarar o fantasma do amanhã — e eu espero que Patrícia ainda perceba isso.

No mais, o livro me trouxe um punhado de esperança. Allissa me mostrou que a gente deve primeiro se ouvir, antes de ouvir os outros. E que tudo bem não aceitar as coisas só porque elas são fáceis, cômodas, tranquilas. A vida é tão frágil, que merece mais do que pessoas mornas vivendo suas vidinhas mornas. Allissa não aceita o meio, ela quer o inteiro, ela quer ser dona da própria história e sentir na pele tudo que há para ser sentido: medo, anseio... Amor.

Eu me despedi deste primeiro livro com os pés fora do chão. Com a vontade de me permitir viver tudo que a vida vem me oferecer, com o anseio de correr atrás daquilo que eu acredito e com uma fé imensa de que nada acontece por acaso, desde que saibamos escutar o que implora nosso coração.

Obrigada, Allissa Covaldo, por me mostrar, na sua juventude, que quem dita as ordens são nossos sonhos e vontades. E obrigada por me mostrar que, apesar disso, nós sempre precisamos de apoio daqueles que amamos numa tentativa de tornar esse caminho o menos assustador possível.

Posso sentar contigo no recreio?

Mafê Probst
@mafeprobst
@eaiguria

Re Vieira por eles

"De todas as bênçãos que Deus poderia me dar, Ele me deu você. Meu maior tesouro. Filha, morro de orgulho de quem você é. Em todo aniversário seu, sou grata por ser eu quem ganha o presente. Você foi gerada em meu coração. Amo você, Re."

Evanilde da Silva Vieira, mãe

"De toda herança que eu poderia lhe deixar, te deixo o estudo. Meu maior sonho é que você se forme. Porque isso é algo que ninguém nunca vai tomar de você."

Aparecido Vieira, pai

"Chata! Chata! Chata!
Tem dias que legal, às vezes chata de novo e chata. Você acha que ela é um amor de pessoa? E que é feliz 24 horas por dia? Kkk
Passe uma semana com ela. Ela pode não ser perfeita, afinal, ninguém é. Mas ainda assim, é a melhor tia do mundo."

Rubya Vieira, sobrinha

"Re, na vida todos temos sonhos, almejamos algo, e você desde pequena escolheu o céu. Então vá lá e brilhe!"

Júnior Vieira, sobrinho

"Ela é sinônimo de empoderamento, decisão e atitude. Sabe o que quer, quando quer e porque quer. Sonha alto e se arrisca, mas pelo menos um dos pés tem que estar no chão para garantir a sua segurança. Para entender cada atitude e cada decisão tomada por essa mulher, você precisa primeiro saber cada obstáculo que passou em sua vida, que não foram poucos.

É uma amiga para poucos, pois o seu temperamento não é compatível com a falsidade, mas é uma irmã para os que permanecem. Descrever em palavras é uma missão impossível, pois ela é arte, e arte precisa ser sentida para fazer algum sentido."

Taynara Alessandra Duran, sobrinha

"Re Vieira...

Uma pessoa muito forte, que, apesar de todos os problemas enfrentados, sempre dá a volta por cima com a esperança de que tudo irá melhorar."

Denise Kol, melhor amiga e irmã

"Somos parentes emprestadas. Mas as nossas almas, com certeza, são irmãs. A melhor pessoa e a melhor amiga. Um coração puro, grande e acolhedor. Uma risada gostosa, mãos de fada e um sorriso que ilumina. Re Vieira entrou na minha vida para me ensinar bondade, amor e determinação.

Tenho orgulho de ter incentivado e mais orgulho ainda de ver os sonhos se realizando. Que suas asas se soltem cada vez mais e seu brilho nunca se apague. O céu ainda é pouco para o quanto você merece, e nunca deixe de transformar cada dificuldade em palavras de luz.

'Não deixe o medo de errar impedir que você jogue.' Voa. O mundo é seu. E sempre saberá onde me encontrar."

Deyse Yuri, melhor amiga e irmã